全景再现**二战**风云
还原历史真相·解读战争谜团

双面间谍

李乡状◎编著

团结出版社

图书在版编目（CIP）数据

双面间谍 / 李乡状编著. -- 北京：团结出版社，
2015.1（2022.11重印）
ISBN 978-7-5126-3324-7

Ⅰ.①双… Ⅱ.①李… Ⅲ.①长篇小说—中国—当代
Ⅳ.①I247.5

中国版本图书馆CIP数据核字(2014)第297997号

出　　版：团结出版社
　　　　　（北京市东城区东皇城根南街84号　邮编：100006）
电　　话：（010）65228880　　65244790（出版社）
　　　　　（010）65238766　　85113874　　65133603（发行部）
　　　　　（010）65133603（邮购）
网　　址：http://www.tjpress.com
E-mail：zb65244790@163.com（出版社）
　　　　　fx65133603@163.com（发行部邮购）
经　　销：全国新华书店
印　　刷：三河市华晨印务有限公司

开　　本：710毫米×1000毫米　　16开
印　　张：15
字　　数：170千字
版　　次：2015年1月　第1版
印　　次：2022年11月　第4次印刷

书　　号：978-7-5126-3324-7
定　　价：68.00元

前　言

　　第二次世界大战已经结束70年了，而那已经逝去的历史却被人们铭记。在那个历史时期里，呈现的鲜活的面容仍旧浮现在人们眼前。无论是值得树碑立传的伟人，还是默默无闻的小人物，都是那一段惨烈的不堪回首的历史的缔造者。

　　回溯整个第二次世界大战的历史，以史为鉴，对于我们今天的生活是十分必要的。只有这样才能够更好地把握现在，面对未来。

　　希特勒被后人称为战争狂人。在第二次世界大战中，以他为"元首"的第三帝国四处侵略，给世界各国人民带来沉重的灾难。致使生灵涂炭，千百万人无辜惨死。尽管在"二战"中纳粹分子曾把希特勒神化，可是生活中的希特勒并不是神，他野心勃勃企图用法西斯主义达到统占世界的美梦，非仅凭他一己之力便能实现。戈林、希姆莱、龙德施泰特和邓尼茨，都是"二战"中的特殊人物，是希特勒手下的四大爪牙，是希特勒反人类战争的帮凶，希特勒和他们一起制造了这段惨绝人寰的杀戮。他们是希特勒反人类思想的执行者，是实现希特勒命令的急先锋。但正义的力量是永远不可战胜的，最终，希特勒的四大爪牙也同希特勒一道永久被人们钉在历史的耻辱柱上。

　　历史就是历史，不会以个人的好恶为转移。戈林——第三帝国的元帅兼空军司令，是希特勒一心想扶植起来的第三帝国接班人，仅凭长袖善舞和唯首是瞻，他很快就赢得了希特勒的重用。对于这一切，直到希特勒即将离开这个世界的那一天才如梦方醒，真正地认识了戈林的昏庸无能以及不忠，但一切都木已成舟。尽管希特勒在政治遗嘱中对他措辞严厉地指责，但也只能是一种无谓的泄愤，历史不能改写。

无论戈林在第一次世界大战中的光环有多么耀眼，即使是德国人赞不绝口的英雄，也无法抹杀他在第二次世界大战中的滔天罪恶，以及他令人啼笑皆非的军事指挥才能。翻看有关戈林的所有历史材料，比照、分析、总结，就不难发现，原来戈林竟然是一个"二战"史上值得从各个不同角度深思的人物。

在整个第二次世界大战中，希特勒把"党卫军"作为自己的"心腹"。小个子海因里希·希姆莱作为党卫军的首领，成为希特勒手中一张津津乐道的王牌。希姆莱控制纳粹帝国庞大组织——党卫军，消除异己，残害无辜人民。德国《明镜》周刊称他是"有史以来最大的刽子手"。后来第三帝国面临土崩瓦解之时，被希特勒视为王牌的希姆莱却另树旗帜，派人暗杀希特勒。希特勒与希姆莱这种亲如家人又干戈相向的关系是整个第二次世界大战中最富有戏剧色彩的故事。

有一些热血男儿，注定在硝烟弥漫的战场上谱写他的人生旅程。在第二次世界大战中，称作"纳粹军魂"的陆军元帅龙德施泰特就是这样的人。战场是他展现聪明才智的地方，他一次又一次卓越的指挥证明了这一切。抛却对战争性质的价值评判，就其战争胜负而论。龙德施泰特屡立战功，在攻打法国的战役中，他所指挥的部队所向披靡，绕过了马奇诺防线，使得固若金汤的法国防线在德国坦克的攻击下土崩瓦解。法国的军队全线溃退，一个多月便投降。如果不是希特勒怕龙德施泰特孤军冒进，错误地阻止了他的进攻，敦刻尔克大撤退的历史将会改写。可是历史就是历史，龙德施泰特虽然忠心效命于希特勒，可是他的主子却总给他错误的指令，使他的军事天才被掩盖下来。当我们重新整理第二次世界大战的史料，重新评估龙德施泰特的功过是非，不难得出这样的结论——龙德施泰特不仅是希特勒法西斯战争军事上的左膀右臂，而且也是希特勒最不信任的元帅。虽然龙德施泰特尽职尽责，可希特勒却先后四次将其免职。龙德施泰特一生中的错误选择也为后来人提供了借鉴。

在希特勒的爪牙中，海军元帅邓尼茨无疑是希特勒的又一张王牌。邓尼茨对指挥海战时的运筹帷幄，足以让他不愧于"海军统帅"的称号。高远的眼光、过人的智慧与先进的科技相结合，使德国海军在许多海战中获得了胜利。邓尼茨创造的辉煌"战果"，让希特勒欣喜若狂。邓尼茨也自然成为希特勒手下众多著名将领中最让其满意的军事将领。邓尼茨的帅才和忠心成为希特勒在自杀之前，将政治遗嘱中的接班人的名字写为邓尼茨的理由。正因如此，才有邓尼茨以德国最高领导人的身份，在第二次世界大战中与盟军签订了停战协议的一幕。"二战"结束以后，邓尼茨被判处有期徒刑十年。刑满释放后，他依然抱着纳粹军国主义的复国梦想，从事法西斯复辟活动。但历史发展的进程告诉人们，纳粹军国主义的路线是不可能实现的。

第二次世界大战从酝酿到爆发再到结束，正义的与非正义的力量以军事战争的形式、政治斡旋的形式，明面上和暗地里不断地较量着。为了在这些较量中占据主动，获得更多取胜的筹码，间谍这个特殊的战斗身份大量地出现在看不到硝烟的战场上。这些冠名以间谍的人，无畏生死，用鲜血和生命换取对自己国家有利的军事情报。当这些间谍的身份公之于众，当他们的功绩被世人所知之后，历史上那些悬而未决的疑案，便被揭晓。

在书写这些人物及历史事件时，我带领我的学生们查阅了大量的历史档案。江洋、王爱娣、何志民、张杨、祖桂芬、朱明瑶等人也作了部分内容的编写与修改。特别是收集了大量的外文版原始资料，总结了众多的专家、学者对那一历史时期的不同见解，来介绍笔下的人物。所以，我们提笔书写的这些生活在敌人中间的间谍与反间谍时，才能如此有血有肉；内容才能如此详实而丰富。当然，之所以间谍故事、战争人物故事，如此被世人津津乐道，并非我们笔力过人，而是故事本身的错综复杂、引人入胜。是人物本身的人性光辉、人格魅力感染了大家。

说尽滔天浪，难抵笔纵横。我从事编写"二战"史图书多年，这个创作领域是我写作生活中最为着力的地方。时至今日，已经有近30本图书先后出版，这些图书中的文字历经了二十多年风霜雪雨的打磨，倾注了我的心血和努力。在这里，我非常感谢为这些图书出版所做出过不懈努力的老师和学生们，以及有关人士。最后，由于个人的学识水平有限，难免有疏漏，敬请批评指正。

李乡状

2014年12月

目　录

天才演员戏群狼
——西班牙双料间谍加西亚

西班牙双料间谍胡安·普吉·加西亚堪称最神秘的谍中谍。他在第二次世界大战中彻底愚弄了纳粹德国最高统帅部和元首希特勒,为盟军的胜利做出了巨大的贡献。

诺曼底登陆战被称为"二战"中的"转折之战"。为了迷惑德军,盟军准备了庞大而周密的情报欺骗计划——"卫士"计划。

加西亚让希特勒深信,真正的登陆地点是加莱,而诺曼底登陆只是佯攻。直到登陆战打响的前几个月,希特勒仍坚持不调离加莱守军支援诺曼底,因此保证了欧洲第二战场顺利开辟。

执迷不悟的希特勒还授予加西亚铁十字勋章,差不多同时,英国也授予了他大英帝国勋章。可以说他是唯一在"二战"中同时获得两个敌对国家最高荣誉的间谍。

加西亚于1912年出生在西班牙巴塞罗那,1988年逝于委内瑞拉。在他24岁时,国内发生了叛乱,看着叛军肆虐,年轻的加西亚对叛乱者建立的法西斯独裁政权深恶痛绝,尤其痛恨支持叛军的纳粹德国。

就在"二战"爆发的时候,他希望效力于英国的情报机关,于是他分别找到了马德里和里斯本的英国政府代表,遗憾的是他们在那个时候并没有接受他。

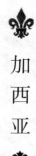

加西亚

　　道路是曲折的,前途是光明的。加西亚原本想加入英国情报机构为盟军服务,可阴差阳错地却进了德国间谍组织。几经辗转,最终他如愿以偿地加入英国情报结构,得以为盟军效力。故事的开头就是从加西亚刚刚加入英国情报机构开始的。

　　巴塞罗那和里斯本的冬季是没有雪的,可是伦敦的冬季有雪,还是纷纷扬扬的鹅毛大雪,加西亚从没见过这么赏心悦目的皑皑白雪,就像翩翩起舞的玉蝴蝶,又像家乡夏天漫天飞舞的蒲公英,这些飞舞的精灵啊,真想捉住一个放在手心里,飘飘悠悠,轻轻盈盈,落在手中,晶莹剔透,凉丝丝的,待要细看时却已化作一滴清水了。

　　圣诞的钟声,挂满小礼物的青松,滑着雪橇打着雪仗的孩子们,欢乐的笑声响彻云霄。似舞如醉、似飘如飞的雪花,晶莹洁白洒向大地,净化着人们的心灵,一切都在净化中升华,变得纯洁无瑕。这时加西亚忘记了自己做客在异地他乡,反而有了一种回家的温馨。他好像能感觉到天上真有小鹿拉着爬犁,载着圣诞老人,在新年的早上,自己床头的袜子里会有一份特别的礼物。

　　他喜欢伦敦的冬季,伦敦的冬季给了他家的温暖;他喜欢伦敦的圣诞节,伦敦的圣诞节给了他最想要的礼物,他终于有了自己的组织! 一切就像一场梦,如果只是个梦,但愿不要醒来。

　　来到伦敦过完圣诞节,已经是新的一年,时间已是 1942 年。加西亚有了新的起点,他的人生就要走向最精彩的瞬间。他在英国情报机关待得很好,老绅士是他们机关的最高领导人,却一直亲自指导他,也很看重他,并把加西亚交给最得力的属下米尔斯,他们相处得也不错。

　　米尔斯是名副其实的青年才俊,他唯一的"缺点"可能就是长了一张令少女迷恋的俊脸,无法达到混在人堆里就找不到的目的。所以每当他必须出马的时候,他不得不连番地巧施妙手,用易容术最大限度地破坏这张脸才能执行任务。但是如果误会他是个金玉其外、败絮其中的绣花枕头,那可就大错特错了。永远不要小看自己的对手,因为所有小看他的人都吃了大亏。加西亚尽管相貌平平,但是跟米尔斯比却没有这些麻烦,他也不会嫉妒一个比自己漂亮的人指挥自己。

加西亚很尊敬他们的领导,不止是因为他接纳了自己,还有他无微不至的关怀。他也像机关里的人那样,恭敬地称呼他先生,而不是官职。先生给自己找的直接上级米尔斯也是很好相处的人。他年轻有锐气,但是思虑周详,老成持重,自己从中学到了很多东西,这些都是可以让他在间谍行里长久待下去的必备素质。

在伦敦的时候,加西亚充分利用了以前库伦塔尔为他准备的情报传递渠道、外交邮袋和密写剂,后来发展成了显微点。如果德国人对他之前的活动有什么疑虑的话,经过这么多的传递之后,也该打消了。

库伦塔尔收到比电报发回的详细得多的情报非常开心,忽略了外交传递或者委托第三方传递速度要慢许多的事实,他只要情报准确。有了英国情报机关作后盾,假情报都会变成真情报。

在里斯本半年,虽然没有暴露自己的谎言,但是加西亚一直不敢用邮递的方式传递情报,害怕邮政部门的戳记暴露自己,但是电报电文又不能直接陈述情报,他是要转发给伦敦电报局的,所以情报内容尽量精简,只剩梗概,还要用模板把空白填充上文字,使语句通顺,库伦塔尔虽然没说什么,但感觉这样做就像鸡肋,似乎没什么用。

电报局查得紧,不如用外交邮袋传递快捷方便。加上源源不断的真假情报,马德里库伦塔尔那边一直没再派间谍来英国协助他或者另起炉灶,完全依赖加西亚的情报。

加西亚

加西亚让铺天盖地的情报涌入马德里分部,库伦塔尔因此也受到柏林的表彰,第一个情报组失陷的阴云已经过去了,他又重新被上司赏识了,他的第一得力干将加西亚功不可没。大笔的经费是他的回报,只要加西亚提出,几乎没有驳回的。

随着大笔奖金从马德里秘密账户打来,加西亚面对这么多钱好像触动了某根神经。他从德国人那里骗了不少经费,账面上看一丝不苟,库伦塔尔因为他在伦敦也没想过付给他假钞,而他的情报回馈已经让库伦塔尔心甘情愿地掏钱了。那么大笔的钱财应该怎么处置?全部划入自己的口袋,他没那么贪心,这辈子都花不完,而他能不能有用到的时候还两说呢。他想到跟自己的新上司米尔斯沟通一下。

"嗨,加西亚,今天怎么有空主动来找我喝茶呀?"米尔斯打趣道。因为加西亚还没有完全融入英国人的作息时间,加西亚一天三餐极有规律,在中餐和晚餐中间加上一顿很不适应,开始米尔斯邀请他喝茶,他还以为是纯喝茶,没想到还有一大盆点心要解决,再有人请喝茶,他都婉言谢绝了。

加西亚现在有了新代号,但是那是在文件上,比如他在外,组织上给他下命令,不会说"加西亚如何如何做",而是"'嘉宝'要如何如何";或者向上级报告时,不会写"加西亚为我们做了哪些事",而是"'嘉宝'立了什么功劳";又或者,跟不认识的同事接头,不会自我介绍"我是加西亚,隶属某某机关",而是"我是'嘉宝'隶属某某机关"。所以,在他的直接上级米尔斯那里,还是称呼他"加西亚"而不称呼代号,这显得很亲近。

"呵呵,我来找你就是想请你喝茶,不知道老兄肯不肯赏光啊?"加西亚笑道。

米尔斯只是开玩笑,听见加西亚这么说反倒好奇了,"事有反常必有因。你平时不爱喝下午茶,今天居然主动来请我喝茶,是不是闯什么祸了?"

"怎么，小弟在你眼里是个随时闯祸的麻烦精不成？实话告诉你，我这茶钱可是不少呢，你最好对我客气点。"加西亚笑道。

"哦，你一向对钱财不甚在意，会有什么外快，从实招来。"米尔斯以为他捡钱了。

"呵呵，你忘了我还有一个身份呢，我可是堂堂德国情报机构的正式人员，在那边是领薪水的，他们发奖金了，我想把钱当作咱们的活动经费。"加西亚决定揭开谜底。

米尔斯松了口气，说道："我当什么事呢，他们钱多烧手，给你，你就拿着，我倒是想给你，你不是不要吗？怎么能反过来要你钱，咱们俩谁是谁的领导啊？"话是这么说，但是米尔斯还是很感动的，身在最危险的行业，却不贪财，还要倒贴，这说明什么，说明他根本不以钱财为念，而是一心扑在事业上，这才是最可以托付大事的人。

见米尔斯并不在意，他很是意外，难道那些钱还是骗少了？于是加西亚有些犹豫地问："我从德国人那儿陆陆续续骗了120多万英镑，除了在里斯本买个公寓花去一小部分，大部分还都留着存在银行里呢。今天马德里通过秘密账户给我汇钱，我才发现这笔钱一直闲着，不如拿出来我们装备一下自身？"

现在米尔斯大脑处在停顿状态，不是10万，不是20万，是120万，难道德国情报机构的福利待遇这么好吗？他震惊在这个消息里神游物外的时候，加西亚叹息道："看来我还真是要少了，不然米尔斯不会这么吃惊，我吃大亏了。"

米尔斯心里在哀号：这个家伙占了大便宜了，他还叫屈，真没天理了。好不容易消化了这条爆炸性消息，他才笑着问道："你都干了什么啦？他们那么下血本，这都够我们给三四十人发半年的工资了。"

加西亚

"啊,是这样啊,那我不亏。我这也是三十号人的工资呢。"加西亚掰着指头数到。

"你不就一直是自己一个人在家看报纸吗?怎么会是三十几个人,我怎么不知道?"米尔斯忍不住在咆哮。

"冷静,不要冲动! 我确实是一个人在给他们编造假情报,但是有时候自己编不圆了,就杜撰一个人解释情报来源,慢慢地就把他发展成谍报员,马德里只给安家费和工资,又不来核查,我就越编越多了。"加西亚小声说。

"那也不能那么多钱啊!"米尔斯还不相信。

"可能的,可能的,我能独自出来就是靠他们一场危机,库伦塔尔一次性给了我三个月的经费,后来每杜撰一个人,他都会给一个半月的经费当安家费,每次有人牺牲,他们又会给抚恤金,每少一人,我这就得补充一人,又是一笔安家费,还有立功多的有奖金,每月有定例,渐渐地就多了起来。"加西亚解释道。

米尔斯几乎是咬着牙说:"你根本一个人都没有,还敢报牺牲,你胆子也太大了。万一他们要核查或是见家属,你不就全暴露了吗?"

"不会的,我报牺牲也不是一两次了,我知道他们那里每天必看的报纸都有哪些,我报牺牲前都会在那几份报纸上登个讣闻,或者家属订了教堂的消息,他们看过之后,再接到我的报告就不会意外了,还会嘱咐我安排好其他事宜。"加西亚说。

"真有你的! 德国情报机构招了你这么个极品,真是太幸运了。走,跟我去见先生,你骗得太多了,我都不知道怎么处理好了。"米尔斯已经认命了,随他怎么折腾。

老绅士听了米尔斯和加西亚的汇报先是一愣,沉吟了一下说道:"这样很好,敌人的资源不是换成武器就是换成物资,我们的军队也把缴获武器和物资当成很大的功劳。我们情报战线也一样，能够骗取敌人的真情报，喂给敌人假情报，就是大功，这直接骗资源金钱的还真不多见呢。加西亚，干得好。但是，凡事要有度，你的任务是潜伏，给他们我们准备的情报，稳固你在他们集团的地位。关键时刻，你的一个情报要顶上百万雄师才不枉费我们一番心血啊！"

"是，先生，加西亚受教了，加西亚一定完成自己的任务，只要组织需要我潜伏，我就是德国情报机构的中坚柱石；只要组织需要我给他们假情报，我一定稳住他们的主力，配合我们正面战场夺取胜利。"加西亚郑重承诺，后来他也的确是这样做的。

从此以后，马德里的德国情报分支机构正式"入股"英国情报机关，他们的资金通过第一得力干将加西亚牵线，一分不少地转入了英国情报机关。在相当长的一段时间里，英国特工的工资都是德国人在支付，但是英国特工也绝不是白拿工资，他们集体拿出了许多有价值的情报，通过加西亚也就是"嘉宝"送回德国情报机构。至于他们到底是吃亏了还是占便宜了，那就见仁见智了。

"嘉宝"自从到了伦敦，除了过节和熟悉亲近的同事，还什么正事都没干呢，就已经为英国情报机关立了一大功。

宁静的夏夜月朗风清，月色柔和淡雅，清辉娴静，在这样的月色里，人也应该平静祥和才是，可是此时的加西亚心潮正汹涌澎湃着。

作为情报人员可以比别人提早知道未来战争的走向，就在这个夏天，英美盟军决定在秋季实施"火炬"的登陆作战计划。这是一场大行动，盟军方面把所有的家底都拿出来了，为了造成登陆的突然性，他要在情报上迷惑德国人，把他们的注意力转移到北非。

加西亚粉墨登场了，他要在未来的半年多时间里做那个幕后提线的黑

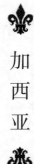

加西亚

手,前台都是按照他的意志表演的木偶。看戏的人就是所有德军情报系统和参谋系统的各路精英。

米尔斯和加西亚坐在一起,把英国情报机关所有的情报汇集到一起,再添油加醋地加工一番,封好发回马德里。

加西亚现在已经和马德里建立了特快传递渠道,不必转手,他的情报直接汇到德国情报机构马德里分支机构。

情报量很大,而且很混乱,更加证实了加西亚创建的国际情报网正在全力运行着,从世界各地发回来方方面面的情报,他虚构的20多个情报员现在更有用武之地了,近东、中东、远东,非洲、北美、拉丁美洲,好像地图上有的地方,他的情报员就能搞到那里的情报。

加西亚的目的就是通过混乱的情报,淹没马德里库伦塔尔的机构。让他上报柏林的情报也无法分出主次,这样就能把盟军行动的真实意图掩盖,德军无法猜出盟军的意图,当然只能被他们牵着鼻子走了。最关键的时候,还有加西亚坐镇欧洲,他可以在最后的时刻发报给马德里告诉他们真相,即使他们来不及反应,还是会更相信他。

除了远在天边暂时对德国人无关痛痒的情报,苏德战场可是欧洲主战场,有关苏德战场的情报可是目前德国人最在意的情报,这些情报全由加西亚和手下第一美女间谍"酒吧女郎"负责。

酒吧女郎和她的上校男友是主要情报来源,每当上校开完冗长无趣的军事会议,就要找女友倾诉放松一下,加西亚为他们准备了很多节目,上校的公事包总会有几个空档是不在他们视线之内的,加西亚就在这个时机把文件用微缩胶卷拍下来,这些第一手的情报都会直接转送柏林。

德军吃过几次亏后,渐渐怀疑情报出了问题,加西亚也知道这场戏有点演过火了,反正他手下的人哪个出问题都可以牺牲,只要理由充足,在马德里查下来之前有交代就行。

英国反间谍机关又要公布战果了，化名"露西"的酒吧女郎因为间谍罪被捕。但是拒不交代受哪方指派，搜查其住处找到还未销毁的苏德战场情报，经排查，参谋总部的理查德上校被免职，因涉嫌泄密正准备受审。还有一份表格和几个凌乱的字母，怀疑是她和接头人传递情报的密码，即使查到了这些，没有密码本也是无济于事，只要她一日不开口，此案就一日不能算告破。

加西亚紧急上报马德里，"露西"被捕以及目前他组织面临的困境，希望能把她解救出来。但是对于一个已经暴露的间谍，她的价值就已经失去了，即使救出来也不能再为组织继续服务了，现在只是出于道义，尽力挽救她罢了。

还有可疑之处，那个上校被免职之后一直没有下文，加西亚怀疑这是圈套，一开始他们就怀疑有情报泄露，然后设下局，等着"露西"往里钻，之后借"露西"和加西亚的手把假情报送给德军，当战场上形势逆转之后再逮捕"露西"。因为"露西"一直没招出加西亚，所以他们又出一招说理查德上校被免职，成了待罪之身，等着德国间谍出手出错，他们再扩大战果。

目前的情形，不救他的组员，道义上站不住脚；要救她，那么有可能连加西亚都要失去，不过比较幸运的一点就是，他们没有证据证明加西亚也是间谍，英国毕竟是个法制国家，不能乱加罪于人。他们重要情报传递都是通过密信传递，密码本就是当时英国最流行的香艳小说，几乎伦敦市民人手一本，根本不能作为证据。

库伦塔尔刚接到加西亚的邮袋，就又接到柏林斥责情报失误的电报，还要求他严查责任人。可现在怎么办？责任人也有可能是被骗了，还被英国情报组织抓获了，如果不救她，可能会把损失扩大。他只能给予加西亚金钱

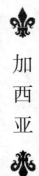

加西亚

援助，但愿足够的钱财能把她"捞出来"，即使不能，也要买她闭嘴，千万不能招出加西亚来。

通过加西亚的运作，那个不存在的"露西"小姐要永远带着秘密在监狱里修身养性了，库伦塔尔的巨款就买来她终身不开口。苏德战场情报有误的责任也不了了之了，加西亚的组织再没"露西"这号人物了，所有的责任都由她一肩扛了。"世上事，了犹未了，终以不了了之。"

加西亚本来已经站到悬崖口了，一阵大一点的风，就能吹得他万劫不复，终于在最后关头，站稳身形，退回到安全地带了。经过这次，他们也该喂给德国人一点真东西，挽回信任危机。

"三国公约"签订以来，已经成立了以柏林——罗马——东京为核心的军事集团，被称为"邪恶轴心国"。既然是攻守同盟的军事集团，那么对意大利和日本不利的情报也算是有价值的情报。

太平洋战争爆发，日军席卷了整个东南亚，美国的势力和英国的殖民地都受到了侵犯，盟军往太平洋和亚洲调兵也很正常。加西亚的情报转向太平洋地区，英国人答应支援中国军队飞机多少架，美国又计划支援多少架、坦克多少辆，还有美国向太平洋投入了多少艘军舰，最后这些飞机、坦克、军舰都跑到了北非地界。不过当时还是很具有迷惑性的，而且当时他们确有如此打算。

德国海军察觉到直布罗陀海峡外有大批盟军舰队集结，正搞不清楚状况，盟军在到达时又不停地变换航向，德军统帅部无人可以洞悉盟军的真实意图。这时得到加西亚情报的指引，判断更是陷入一片混乱。直布罗陀海峡跟太平洋相距甚远，有兜这么一大圈再去目的地的必要吗？长途奔袭不可能不暴露目标，何况是大海上，安全的航线就那么几条，实在令人费解。

苏德战场斯大林格勒战役还在进行，不断把兵力和装备投入到这场战役,北非的投入就相对减少了,东非英军迎来一个反击的好时机,阿拉曼战役打响。既然加西亚现在取得苏德战场的情报有困难,那就配合阿拉曼这个非洲主战场吧,加西亚欣然受命。

德军非洲战场的主帅是"沙漠之狐"隆美尔,他的手下有个"康多尔小组"是潜伏在英国这边的间谍小组,他们很受隆美尔的信任,但是早已经被英国掌握了。

英国特工冒充"康多尔小组"给隆美尔发报,他仍深信不疑,反而把柏林转来的真实情况当作陷阱。于是,就出现了非常有趣的现象:英国情报机构把真假两种情报通过不同的渠道传送给隆美尔,加西亚给马德里,马德里又转给柏林,柏林再转给北非的是真情报,但大多没被采信;而通过缴获的"康多尔小组"电台直接发给隆美尔的假情报却都被采信了。于是,战争结果毫无悬念,加西亚的情报都被证明是正确的,德国人对他的信任又重新确立。

阿拉曼战役结束后,策划半年的北非登陆也开始了,德国海军一直派出潜艇活动,跟踪盟军的舰队,盟军事先准备了大量的船只作为诱饵,很快就把敌人有限的潜艇都引向错误的方向,还有几路暗中跟加西亚之前的情报吻合。登陆开始前一小时,加西亚接到命令,要他以电报的形式向马德里报警,就说盟军意图在法属阿尔及利亚和摩洛哥开启登陆作战计划。

这个时间也是精心算计好的,加西亚的情报送去马德里,再由马德里转发柏林,柏林知道的时候,登陆已经开始了,他们就算证实了情报的准确性也挽救不了失败的结局。当初德国海军刚发现直布罗陀海峡有舰队的时候,纳粹德国元首心不在焉地说了句"准备占领全部法国"。当时的法国分为两部分,一部分是德国占领区,一部分是维希法国,戴高乐领导的自由法国在英国流亡,并没有实际国土,希特勒说的"占领全部法国"就包括盟军

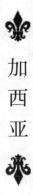

加西亚

将要登陆的地方。

马德里那边电台不是 24 小时无间断开机，但是加西亚不用算计什么时机发报最有利，他现在自己手里没有电台，紧急情报也是通过公共电报系统传递，只是使用模板，把情报分布在几处。他只能在电报局上班的时间段内发报，这也是客观条件造成的，得到消息之后，他一整夜都等在电报局门口，人家一开门他进来第一个发报，告诉他们盟军正涂着地中海伪装，已经在北非登陆了。

事后，库伦塔尔发报告诉他，他的情报非常准确，可惜的是一切太迟了，这并不能挽救他们的失败。加西亚毫不示弱地回复道：如果不是他固执地不同意自己早日建立自己的电台，有紧要消息都是通过伦敦电报局传递，怎么可能耽误这么重要的消息。他现在简直怒发冲冠，如果不是伟大的信仰指引着他，他已经甩手不干了。

在加西亚逼真的演技面前，库伦塔尔无从怀疑于他，他害怕加西亚真的就此和自己断绝来往，那么自己手中掌握的这一整套情报系统都要随之瘫痪了，无法向上面交代。所以他只能好言安抚，同意他建立自己的电台，建立电台的费用，随后就通过秘密账户汇给他。加西亚的情报虽然发回较晚，但是跟希特勒随口说的"占领法国"相符，柏林也批示让加西亚直接和马德里建立联系，让他建立自己的电台。

春季定下的"火炬计划"，因为加西亚的全力配合，几乎没遇抵抗，顺利登陆，他还借机把自己的情报组升级，可以把假情报更快地发回马德里，还敲诈了一笔保密费和建立电台的费用。

那是一个晴朗的早晨，伦敦的上空明净无云，太阳明亮而温暖，微风中空气似乎带有野外的花草清香。不知是谁从城外借来这一缕幽香。加西亚在房里伸了个懒腰，透过轻摆的帘幕洒向满床的阳光，以及随风而来的一缕花香,都在预示着今天又是个好日子。

起床看向窗外,院子里落英满地,翠绿的草地上红白相间,打开窗子,花草的清香更加馥郁,深吸了一口气,头脑瞬间清醒了许多。今天是星期日,报纸的周末版都是休闲娱乐。真是黑色星期天,娱乐版很难挖到有用的情报。现在他看报纸几乎就是在找情报,没有情报或是情报少的新闻都不能引起他的兴趣。

自从1943年他的组织升级,建立电台和马德里之间建立直接联系后,他发送假情报更加顺手也更加及时。他一边跟马德里频繁联系,一边找人监听马德里与柏林的电报,顺便破译了德国情报机构的高级密码。还在一次意外中,大胆预测了同一级别电台之间轮换密码以保密的机密。

可以说"嘉宝"就是英国情报机关的福星,也是德国情报机构的噩梦。

就在加西亚韬光养晦的时候,外面的世界已经天翻地覆了。但这并没有在他心中激起太大的波澜,加西亚已经不是当年那个初出茅庐的青涩少年,现在他坐拥世界上最发达的情报网,柏林的许多消息都是通过他才知道的。到了此时,在和德国军情机关的周旋中,他已经彻底地占据了主动的地位。

反过来,被牵着鼻子走的德军的日子却越来越不好过了,加西亚亲自参与北非登陆之后,德军又在西西里遭遇惨败,他们已经彻底丧失了在地中海的制空权和制海权,地中海实际上成了英国的"内陆湖"。

盟军西西里岛登陆后,有了进军欧洲大陆的桥头堡,盟军开始以西西里为跳板,向意大利腹地挺进。除了在安齐奥海滩遇到有力阻击外,进攻几乎是一帆风顺。但和软弱的意大利军队不同,进入意大利境内,德军的作战却十分顽强,给盟军带来了不小的麻烦,由此可见,当时的德军还有战斗的勇气和力量。而除此之外,他们在情报战线上也没彻底投降,一些人妄图在隐蔽战线上兴风作浪,打乱盟军的行动。德国有个代号"西塞罗"的间谍,以仆人的身份混迹在英国驻土耳其大使馆。本来一个仆人是没机会接触机密的,可是这个驻土耳其的大使不如葡萄牙的大使科波菲尔警惕,科波菲尔近乎神经质的严谨让德国人几乎没有空子可钻,然而这位驻土耳其的大使却性情开朗不拘,又十分喜爱歌剧。这一点被"西塞罗"所利用,他凭借自己也曾经学过歌剧并且有着不错的演唱功力的优势,假装不经意地与大使聊起了歌剧。在刻意奉迎之下,大使渐渐地对这个"兴趣相投"的仆人产生了信任,多此,在私生活方面不再避讳他的存在了,后来更是把他彻底当成了自己的随侍。

在建立了这层关系之后,西塞罗耐心地等待,终于,在一次大使喝醉的时候,他偷到了大使随身携带的保险柜钥匙,将这把钥匙照样另配了一把之后又把原物送了回去。就这样,他打开大使的保险箱并用照相机多次拍下里面秘密保存的所有文件,后经查证,这些文件当中有德黑兰会议部分记录、开罗会议报告等重要情报。凭借这些情报,西塞罗在德国方面换来了大笔的赏钱,而英国方面对此却一无所知。但是阴谋总有露出马脚的时候,在一次国际会议上,德国代表一时不慎将英土两国机密文件当中的原话念了一部分出来,被土耳其代表察觉到了,英土双方经过商议之后,确认是大使馆内部出现了奸细。

不知道间谍究竟是谁,英国方面没有打草惊蛇,而是一切如常地继续在大使馆当中收放文件,不过这些情报都是经过筛选和修改的。不知情的西塞罗和德国情报机构却仍然将这些真假参半的情报当作宝贝一样发回国内供指挥部和政府首脑们参考,这种将计就计的反窃取活动一直进行了相当长一段时间,直到在德国大使馆担任秘书官的一位英国女间谍向英国方面提供的报告确认了经常化妆出入德国大使馆的就是在英国使馆当仆人的西塞罗,他才算是被逮捕归案。

"西塞罗"这个楔子被拔除了,可是在拔除之前,德黑兰会议记录已经有一部分流向了德国情报机构,会议内容也不是新闻,是早在英、美魁北克会议就通过的计划,只是这次有苏联的加入,补充了一些条款,英、美在欧洲开辟第二战场,苏军同时在东线拖住一部分德军。

不管德国人知道多少,第二战场是一定要开辟的,这也是同盟国和轴心国心照不宣的事实。西欧的某些地方将是他们不惜血本、拼命争夺的地方。还有一个公开的秘密就是,这次盟军的进攻和德军防守的成败,关键就是德军对进攻的时间和地点的掌握,这也是对双方情报工作的一次考验。

加西亚不在前线,但是每一道元首的命令还是会准时下达到他的情报组,这也是共同进退的意思。德军最高统帅部传递元首的命令,明确告诫各方,欧洲所有靠近大海的地方都有被德盟军登岸的可能。之后不久,又有新指令重申前面的内容,强调登陆已迫在眉睫,并把丹麦至法国的所有海岸线列为防御地段。

重新构筑沿海永久性防御工事,即戈培尔吹嘘的"大西洋壁垒",实际上只有加莱地区基本完成。号称近百万军队固守在"大西洋壁垒"后面,这堵墙是仅次于中国万里长城的最庞大的堡垒工事。

构筑庞大的工事虽然令人们兴奋不已,但是加西亚心里清楚他们的实力,希特勒一旦确认了登陆地点,他就会迅速把兵力集中起来,使盟军困在狭窄的海滩上寸步难行,并最终在这里消灭他们。只有在进攻时间和地点上误导希特勒,让他判断错误,才能取胜。

一切又回到情报战场,正面战场的较量从来都是图穷匕首见的时候,胜负早已在情报战场上决断了。只不过无论是胜利的一方,还是失败的一方,在真正品尝到或苦涩或甜蜜的结果前,都认为自己才是情报战场的胜

加
西
亚

利者,即使是失败方,胜利者也会让他那样认为,只有这样,他才会放手一搏,在正面战场上输得更加彻底。

现在无论是英国方面还是德国方面,都在挑选自己信任的间谍,使出浑身解数去刺探敌人的情报,然后释放自己的假消息。交战前双方都把目光投向了正悠游自在的加西亚,英国人的"嘉宝",德国人的"阿拉贝尔"。

加西亚的上司首先想到,一个间谍是否被德国人信任,这就要跟他过去发回的情报质量挂钩。情报质量差,即使安安分分也不会被信任;而情报质优量多,人又可靠可信,这样的人就屈指可数了。

被德国人信任是一方面,也要被自己信任才行,英国情报机关能信任的不止要有能力,更要忠诚。

德国情报机构物色了两个已经身在英国的间谍,他们认为这两个人是他们在英国最可靠的情报来源,他们就是早就在英国两个互不统属的情报机关里站稳脚跟的"三轮车"和"嘉宝"。同时,他们也是英国情报机关千挑万选,既能放心使用又能得到德国人信任的双重间谍。

加西亚看着报纸周末版,大脑里好像安了小马达,开足马力搜寻有用的消息,可惜毫无所获,不禁有些心灰意懒。这时电话响了,难道是总部那边有什么紧急事情要他去办吗?

加西亚迅速冲进屋里,但是他没有立即接电话,而是在听电话铃声,为了防止被窃听,一般总部和他电话联系不是靠说话,而是靠铃声,响铃所发出的声音就是最简单的摩尔密码,每次停顿就是一组数字发完。今天的铃声意思是:休假取消。那就是现在就要去总部报到了。

加西亚以最快的速度赶到总部,直奔米尔斯办公室。米尔斯告诉他一个消息:马德里那边要他回去述职。三年多来马德里那边第一次要求他回去,这个命令太值得推敲了。

这个命令里有两个意思，一是要加西亚限时回去，二是要加西亚安排好情报员在离开的时候照常工作。前一点是因为什么还不清楚，但是后一条显然没有怀疑加西亚的情报网有问题。但是三年多都没要加西亚回去，现在突然做此决定实在不寻常。

　　加西亚意识到事情的严重性。

　　米尔斯知道上面将要给加西亚派一个重要的任务，他有资格接受任务的关键就是德国人还是一如既往地信任他，可是任由他这样羊入虎口，米尔斯还是很担心，想要劝他不要回去，又没有理由，他怎么都说不过加西亚，只能为难地看着加西亚，眼神里满是不舍。

　　加西亚很冷静地告诉米尔斯，不用太担心他。

　　米尔斯当然知道加西亚是在安慰他，德国人到底安的什么心，谁也不知道。加西亚是在拿自己的生命作赌注，他自己也分析过了，既然敌人提出了让他回去，如果敌人没怀疑他，他不回去，反而会起疑心；如果敌人已经怀疑他，那么他更要回去，解除对他的怀疑。他在用自己的生命换取敌人对他所谓组织的信任，如果他有意外，凭敌人的贪心，不会放弃这个情报网，或者派人接手，或者从内部选人，只要保证这个所谓的组织存在，那总部还可以利用它操控敌人。只要加西亚豁出命回去，总部就稳占赢面，他怎么可能不回去呢？

　　加西亚看着米尔斯沉痛的表情，知道他明白了自己的苦心，并说自己走水路，然后想整理一些资料应付考察，再想想给谍报员们安排什么任务。

　　马德里那边也在准备阿拉贝尔回来怎么接待，柏林要求派人到英国刺探盟军登陆准备，这已经是关乎生死存亡的时刻了，必须要慎重。阿拉贝尔他是信任的，奈何总部要派人再次确认他是否可信，他也只能照做，他相信阿拉贝尔一定能通过考核，也一定能完成这次艰巨的任务。

库伦塔尔已经把加西亚这几年发回的情报全数交给了柏林特派员，现在看来的确是优质情报，如果有几条能早到，那么好几次关键的战局都会扭转。

加西亚在伦敦以及在路上的时间也没闲着，他把自己从马德里到伦敦一路经历又好好重温一遍，哪里有可疑的地方，哪里可能是敌人的突破口，他心里已经有了一本账，越接近马德里，他心中越笃定，他已经预见到，此行有惊无险，他一定会知道敌人的机密。

轮船靠近西班牙的土地时，加西亚平静的心湖还是掀起丝丝涟漪，并有向波浪演变的趋势。他多想让轮船继续前行，到他的家乡巴塞罗那靠岸，悄悄从家门前经过，看看年迈的父母亲，他们这么多年还好吧？可是他不能，他要冷静，不能被自己的感情左右，他现在还处在风口浪尖，不能把危险带回家。

船到西班牙南部就靠岸了，加西亚一路北上，离家三年，乡音未改，他用流利的西班牙语，带着巴塞罗那的口音，通过层层盘查，毫无悬念地进了首都。

他没再迟疑，直接到德国情报机构报到。进门没人阻拦，但是楼上警卫问他暗号，他迟疑地说出三年前的暗号。警卫还不知所措，他们头领却知道，库伦塔尔这两天等候的人到了。

加西亚来到库伦塔尔面前。

加西亚先立正行礼，说些别来无恙的话，之后就要进行述职了。库伦塔尔听完之后，说了一些赏识加西亚的话。

库伦塔尔没再多交代什么，加西亚独自一人去了酒店套房。有个身形彪悍的大汉问了他的代号，就把他带到套房的客厅。加西亚恭敬地站在门边等候传见，里面应该有可以观察他的地方，他一直就恭敬地站着。

柏林特派员看得很满意，他出来直接招呼加西亚坐，等到特派员落座，加西亚才坐。特派员问了他一些手下表现如何的话，加西亚一一作答。

接下来就是谁在什么情况下被加西亚发现，谁又表现得怎么样，谁为了哪场胜仗的情报丢了性命，谁又为了哪场战役失去了自由，他们临行前又是多么无怨无悔，明知山有虎、偏向虎山行。这些感人肺腑的故事，感天动地的情怀，感人至深的勇气，必定会是流传久远的奇迹。若想说得仔细，三天三夜也说不完。他讲得口沫横飞，说到伤心处还滴下几滴鳄鱼的眼泪。

不过特派员可是听不下去了，"好了好了，已经够详细了，难为你们了，你们的功劳是不会被忘记的，希望你们早日再立新功。"特派员就让加西亚代表他们全体谍报员去库伦塔尔那里领受新任务去了。加西亚出了门神情依然恭敬，但是心里早就把这个假惺惺的特派员狠狠地鄙视了一把。

库伦塔尔看着加西亚平安归来，比吃了蜜糖还要高兴，那么那个重要任务就跑不出阿拉贝尔的手心，也就是攥在了自己的手里。

加西亚归心似箭，但是他知道怎样隐藏自己的真实情绪，他要欲擒故纵，让库伦塔尔催促自己回去。加西亚一边向库伦塔尔表白自己的忠诚，一边又把跟柏林特派员的谈话主动坦白一遍，说到感动处更是强忍悲痛，努力说完，真是闻者伤心、见者流泪。

库伦塔尔看看时候不早了，就让加西亚先去休息，地方是他们控制的酒店，加西亚按照库伦塔尔的意思，就当作回家休假，除了吃喝玩乐，其他一概不问。临走前他还故意说："一个人在敌营神经绷得太紧，就是赶上节庆的场合都不敢放松警惕，难得回来一趟，想在马德里多待一阵。"

听他这样一说，就算先前有一点怀疑，库伦塔尔现在也打消疑虑了。加西亚现在表现得真像长时间精神处在高度紧张状态，急需舒缓排解一下的已到崩溃边缘的人，不由得库伦塔尔不信他每天处在水深火热当中。

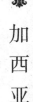
加
西
亚

加西亚每天风花雪月，什么正事都不过问，库伦塔尔渐渐有些着急了，阿拉贝尔怎么就不提回去的事情呢？自己又不好先提，显得自己一点都不体恤下属，有一天见到加西亚，问他有没有跟伦敦的情报员联络过。加西亚回说他来之前都按总部要求安排好了，他在不在都不会有太大的影响。加西亚越显得乐不思蜀，库伦塔尔越着急，他已经顾不得表面文章了，把加西亚叫到自己办公室，跟他摊牌了。

库伦塔尔忽然告诉他现在已经确定盟军要在欧洲开辟第二战场。加西亚听了之后心里"咯噔"一下，知道这是德黑兰会议记录泄露的内容，但是表面还是一副了然的神色，库伦塔尔看见他高深莫测的表情，心里更加满意，只有这样泰山崩于前而色不变的人才是能窃取最高级情报的人选。

最后，库伦塔尔要求加西亚在盟军主攻打响之前，找出他们的登陆地点。不必在意最终结果，凡是他们军事调动，军官往来，公开情报，小道消息，政客闲谈，都要他汇报上来，最终的结论会由上面定夺。

加西亚接受任务之后敬了个标准的军礼，立正不言。

库伦塔尔目的已经达到，没再作挽留，知道他既有自己给的护身符，又有英国的通行证，路上不会有麻烦，连路上小心的叮嘱都省了。加西亚心里毫不留恋，但表面上还是恋恋不舍的样子，回酒店取了简单的行李，踏上了归程。当扬帆起航的一刹那，他好像经历了一次重生，再见了马德里，再见了我的故国，不知道下次见面会是在哪一年、哪一天。

加西亚终于回到伦敦了，他不知道在自己离开这段时间，惦念他的米尔斯每天都度日如年。米尔斯后悔为什么自己那么不理智，一切都听他的安排，没派人保护，没派人接应，也没告诉他马德里的交通站以及联络方法，万一有个紧急情况，加西亚连找个帮手都难。他给定的期限是一个月，一个月眼看就要到了，难道加西亚真的出了什么意外不成？

米尔斯现在疯狂地工作,只有工作起来,才能让他暂时忘却一些事,一旦停下,锥心刺骨的痛和悔恨,就会排山倒海地压下来。就在他还在折磨自己的时候,听见一声熟悉的调侃:"听说米尔斯自兄弟走后,茶饭不思,夜不能寐,真是令人惶恐啊! 什么时候我变得这么重要了?"

米尔斯见到他之后欣喜若狂,加西亚走的时候说,来回顶多一个月,一个月不归,可能就是凶多吉少了,还说他在那边依然可以发电报,以关心自己组员的借口报平安,结果为了蒙蔽库伦塔尔,愣是一件正事没干。伦敦这边对他的安全非常担心,又怕打草惊蛇反而害了他。时间拖得越久,希望越渺茫。

加西亚连忙给他解释,自己猜得不错,敌人是有绝密任务要下达,所以把要委任的人都审查一遍,确保这些间谍都是可用的。敌人知道盟军的下一步是要登陆,但是不知道具体登陆位置,他这次被派来刺探盟军最高机密——登陆地点。

他也是为了打消敌人最后一丝怀疑才忍痛不跟总部联系,还要出去风花雪月,装成乐不思蜀的样子,逼得库伦塔尔亲自出马,把他扫地出门,踢出西班牙。

加西亚汇报完之后就回家了,他知道德国人不会只给他一个人下这个命令,德国间谍们应该已经开始行动了,那么他也要赶快行动才是。

在伦敦,加西亚才真正地放开心怀,放下包袱,轻松入眠,美梦不断。下午1点,加西亚准时到米尔斯的办公室报到,没有针锋相对的交锋,没有唇枪舌剑的外交辞令,一如老友相聚畅所欲言。

谈话的过程中,米尔斯提到了"卫士"计划,起初加西亚不懂,经过米尔斯解说,加西亚渐渐明白了:"卫士"计划就是要通过各种欺骗手段使希特勒相信,盟军进攻的矛头是斯堪的纳维亚、巴尔干半岛、加莱海峡、波尔多

加西亚

甚至任何一个其他的地方,但是绝对不是诺曼底;即使盟军出现在诺曼底,也并不是最终的目标,而只是一个分散敌兵的烟雾弹,真正的登陆是在其他地方。

进攻之前、进攻期间和进攻之后都是"霸王"行动的关键,尤其是进攻之后,稍有军事常识的人不会在发现第一梯队超过 8 个师的规模时,还相信这里不是盟军的主攻战场。可是这些骗术策划者们就是要在不可能中创造可能,即使不能让德军相信,也要干扰他们的判断,延长他们作出正确决断的时间,为登陆成功尽量争取一切有利机会。

"卫士"计划的主要目标,总结起来只有两个:一是诱使德军统帅部相信登陆地点在除了诺曼底的几个地点,把军力分散在各地,不易集中,或者坚守其他地点,盟军可以靠破坏交通,使敌军主力无法增援;二是诺曼底的登陆只是佯攻,旨在消耗德军的后备力量,为真正的主攻创造条件。

而计划最核心的内容就是,这些欺诈内容不能一帆风顺、平平稳稳地送到德军手上,一定要让德军费尽力气、耗尽所有脑细胞,才能获得那么一星半点、前后矛盾、真真假假、虚虚实实的线索,再为了解开疑窦丛生的线索去分析、推理、假设、归纳,累得吐血才能得出符合盟军设想的错误结论。

担任盟军远征军最高统帅的艾森豪威尔将军在刚开始接过重任的时候,对成功还没太大的把握,他在给朋友的信中说:"紧张的氛围让每个人都很压抑。这不是一次冒险,而是一次攸关生死的壮举。"可是当他看到"卫士"计划后,却高兴地说他喜欢这个计划。

加西亚也经手不少假情报,甚至欺骗计划,可是还从没接触过这么庞大、复杂、大胆的计划,他听得热血沸腾,恨不能一展身手。不过想起事关成败的关键,自己一个人恐怕应付不过来敌人方方面面的试探,万一哪里想得不周到,暴露了盟军的真实意图,自己罪莫大焉。

于是，他要求多派些人手帮助他，最终，参与到此次行动的阵容竟然十分豪华。

到底这个阵容强大到什么程度呢？即所有靠欺骗建功立业的机构都被囊括进来，英国的军事情报局、双十字委员会，美国的战略情报局、联邦调查局，还有盟军统辖的所有情报部门。高手云集，群星璀璨。当然少不了那些深入德国情报机关的双面间谍。

设在英国伦敦的监督处是整个组织的枢纽，工作地点与丘吉尔的战时内阁十分近，同处在一条街上，它们日常工作就是制定和实施战略性欺骗，现在成了"霸王"行动中战略欺骗的组织机构。

监督处现任长官是陆军中校约翰·比万，人称"欺骗总管"。虽然他的军衔不高，但权限不可小觑，他甚至可以组织发布会，让各国首脑发表声明。监督处有三条格言：斗智、狡猾和精细，徽章上面印的是古罗马神话中诡计多端的小妖精，一切显示，这将是一场精彩绝伦的好戏。

加西亚的情报小组也要开足马力，变成一架假情报的传送机，他们的情报要多离谱有多离谱，要多误导有多误导，但是当所有的情报机关都参与到同一个欺骗计划中来的时候，那就"假作真时假亦真"了。谎言重复千遍就是真理，三人成虎、众口铄金。当所有的间谍都告诉德国情报机构盟军的登陆地点是加莱，当所有的军事部署都在加莱，当所有监听到的命令都是进攻加莱，他们也只好这样相信了。

加西亚也在这场惊天骗局里占据重要一环，他的任务包括让德国人接受盟军的登陆地点可能是加莱这一条假情报。

如果德国人执意关注诺曼底，就尽量使他们相信，那个只是虚晃一枪，没有真正的威慑力。

为了达到"卫士"计划的预定目标，没有几十万人的部队构成对德军的

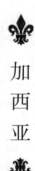

加西亚

实质性威胁,光靠情报欺骗是很难让德国人上当的。可是盟军要想保证主攻方向上的绝对优势,是绝对不可以大批分兵,引诱德军调动的。现在这个问题就摆在情报机关面前,怎么办?

一个大胆的计划在一次情报机关内部会议中被提出来,那就是"坚忍"计划。它针对"卫士"计划的两个目标,分成"北方坚忍"和"南方坚忍"两个部分。一部分为德军分散兵力,一部分为确定假的主攻方向。

"北方坚忍"计划针对斯堪的纳维亚半岛上的国家,德国元首对斯堪的纳维亚半岛有种特殊的迷恋,无论盟国对斯堪的纳维亚做出多么微小的威胁,德军的反应都会相当敏感。德军在挪威驻有重兵,有些时候德军的主力舰和潜艇几乎都停在那里的港口。

为了弄清楚德军为何单对这里敏感, 他们通过埋在高层的间谍探知,希特勒年轻时崇拜一名德国海军上校,他写过一篇关于"一战"海军战略的文章,在文章里反复阐述德国的上次失败原因在于德军舰队都限制在了德国的海湾里。还假想另一次战争,德国的海上力量只要占领挪威的不冻港,德国的海军在大西洋畅行无阻,就能切断英国的海上活动,英国将毫无还手之力。

既然如此,那英国的情报精英就要好好利用一下他的迷恋情节。他们要尽量散布英、美、苏三国将要联合进攻挪威的谣言,要想牵制住德军已经部署在丹麦、挪威和芬兰的二十几个师的主力兵力,没有一个集团军是根本做不到的。可是盟军现在没有多余的兵力投放,所以注定这个计划是个"空头支票"。

情报机关信任情报精英们可以"无中生有",制造出一个集团军来,他至少要拥有三十几万人的部队,就叫"英国第四集团军"。司令部就建在苏格兰的爱丁堡,号称几十万人的集团军,实际集结起来的人数还不到一个营的兵力,而且以通讯兵居多。集团军司令部或者叫作"帐篷区"更加合适,除了电台充足,其他什么都缺。

不止如此,既然是联合进攻,苏联也该有个这样的司令部,为了配合作战,两个空帐篷要时不时交流一下军情,吸引那些德国无线电的侦听和定位机构。

德国方面自从发现了这个司令部,监听就没停过。终于迎来了德军的轰炸机,损失两顶帐篷,换来德军二十几个师不敢妄动,太划算了!

加西亚在干什么?他的手下要传回最新消息:驻苏格兰的部队下发了极地生存手册,还有防寒服,每天进行滑雪训练,还有对挪威和瑞典的广播,让民众做好防空准备,储备好衣物、食物、饮水、药品,一切显示盟军马上就要进攻北欧。加西亚也是这样上报马德里的。

迟迟等不来盟军的进攻,加西亚他们要如何解释?很简单,据最新消息,第四集团军要配合美国另一集团军还有苏联的一支军队,准备在登陆前后,在德军应接不暇的时候对挪威发动大规模的进攻。当然,配合的军队也都是不存在的,即使真有这样的部队番号,他们也绝对不会出现在挪威那个所谓的战场上。

几乎所有的情报显示都是这样的,德军在迫不得已的情况下再次在挪威和瑞典安排了 13 个师的兵力,等待那个不存在也永远不会出现的大规模联合进攻。这次欺敌计划成功,在登陆日大大减少了盟军的伤亡,而且敌人这么多可用之兵被束缚在挪威,为登陆成功也起着不可估量的作用,可以说是非常成功的计策。

散布对挪威进攻的谣言,还有更加深层次的意义。他的目的不是在战场上显现效果,但是对德军的牵制力量却是釜底抽薪的。这个计划明着是对挪威的威胁,暗中是对瑞典的施压。盟国要瑞典放弃中立,加入盟国,德

加西亚

国的军工就此停产。他的武器都供应不上了，这仗还有的打吗？

　　如果这些还不足以让德方高层动容，那么"北方坚忍"的另一个暗示，他们不得不仔细掂量。假使盟军在斯堪的纳维亚半岛获得胜利，就可以顺便攻取丹麦，从北方进军攻击德国，到时候就不止是东、西两线作战了，德军还要腹背受敌，他们不想面对这样的威胁，那就不得不多留些军队在加莱和北海。

　　这个欺骗计划里最巧妙的环节就是对那个凭空而来、横空出世的英国第四集团军的最后安排。一旦盟军在诺曼底登陆，进攻挪威的谎言就要维持不下去了，那么结果可能像所有的假情报一样，随风而来又随风而逝，这样几十万人的军队神秘消失了，德国人就会反应过来上当了。如果对北欧的威胁不存在了，难保德军不会卷土重来。加西亚他们又要派上大用场了，他会报告他的德国上司，第四集团军已经放弃了进攻挪威，而且撤出苏格兰，调到英格兰与另一支不存在的部队整编成美国第一集团军，准备进攻真正的登陆地点加莱。

　　"南方坚忍"计划又叫"水银计划"，这是一项更加胆大妄为的计划。它创造的将是由一个拥有五十几个整编师和上百万人的集团军，再吸收了之前威胁瑞典的英国第四集团军而组成庞大的美国第一集团军，在加莱发起总攻。

　　而实际上的总攻是蒙哥马利的第二十一集团军和布莱德雷的第十二集团军，他们即将开赴诺曼底，在滩头建立阵地投入战斗。

　　这个计划背后的战略意义没有"北方坚忍"计划那么复杂，但是它的巧妙之处在于，德国人一旦相信那个美国第一集团军的存在，不但解释了英国第四集团军的神秘消失，其实就是谎言仍然可以继续，还会在诺曼底登陆的时候不加阻拦。

他们一旦坚信主攻在加莱,就不会调兵去增援诺曼底。他们会在心里描绘那个美好的蓝图,佯攻开始了,只要守住加莱,最后的胜利依然会属于他们。

透露登陆地点的任务还是落在双面间谍身上,也就是"嘉宝"加西亚的身上。他的报告说美国第一集团军的司令部就在多佛尔,也就是加莱的对面,英格兰南部还有他们的军营和仓库,他的情报员还发现了公路上来不及清除的坦克履带印,河上没有散开的军舰航行过的油迹。

加西亚报告的东西都是有据可查的事实,但是德军侦查机和侦查员能够侦查到的就是盟军情报系统合力做给他们看的。多佛尔司令部里伪装了庞大的情报网,从军团、军、师、旅、团、营、连各级电台都有无线电沟通,严格按照同级别单位日常通讯,上下级不定时联络,或者上级发布作战命令、下级汇报结果,或者下级报告突发情况,上级要回电指示进行运作。

在假司令部里还设立了一部大功率电台,专门让德国无线电侦听。大功率电台与下属部队的联系,有的是和虚假部队的联系,也有和真集团军的联系,真正登陆部队集团军司令部的命令,只要不涉及诺曼底,都会先转道假司令部,再由多佛尔假司令部的电台发送出去。

在英格兰东南部修建了军营、仓库、补给线供德军空军侦查,还从好莱坞借来布景高手造出囤积物资的仓库、机场、飞机、运输机,侦察机、轰炸机,坦克、大炮、山炮、重炮、迫击炮;还有痕迹,坦克轰鸣驶过,在公路上压出长长的履带印,军舰在河上航行的油迹,大部队通过的脚印、灰尘,驻扎过的帐篷和炉灶的痕迹。

除了物质供应,人员也尽量调配,真的登陆部队,暂时没有任务的,都会先调到这里,驻扎操练,等有了作战任务再调走。也会派别的部队过来操练,既让闲置部队有事做,不出乱子,还能显得假军营很真实。

加西亚

德军侦察机历尽艰险，从盟军的空中防线穿过，把这里真真假假的集团军相片带回德国情报机构，更坚定了他们相信这里驻扎盟军一个大规模集团军的事实。而这个集团军的指挥部设在加莱的另外一侧多佛尔，不止物资和人员可以造假，就连部队指挥官都可以造假。德军方面一直猜测，登陆战的指挥官不是蒙哥马利就是巴顿，而真正的指挥官是蒙哥马利，那么加西亚汇报的就只能是巴顿。

两个人都是赫赫名将，走到哪儿都是万众瞩目、将星闪耀，怎么造假？这个游戏就有一点复杂了。

盟军里有个陆军中尉名叫克里雷顿·詹姆斯，他长得很像蒙哥马利将军，碰巧他参军之前是个演员，于是情报部门把他借来专门饰演蒙哥马利将军。

真的将军躲在朴茨茅次潜心研究作战方案，假的将军就在外界频频亮相，出访开罗、直布罗陀，这时候的人们都认为蒙哥马利离开英国进行一次远行，不会参与指挥这场登陆作战。这时真正的巴顿将军再出现在英格兰南部演说、训话，加上神秘的美国第一集团军就驻扎在英格兰南部，德国人自然而然会把两者联系起来。

加西亚再适时添一把火，把英格兰南部驻军情况向马德里汇报，顺便加一句巴顿是指挥官，这个圈套就做成了。

德国人一旦相信了美国第一集团军的存在，还有他们的指挥官巴顿就是为了加莱而战，那么当真正的诺曼底登陆开始的时候，他们就会错以为这是要把德军精锐从加莱海峡引开，他们一去增援诺曼底，第一集团军就会乘虚而入，一举在加莱登陆。那么他们不但不会增援诺曼底，还会坚守加莱海峡，而实际上德军确实中计了，他们把在西线最具战斗力的第十五军放在了加莱地区。这样，"水银计划"的目的就达到了。

登陆行动前一天，也就是 1944 年 6 月 5 日，加西亚上报马德里库伦塔尔紧急情报，据手下情报员最新侦查，之前都是假象，真正的登陆地点其实是另外一处地方，证据在 6 月 6 日凌晨就可以拿到，请电台接受人员一定要坚持住，这段时间要留意伦敦小组的电报。

这一方面是要告诉德国人真正的登陆地点，防止这次之后他们对加西亚产生怀疑；另一方面，这个情报要在即使获取也来不及的时刻才能告诉他们。这期间加西亚就不断把自己手下两派支持加莱登陆和支持其他地点登陆的各自理由汇总报告库伦塔尔，还有最新探知的有关登陆的消息，还有登陆即将开始的预告。

非常凑巧，马德里那边的情报官看伦敦那边净是老生常谈的话题，就把视线转到其他情报组了。在 6 月 6 日凌晨，登陆战即将开始的时候，加西亚的准确情报终于到了，那个倒霉的情报官竟然忘记接收了，阴差阳错地在登陆行动都开始的时候才签收，凑巧做了加西亚的替罪羊。

加西亚反而恶人先告状，口口声声称自己再三强调凌晨之前一定会有最新情报，一再恳求总部耐心等待，为什么又出现北非登陆时的事情，为什么他的重要情报总是被忽视，他愤怒地发报说："我不接受任何道歉或者借口，要不是为了我的理想，我早就拒绝这份工作了！"

这封迟来的电报虽然于事无补，加西亚的愤怒指控让库伦塔尔手忙脚乱，但是德国人却更加信任他。

"卫士"计划里还有盟国首脑发表讲话进行宣传欺骗的一个环节，但是出现了一点小意外，法国抵抗运动的领袖激动之下，抛开了情报机关为他准备的讲话稿，呼吁法国民众迎接伟大的登陆，这点和其他国家领导人明显相反的论调引起了德国情报机构的重视。

他们很快就向"嘉宝"发急电询问，到底谁真谁假，他们把宝押在加西

加
西
亚

亚身上了。加西亚巧妙地引用了之前发的一条情报,是一条政治战的指示文件,文件要求各级领导人不要轻率地讨论现在的登陆和即将发生的另外的登陆,目的就是怕泄露真实计划。但是他听到自己的上司劝丘吉尔讲话时要注意欺骗敌人,比如"首批部队已经登陆"最好说成"全部部队已经登陆",但是丘吉尔认为,下面的官员可以说谎,但是以他的政治地位和身份,战争已经打到这个地步了,他没有必要"歪曲事实,给世界留下不诚实的形象"。其他领导人可能也是基于这点才不屑于说谎,而只有戴高乐不折不扣地执行了欺骗命令。

加西亚的机智聪明,又一次消除了德国情报机构的怀疑,他们接连为他的卓越贡献而向上级请功。

登陆开始后第四天,加西亚又发出一份超长情报,推翻了之前他自己的论断,重新肯定诺曼底的登陆只是牵制性的,为了加莱登陆成功而实施的战略欺骗。他要求如果自己的上级不能作出决定,最好上交给德军最高指挥官。出于对加西亚的信任也好,还是之前固有的认知也罢,德军一直在加莱做重点防御,即使诺曼底前线德军将领识破了盟军的计策,也没能请来救兵。

时间就这么推移着,残酷的战争终于结束了。无论是轰轰烈烈的金戈铁马,还是浪漫温馨的诗情画意,永远不能替代琐碎的生活和平淡的人生。

在漫长的历史长河中,战争只是短暂的插曲,无论当初有多么波澜壮阔,都无法代替和平这个永恒的主旋律。

在战乱时代,能够干干净净地度过自己一生的人,是值得钦佩的。如果在洁身自好的基础上,还能做出一些成就,那就可以说这个人是个不平凡的人,一个脱离了低级趣味的人。

更为难得的是那些出淤泥而不染的人,他们乔装改扮,深入虎穴,舍生忘死,孤胆奋斗。在隐秘战线神出鬼没,大显身手。完成大我,牺牲小我。"嘉宝"无疑是他们之中的佼佼者。

战争的硝烟已经远去,噩梦已经苏醒,人们也淡忘了战争的梦魇,在现实的生活中重新找回了幸福和希望。第二次世界大战已经过去了十几年,那场巨大的浩劫带给人类的伤害还要时间慢慢抚平伤口。安哥拉无名小镇,立着一块平淡无奇的墓碑,过往的行人不会在意,从墓碑上篆刻的文字上可以看出,这是一个客死异乡的人。

墓碑上的字是西班牙文的,上面写的是"西班牙人胡安·普吉·加西亚于1959年死于伤寒疟疾并发,某某教堂,某某神甫谨立"。这个加西亚的传奇他从前听说过,他是英国情报机关里为数不多几个深受纳粹德国信任的双面间谍之一,他在"卫士计划"里扮演过重要角色,成功欺骗了纳粹德国军事指挥机构,使诺曼底登陆战役得以成功,加西亚立有不世奇功。他也的确是西班牙人。

难怪后来再也没有他的消息,只是听说他去周游世界了,开始两年听说他到过美国、墨西哥还有古巴,没想到他已经病死在安哥拉这个无名小镇上了。

随着一条"加西亚因伤寒和疟疾在安哥拉病逝"的消息传回欧洲,英国和德国几乎同时出现了一场不小的混乱。英国只差没有公开他的真实身份,但因为还要顾忌其他英国特工战后隐居在外,怕引起连锁反应。

曾经专门制造混乱和破坏的机构被解散了,像伦敦监督处、特种战委员会还有双十字委员会,都曾经是英国战争期间叱咤风云的人物齐聚之地,他们的成员都转行做了其他工作。曾经的总管做了枢密顾问,改做内政工作;监督处的主管温盖特成了黄金委员会的主席,做了商人兼作家,一直隐居在威尔特郡的乡村别墅;也有人重新做起了学问,竟然做到牛津大学

加
西
亚

的副校长。

更多的成员是成了某个庄园的主人，没事的时候打猎、喝酒，在神秘的俱乐部小圈子里如鱼得水地玩乐，他们在外人眼里或许是成功的商人、狂热的学者、畅销书的作家，这些在战争年代唯恐天下不乱、把水搅得更混的危险分子，在战后都开始了宁静的新生活，而且大部分老死在自己的床上。

然而，加西亚真的就这么轻易地客死异乡了吗？当初为了躲避纳粹余孽的报复而周游世界，十年踪迹十年心，他逃脱了纳粹的追杀，却没躲过死神的邀请，岁月如刀，神鬼难逃。不对，加西亚现年不到40岁吧，难道……

委内瑞拉有一个小城镇，小镇中央有一家人是外来移民，自称泽维尔。委内瑞拉曾是西班牙的殖民地，文化气息很近，当地人都知道这是个西班牙姓氏，意为新房子的主人，寓意光辉灿烂。

一家人迁来十几年了，邻里关系很好，那家人也很和善。男主人泽维尔先生是个不到40岁的小个子，地中海发型露出智慧的前额，浓密的络腮胡子，遮住大半个脸庞，他夫人常说要是他的头发像他的胡子那么茂盛就好了。还有遮住小眼睛的厚如酒瓶底的眼镜，眼睛是心灵的窗户，在窗户上安了这么厚重的窗帘，想要看清里面恐怕很不容易吧？

此时的泽维尔先生正在自家的后院从豆架上摘豆子，摘满了一筐之后又从土里刨起了土豆，看来他们晚餐要吃鹰嘴豆烧土豆。

见过加西亚庐山真面目的人，如果这时看见悠然刨着土豆的泽维尔，一定会大吃一惊，这不是据说已经病死的加西亚吗？他怎么会在这儿，还这么悠闲自在？究竟是怎么回事呢？这还要从"卫士"计划说起。

"卫士"计划里加西亚成功用假情报牵制了德军精锐，保证盟军在诺曼底成功登陆，他的假情报做得滴水不漏。德国人为他的谨慎，不放过任何一点可疑，特意为他申请嘉奖。

当他的德国上司告诉他好消息时，加西亚这个深沉内敛的人都惊讶了。希特勒下令将纳粹铁十字勋章授予他，并表示他是少数能获得这个荣誉的人之一。加西亚心里纳闷了，盟军大获全胜，暴露了德军的情报完全被双面间谍牵着走，他们竟然不追查，反而嘉奖，太有问题了。

　　德军里的能人异士们有朝一日得知，代表普鲁士武士和俾斯麦时代的伟大回忆的勋章被授予一个敌国间谍，不知还能不能为自己也获得了铁十字勋章而感到骄傲。"嘉宝"是英国特工，为盟军服务，他自始至终都在欺骗纳粹间谍，欺骗德军最高统帅部，甚至欺骗了希特勒本人。可是就是这个骗得纳粹德国上下一干人团团转的敌国间谍，竟然获得了他们集团梦寐以求的殊荣，不知是讽刺还是赞赏。

　　他的真实身份是英国特工。英国方面还没有授予他与之相当的荣誉，反被德国人抢了先，英国人会不会怀疑他与德国的关系，这是不是德国人发现了他身份的可疑而故意离间自己和英国的关系？纠结、混乱，一时间也理不出头绪。

　　意外还没完，几乎就在同时，英国上司米尔斯通知他，他已经被秘密授予大英帝国勋章。

　　如果这两个勋章能够同时公开佩戴在一个人的身上，那么，他加西亚无疑是历史上唯一一个在宴会服上佩戴两个敌对国勋章的人。

　　很多事情是言语无法表达的，但是不代表人的心里感觉不出来。不管事情最后的结局如何，一定不能让人生有遗憾。

　　当时盟军登陆已经成功，战争形势彻底逆转，德国的败亡已经不远，胜利的结果也可以预见，唯有自己的处境越发危险。加西亚是个机智聪明的人，他知道自己能够做到什么，更知道自己做不到什么，"知人者智，自知者明"。加西亚很明智地发现：在德军节节败退的情况下继续发送假消息而不

加西亚

引起怀疑,已经无异于天方夜谭了。

纳粹德国的报复手段也是迅猛如雷电,他们疯狂扫荡了欧洲的盟军情报组织,把他们掌握的敌方情报员全部抓获,英国情报员损失惨重。加西亚撤退的时机稍纵即逝。

逃避并不能躲过,坦然面对却没准会转祸为福、转败为功。

原本的生活也是平淡无奇的,谁能想到这个相貌平平、毫不起眼的普通人,竟靠自己的力量打入英、德两国的间谍机构,还获得了普通人穷其一生都不可能获得的荣耀,绚烂过后归于平淡,这或许是个更好的选择。

人生的轨迹总是在不经意间就走向了转弯,如果不是该死的战争,"嘉宝"没准现在正在自己的祖国西班牙自己的家乡巴塞罗那当着小老板,平平淡淡终老此生。可是他没有按着从前的轨迹,而是加入了一条隐秘战线,厮杀拼搏,创造了可歌可泣的辉煌战绩。现在胜利在望,他也有机会做回从前的自己。

人类的通病总是寄望美好的未来而忘记手上的真实,未来不会自己改变,全靠自己迈开步伐向前,前方会有不同的视野,只要努力创造,那一天没准就在前方的不远处,迈步就能看到。"嘉宝"要在德国反间谍机关动手前,提前对自己下手。

德国情报机构在此时可谓是屋漏偏逢连夜雨。在他们所掌管的隐蔽战场上损失惨重,连一向小心谨慎地隐蔽自己的"阿拉贝尔"也被英国反间谍机构发现并逮捕了。

代号"阿拉贝尔"的德国间谍不是别人,正是在英国代号"嘉宝"的间谍加西亚。这次抓捕其实就是他串通上级主管米尔斯安排给德国人看的一场好戏。

米尔斯同意"嘉宝"以这种方式撤退,也是因为有之前的教训,德占区的情报员几乎丧失殆尽。深受纳粹德国信赖的双重间谍"嘉宝"、"三轮车"、"布鲁特斯"竟然全都是英国特工,他们必将大举报复,要尽量在敌人的魔掌下抢救幸存的特工。

德国反间谍处把已经掌握的英国特工杀光,这时"嘉宝"在英国出事,像是英国对德国人报复行动的反应。既证实了"嘉宝"是为德国人效力的,又不让德国情报机构继续追查"嘉宝"在德国情报机构的行动。

当形容憔悴、面容枯槁、形销骨立的加西亚公开发表声明,承认自己是德国间谍时,德国人震惊了。他承认了自己的间谍活动,但是不承认自己的行为是非法的,两军对垒,兵不厌诈,只要能置对手于死地,可以无所不用其极,他的行为越是能够造成盟军的损失,越说明他生存得有价值。

英国人刻意歪曲"阿拉贝尔"的本意,明明是慷慨激昂的爱国宣言,偏偏被他们当作供词,对自己的不法罪行供认不讳。德国人对此已经出离愤怒了。

有些事情还是不知道真相会比较幸福。第三帝国还在为"阿拉贝尔"的陷落感到惋惜,多少第三帝国的精英也在为之扼腕叹息,为帝国已经堕落到这种地步还有如此忠诚的卫士感到骄傲和自豪。

从加西亚的公开谈话里,可以得到这样一个信息,那就是:他还有许多志同道合的同路人还会接过他的责任,继续前行。

在捉襟见肘的情况下,德国人还是东拼西凑地找出压箱底的30多万美元,转移到加西亚情报员名下,支持他辛苦建立并费心保留下的情报网。

这场戏看来真是感动德国老板了,实际情况却是:加西亚的所谓情报网、情报员都是他一手杜撰出来的,根本就什么都没有,他的组织从始至终根本就只有他一个人。

加西亚连撤退都不放过德国人,临走还要大敲一笔,把德国人压箱底

加西亚

的钱都骗了出来。世上没有不透风的墙,别看德国人现在感动得一塌糊涂,万一哪天他们知道了真相,天涯海角,他们也不会放过自己。与其等德国人反过味儿来下达追杀令,不如自己先一死了之,让纳粹余孽懊悔终生好了。所以他设计了一场诈死逃生。

世上再没有加西亚,那个曾经叱咤风云、玩弄德国人于股掌之上的危险间谍,他已经死了,现在活着的只是一个普通人,一个经历过战争伤痛,在世为人,不愿参与世事纷争,看破红尘的隐逸之士。

作为掩饰,他可能会种一块地,经营一个小店,养家糊口,他的家人也不会知道他的过去。

当人们习惯了"他"和加西亚同时存在的时候,就该公布加西亚的死讯了。他隐居十多年后,通过一个过去的同事把他在安哥拉死于疟疾的消息散播出去。加西亚死了,"他"还活着,他已经不再是过去的他了,而是回到更早之前的那个他,一个平凡的人。

加西亚从此湮没无闻,埋没在历史的长河中。岁月流逝,人们过惯了平静的日子,也会怀念充满年少激情的岁月,神秘的间谍更是人们争相追捧的对象,潜伏着的间谍也渐渐浮出水面了。

伊恩·弗莱明在牙买加隐居时,想起从前的同事,不甘寂寞,创作起了小说,他笔下的"007"兼有多个同事的经历;波波夫在法国南部小镇,也写着自己的回忆录。当这些书籍出版的时候,又在世界掀起了一轮间谍热。

假死之后,加西亚又平静地度过了 20 多年。诺曼底登陆战役 40 周年庆典时,他出席了在诺曼底海滩举行的纪念仪式。诺曼底登陆的周年庆几乎每年都要举办,加西亚从来没参加过,只有这次例外,四年后他就去世了,这次是他在世的最后一次大庆,不知是否是出于特工的敏感,他提前预见到了这些。

最惊奇的要数加西亚的孩子，他们从来不知道沉默寡言的父亲竟然是曾经的"谍王"，而他竟然从来没对任何人说起过，甚至他的孩子。他们还是从广播里播放的英雄事迹里听到的，没想到崇拜了多年的特工，原来就在自己身边，而且还是自己的父亲。这之后，他又归于平凡，直到四年后在委内瑞拉安详地离世。

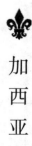

加
西
亚

游走黑白的独行侠
——南斯拉夫的双面间谍米契科夫

英俊的外表,迷离的眼神,微笑时,轻轻上扬的嘴角;考究的西装,微醺的神情,言谈间,磁性低沉的语调;这就是雅科夫·米契科夫,第二次世界大战中著名的双面间谍。

1912年,他生于南斯拉夫富商之家,于1940年至1944年受雇于英国军情六处,是丘吉尔插入敌人心脏的一把利刃,是被重用的"英国最重要的间谍",曾为盟军的胜利做出过巨大的贡献。同时,他又成功打入纳粹德国反间谍机关阿勃韦尔,成为纳粹最信任的"元首的最好特工"。米契科夫还有个绰号,即"花花公子双重谍",因为其本身就是个风流倜傥的翩翩公子。

巨雷低吼着在云层中滚过,闪电撕裂层层乌云闪现于天际,暴风雨来临前那股压抑的气息铺天盖地地袭来,白昼阴沉得像夜,让人喘不过气。弗赖堡大学法律系大三的学生米契科夫走进奥斯兰人俱乐部,他想要畅快地打一场桌球,舒缓一下几天来的压抑。

今年不知怎么了,身边的同学在政治上分成了两派,一派受了纳粹的蛊惑,整天叫嚣着复仇;另一派保持着理智,抵受住了荒谬的宣传,但是却无法拉住身边中毒已深的昔日好友。

两派人经常小动口角、冷嘲热讽,进而破口大骂,乃至大打出手。米契科夫劝架劝得自己都想打架了,再不舒缓一下情绪,下次再有人打架,他恐怕也要冲上去了。

没想到在俱乐部这样的地方也能看见类似的场面,两个带着校徽的青年正在那边争执得面红耳赤。小个子的褐色卷发都快气直了,灰色的眼睛里放射着愤怒的光芒,白皙的面庞因为激动而涨得通红,脸上的几粒雀斑甚至都涨大了几倍。

现场引来许多围观的人,小个子提高嗓门,全俱乐部的人都听得清清楚楚:"好!算我这些年白认识了你,约翰尼·杰伯逊!你这个英法的代理、走狗,有本事我们战场上一较高低,我懒得跟你争辩,哼!"

这番话立刻触动了米契科夫敏感的神经,在他心底,始终怀有强烈的反纳粹情绪,听罢,他自然而然地偏向了那个叫约翰尼·杰伯逊的英俊青年。约翰尼已经握紧的拳头攥得更紧了,手背上关节处鼓起了四个小白包,额头上青筋爆出,朋友的不可理喻和愚昧无知让他忍无可忍。

最近校园里的旧友断交场面实在多,米契科夫知道真打起来就不是他们两个人的事了,刚才那个小雀斑脸嗓门那么高,所有人都知道他们为什么争吵,万一又演变成群殴,自己就打不成桌球了。

凭着这几天劝架的经验,米契科夫首先将两人快速分开,而后分别给降温,让其沸腾的热血平静下去。劝架的关键是不能拉偏架,否则劝的人也得搅进去。一番劝解过后,人群很快散去,米契科夫却拉住了约翰尼。

微笑的力量是无穷的,看到米契科夫的笑容,约翰尼的表情也放松下来。米契科夫先自我介绍,还劝他不必把这点小事放在心上,那个"小雀斑"就是年轻气盛、不辨是非又没心机的小孩,等他长大了就知道现在他执着的事情是多么愚蠢了。

约翰尼打量着眼前这位英俊的青年,他跟自己个头差不多,略显文弱,可是那双眼睛却炯炯有神,周身散发着说不出的力量,尤其是脸上永远挂

米契科夫

着的迷人的微笑，看着心里就暖洋洋的，虽然不会自惭形秽，但还是不禁觉得：他这个样子一定很讨女孩子喜欢吧，不知道她看了会不会喜欢？

听他谈吐，条理清晰，见解独到，直指人心，可见不是金玉其外、败絮其中的人，虽然没直接说出自己的立场，但是他说罗伯特是被人蛊惑了所以才不可理喻的，可见他对那些歪理邪说是以理智判断的，心中自有主张，此人值得交往。约翰尼指的罗伯特就是米契科夫一直在心里唤作"小雀斑"的那个青年的真名。

此时此刻，米契科夫也在仔细观察着约翰尼，暗想道：他可真是个小心的家伙，明明看到我释放了善意，还直盯我的眼睛，确认诚意后，才肯伸出手，而且握手时，只用力一握，没再摇动，眼睛里闪烁着信任的光芒，真是个有意思的人。

想到这儿，米契科夫又不禁皱了皱眉：他生得帅气，可是这张脸，千年不变，跟个冰山似的，哪个女孩敢亲近？今后若是跟他常在一起，恐怕泡妞要受到影响。但是，哎呀，不管了，若能交到一个志同道合的朋友，也值了。

喜新厌旧不是交友之道，但是这次好像是个例外。约翰尼跟罗伯特不欢而散，却结识了米契科夫这个新朋友，而且日后，两人的友谊可谓是刎颈之交。

同声相应，同气相求，政治思想的一致，使他们无话不谈，每每畅所欲言，都觉相见恨晚。两人纵论当前国际形势，对人类前途忧心忡忡：希特勒正在使德国纳粹化，实行法西斯独裁统治，他的极端种族主义、民族沙文主义还有向世界复仇的思想都极其危险。而他对进步人士及犹太人的迫害，率先撕毁《凡尔赛和约》，大肆扩充军备，种种迹象表明，他已经按捺不住准备发动侵略战争了。

战争并不能解决问题，只会把人类拖入痛苦的深渊，这是米契科夫和

约翰尼相一致的观点。可是大战似乎已不可避免,法西斯吞并世界的野心一日不死,人们头上就一直悬着一把利刃,随时落下来伤人。

德国法西斯的目标是称霸全世界,但这是妄想,正义之士必定奋起反抗,既然如此,那就趁其立足未稳,将它连根拔除,可惜事与愿违,欧洲大陆上各国都在忍让,保持沉默。是非之地,久留无益。米契科夫决定回到自己的祖国南斯拉夫,之后他当了一名律师,一面保存自己,一面找机会为反法西斯事业做事。一晃一年多过去了,他处事公允,在当地的名声不错,遗憾的是,他失去了好友约翰尼的消息。

圣诞节是一年中最重要的节日,所有在外忙碌的西方人都会在这时风尘仆仆地赶回家乡,和家人团聚,一家人在圣诞树下共进丰盛的晚餐,饭后围坐在温暖的壁炉边,说笑弹唱,共叙天伦之乐。

有条件的人家还会广邀亲朋,举行一个别开生面的化妆舞会,通宵达旦地狂歌痛饮、翩翩起舞,共庆这个祥和而狂欢的幸福节日。当然,这个大型舞会需要一个广阔的空间,一般人家只是聚在一起吃个团圆饭。而米契科夫家,虽然不是南斯拉夫首富,但也家境殷实。

从 12 月一直到次年 2 月,米契科夫家里每晚都有盛宴和化妆舞会,高朋满座,座无虚席。他从小就喜欢过圣诞节,从圣诞树安放在家中那天起,他就和哥哥一起给圣诞树挂铃铛和小礼物,准备圣诞帽和袜子,每天收集从各处弄来的糖果和坚果,互换自己没有的小礼物。

长大之后,他在美酒佳人之中如鱼得水,在这一年中最欢乐的时刻及时行乐。即使 1940 年也不例外,欢宴持续了近两个月,米契科夫仍然乐此不疲,每天邀请不同的美女来家欢聚。可是有一天,他竟然没出现在家里的舞会上。

半城名媛淑女还在楼上楼下翘首以盼、张网以待,等候着心目中的那

米契科夫

个白马王子上前来邀请自己共赴舞池,顺便试试运气看能不能网住雅科夫少爷的欢心。

先前还互相防着的人渐渐凑到一起,小声议论着,雅科夫少爷怎么还没现身,不会被哪个女人捷足先登了吧?

南斯拉夫米契科夫家里除了雅科夫·米契科夫,还有他哥哥伊沃·米契科夫,熟悉他们家的人在家里分别称呼他们为雅科夫少爷和伊沃少爷。

舞会是米契科夫的最爱。就算每天到场跳舞,也不可能把在座的每位小姐都邀请个遍,所以能跟他一起跳舞的还是少数。而且这些美女谁也不愿错过与他亲密接触的机会,每天都盛装出席,盼望能打动他。

狼多肉少,所以各位美女之间才会有点敌意。现在米契科夫不见了,她们才暂时抛开个人恩怨,讨论他的去向。还有,雅科夫少爷一向对舞会乐此不疲,突然消失无踪了,很可能是名草有主了,也不禁让人猜测今晚究竟"佳人谁属"。

米契科夫竟然抛下满堂宾客,还有一地破碎的少女之心,究竟去了哪里呢?这一切要从一封电报说起。

这天上午,米契科夫家的老管家包席德送来了一封电报,米契科夫在节日里从来都不处理公事,懒洋洋地问道:"包伯,是哪里来的电报?要是普通的圣诞贺电,就替我回了吧。"他现在正埋首被底,养精蓄锐,准备今晚再战江湖。

包席德从小照看米契科夫,知道小少爷的脾气,也心疼他昨晚跳舞跳得太晚了,就说:"什么事也不能耽误了少爷休息啊!老仆看没什么大事,就是柏林那边有人想见你。"

"嗯?"先是一声闷闷的疑问,只见被子被掀开一角,米契科夫从他那张豪华大床上坐起身,问道:"是谁要见我?"

"署名是约翰尼，没说什么事。"包席德答道。

"啊！是他。"米契科夫跳下床来，一把夺过电报，细细看了起来，包席德连忙下去给他准备早餐。

"急需见你，建议2月8日在贝尔格莱德塞尔维亚大饭店见面。你的挚友约翰尼·杰伯逊。"看完电报，米契科夫抑制不住激动，终于有消息了，一年多了，这家伙终于肯联系我了。

一年多的分别，没有造成多少隔阂，肝胆相照的好朋友，就算分别10年、20年，还是一样亲密无间吧。不过米契科夫还是不禁有些好奇，究竟有什么事这么十万火急，急如星火？

米契科夫抛下美人宴会，毫不迟疑地踏上了去贝尔格莱德的旅途。单枪匹马，不顾路面凹凸不平、颠簸崎岖，还是奋勇向前，任凭车后面扬起漫天烟尘。

到了约定的时间，米契科夫赶到了贝尔格莱德塞尔维亚大饭店，约翰尼早已经到了，他看起来忧心忡忡、双眉紧蹙，大口大口地吞云吐雾，手边放着两瓶白兰地，烟雾缭绕中只见他酒到杯干，时不时被烟或酒呛得大声咳嗽起来。

第一次见到约翰尼这个样子的米契科夫心情沉重起来，他知道自己朋友的本事，要是有什么一般难办的事情，约翰尼是不会愁成这样的。他上前拍了拍约翰尼的肩膀，并在这位好朋友的身边坐下。

拿过白兰地给自己倒了一杯，米契科夫抿了一口，心里惊叫：天哪，竟然是双份加纯的白兰地；又拿过一根烟，慢慢点燃，吸了一口，还好，是普通的卷烟。他在约翰尼的背上轻轻抚摸着，说道："我的朋友，放心吧，无论是多么难办的事情，只要我们兄弟联手，就没有办不了的。我一定会无条件站在你这边，全力支持你的。好了，把事情说出来，别愁坏了身子。"

米契科夫

朋友的话就像一场及时雨，约翰尼的心得到了些许安慰，无论最后他肯不肯帮忙，自己的满腹心事总算有倾诉的对象了。犹如火山喷发一样，约翰尼恨不得一股脑将心事说出来："雅科夫，这一年多，德国发生了巨大的变化，希特勒正在把德国人培养成傻子，他还驯养了那么多比狼犬还敏感的间谍，在这些鹰犬的帮助下，他的气焰越发嚣张。"约翰尼一边说一边观察着契科夫的反应，"老朋友，现在我急切地需要你的帮助，而且需要立即行动。只有你能帮助我，告诉我，你会帮助我吗？"

听着老友的诉说，米契科夫陷入沉思中，他微皱着眉头，说道："你应该知道，虽然我们很久未见，但彼此的情谊是真挚而深厚的。现在你有困难，我定当竭尽全力给予帮助；相反，若你不来找我，我才会伤心呢！"

约翰尼听完，大为感动，说道："没错，朋友，我跟你的感觉是一样的，从我们第一次相见，我就觉得你会是我一辈子的朋友。不管未来怎样，你我境遇如何，只要能够帮助到你，我会毫不犹豫地去做。"

他们都不是随便说说，这是一辈子的承诺，米契科夫后来在阿勃韦尔几次遇险，都是约翰尼出于他们之间崇高的友谊，出手相救，最后才化险为夷。他们后来配合默契，几度出生入死。也许，早在当年弗赖堡大学俱乐部的初识，就已经奠定了他们合作一生的基础。

米契科夫推心置腹地说道："好了，我的心意你已明白，到底有什么事，你可以说了吧？"

约翰尼这才放心地说："是这样的，有 5 艘德国船舰被封锁在了特里斯特，那其中的一条就是我的，我已经搞到了许可证，想把它卖给哪个中立国家去。"

米契科夫心里马上想到：哪个中立国家愿意购买这些船呀？再说英、法完全可以拒绝承认许可证，然后扣下这些船。看来只有利用我的社会关系，说不定还可以办成。

想到这儿，他开口问道："你有想过有哪个中立国家会出钱买这些船吗？还有，万一英、法拒绝承认你的那个许可证，或者他们抢先下手已经扣下这些船怎么办？"

约翰尼不禁在心中感叹这位知己考虑问题如此周到全面，他答道："我找你来真是找对人了，你正说中我心中的忧虑。我就是求你利用你的社会关系，去帮我做成这笔生意，而且还绝对不能引起别人的怀疑。"

一听到"不能引起别人的怀疑"这句，米契科夫神情恍惚，心想：怎么像是纳粹间谍利用我的好朋友来策动我去当间谍呢？虽然他心中略有疑虑，但还是毫不犹豫地就答应了好友的请求，而且觉得这件事好像正中下怀，此举甚合我意。

当时南斯拉夫是和纳粹德国亲善的中立国，米契科夫家又是在南斯拉夫有影响力的人家，自己在当地的声望也不错，他正想着利用自己和家庭还有国家的地位为反法西斯事业做些自己力所能及的事情，而眼下这件事好像是个不错的契机。

在与约翰尼意见达成一致之后，米契科夫立即行动起来。他直接找到英国驻巴尔干国家的商务参赞斯德雷克，并对他说这是一个千载难逢的好机会：假借某个中立国的名义，幕后由英国操作，把那5艘商船弄到英国，表面上是让德国占了个便宜，实际上是英国得到实惠。

心里对那个幕后的德国间谍大肆嘲讽：任你奸似鬼，还不是喝了我的洗脚水。你以为假借我好朋友的手，就能打动我做你们罪恶的帮凶？做梦！想得美！

斯德雷克那方面也对这个计划大为赞赏，几天以后，报告到了伦敦，伦敦立即批准，并且汇来购买商船的资金。

米契科夫

约翰尼接到通知,大为震惊,没想到米契科夫办事这么有效率,他设法搞到的许可证还差一点必要文件,两周后,约翰尼从柏林带来所有的文件,通过米契科夫暗中牵线,英国在幕后操作,德国的货船易手他人。

独立完成这件事的米契科夫还不知道,他的表现令英国和德国的情报机关都大为欣赏,恨不能马上罗致麾下,他在无意之中已经开始迈出了他间谍生涯的第一步。

米契科夫家早已从圣诞节的喜庆气氛中,渐渐过渡到正常的生活氛围了,家人也各自忙起各自的事业。可是米契科夫还沉浸在无比欢快的感觉中,助人为快乐之本嘛,更主要的是有了约翰尼的消息。

约翰尼这次大赚了一笔钱,浑身舒畅,不好好庆祝一下都对不起自己这些日子来的提心吊胆。

米契科夫也没想到第一次出手就帮到英国,长久以来的心愿终于得偿。两个好朋友因为各自的开心事凑到一起开怀畅饮,这次聚会有点庆贺的意思,只是庆贺的事情不宜张扬,所以是悄悄进行的。

两人好像又回到德国南部布雷斯高的弗赖堡的那段大学时光,那里的奥斯兰人俱乐部是他们无数次互诉衷肠的地方。酒过三巡,菜过五味,约翰尼和米契科夫开始推心置腹,他告诉米契科夫:"老伙计,我不得不告诉你真相了,我现在其实是德国反间谍机关阿勃韦尔的人,上次请你帮忙不只是我个人的意思,还有我上司的示意。他对你的表现大为赞赏,希望跟你好好谈谈。"

米契科夫没想到自己为英国出谋划策,反倒让德国情报机关看中了,这也印证了中国的那句古话:"有心栽花花不发,无心插柳柳成荫。"

突如其来的消息弄得米契科夫一愣,现在他没时间考虑一向反对纳粹的好朋友怎么成了德国间谍,一门心思只是在想怎么会叫德国间谍机关看中了他,紧张的心脏怦怦乱跳,他心里是厌恶纳粹的,可是他的朋友又何尝不是? 一个人的初衷是那么容易就改变的吗? 而且他心里隐约觉得这是一个比上次购船事件更加难得的好机会。

现在,米契科夫思维有点混乱,可是心里却很清楚,他的朋友对自己的了解不在自己之下,有些事情是不必对他隐瞒的。他问道:"你们的老板是谁? 他为什么会选中我?"

约翰尼答道:"我们的大老板是威尔希姆·卡纳里斯,他的政治观点和哲学思想跟我们两个很相近,我在他面前极力推荐过你几次,他也问过几次你的情况,他对你都很满意。老头说过:'他真像你说的那样可就是个谍报天才,一定能派上大用场,找个机会试一试。'我是不会害你的,知道这次的事情难不倒你,没想到你干得这么漂亮,比我想象中的还要好,你对我的建议还感兴趣吧?"

听说一个纳粹德国的高级间谍会跟自己的哲学思想相近,米契科夫心里只觉得好笑:那个老家伙不是对我的"及时行乐"和"今朝有酒今朝醉"的思想最认同吧?

米契科夫问道:"我还不知道具体要干些什么呢? 那些打枪放炮、投毒暗杀什么的事,我可干不了!"

"你见过哪个间谍是明火执仗地打枪放炮的? 再说一开始才不需要什么惊人之举,只要能搞到一些英、法方面的小道消息就可以了,这些对你这样的上流社会精英来说就是小菜一碟。跟你混在一起的外交界和政界的人,在一起经常会谈论这些事情,你只要装作感兴趣,他们会大发议论告诉你很多东西。"约翰尼说道。

此时,米契科夫的心意已决,他一口答应下来:"那好吧,约翰尼,我是看在你的面上才答应帮你这个忙的。"

米契科夫

"好说，你为谁我管不着，你只要加入就行了。你现在就可以着手搜集情报了，至于再见面的时间和地点，我会通知你的。祝你好运，我的朋友。"说完，他意味深长地看了米契科夫一眼。

这一眼大有深意：纳粹德国对击败英国信心十足，对英国派出大量情报人员，全面铺开间谍网。情报网也很快起了作用，有关英国防空、机场、军队、军备等各方面的情报像雪片一样铺天盖地发回德国总部。而德国人不知道的是：英国有个叫"双十字委员会"的极其隐秘的地方，是反间谍机关的电台所在地，那里有专门监控接收情报的电台，破译专家能够破译他们的信息。很快，德国派往英国的间谍大部分都被抓获了，小部分漏网之鱼，只能无限期地潜伏下去，稍有不慎就是灭顶之灾。

此举如秋风扫落叶，迅雷不及掩耳，英国反间谍机关粉碎了德国间谍机关的阴谋。英国出手干净利落，德国措手不及，他们知道再往英国派间谍，就是灶口添柴、虎口送羊。德国急于在英国发展本土间谍，利用他们光明正大的合法身份作掩护，以及他们在本地的人脉关系获取英国内部准确、可靠的消息。

世事难料，德国人没想到的是：经过他们严密审查、可信度高的很多人选，最后都成了更加可怕的双面间谍。可惜世上没有后悔药可买呀！

以米契科夫为例来说吧，阿勃韦尔驻里斯本的欧洲总头目，在指令约翰尼发展米契科夫的前一年，就把米契科夫的身家背景、祖宗八代调查得一清二楚，甚至他的星座血型、兴趣爱好也进行了反复研究确认，得出的结论是：米契科夫是块天生的间谍材料！只可惜这个天才间谍心向英国，德国情报机关是引狼入室了。

这些波谲云诡的复杂形势，约翰尼都没跟他解释，所以米契科夫并不知道德国急于招募本土间谍到底为了什么，只是在告别约翰尼后，他又去找了英国使馆的商务参赞,把最近的情况向他一一叙述了一遍,并请他帮自己拿个主意。

这位叫斯德雷克的商务参赞是个典型的英国绅士,听完米契科夫的描述,矜持地笑笑,淡淡地说道:"不错,这很有趣,继续与那帮家伙保持联系也许是个更好的方法。你所需要的情报我会负责的,到时候派人送给你。"

告别了斯德雷克老先生,米契科夫就去忙自己的事情了,过了半个月左右,约翰尼领来一位德国使馆官员,并对米契科夫介绍道:"这位是门津格少校,我的顶头上司,他来是想跟你好好聊聊。"

门津格开门见山地说:"我们在英国已经有了很多的情报人员,他们当中大部分都是很称职的,当然,其中还有小部分是很精明强干的。但是,我们还需要一些人,他们能到处通行无阻,并交游广泛,可以打开很多一般人无法打开的门路,不受怀疑。而你可以帮我们很大的忙,我们也会十分慷慨地报答你,我们不会亏待忠心效命的有功人员的。有些情报不是马上可以搞到的,我们是不会一味催要情报,而不顾情报人员安全的。所有一切你都可以放心。"

米契科夫上次和斯德雷克见面已经定好了接受德国一切安排,所以他丝毫没犹豫,全部答应下来。旁边的约翰尼眼中闪过一丝赞许的神色,但这种目光一闪而逝,马上又换成先前平静得好像一切都事不关己的神情。

送走约翰尼和门津格,米契科夫又来到英国大使馆通报消息。这次他没见到老相识斯德雷克,一听他自报姓名,接待员就把他领到另一位英国老绅士面前。此公是英国军事情报局六处驻巴尔干的头目,他对米契科夫说:"年轻人,你可以叫我史巴雷迪斯先生,我们这行里,谁没几个名字呢?还有,你也要尽快地适应才行啊!"

米契科夫马上明白:这是个假名字,他能坦白说也算不见外了,于是心

米契科夫

平气和地把刚刚发生的事情又向这位情报专家叙述了一遍。

这位专业的情报官员见到米契科夫了然的神色,不疾不徐地说着和德国人见面的情况,说道关键处,语调依然平稳如常,既不急躁又不拖沓,脸上既没有骄矜也没有畏缩,心中不禁感叹,新一代的谍报巨星就要诞生了。听完米契科夫的报告,这位专业人士给出了自己的建议:

"你放心大胆地去为那些德国人'效力'去吧,要设法和他们搞好关系,在他们面前不要露出厌恶纳粹或是同情被侵略的国家的神情,可以和他们的高层做深交,但是不要急着表现,让他们慢慢接受你、信任你。他们可能会把你派往某个中立国家,也可能就是伦敦,不要拒绝,只要求他们给你开展工作和做好旅途的准备时间。你可以透露给他们一个消息,你在伦敦有个朋友,是个懂行的外交官,他现在急需钱用,而且他有可能会帮到你,你们可以通过外交邮袋传递情报。"

米契科夫明白自己现在已经是个双面间谍了,当一个间谍还好隐藏身份,双重间谍在隐藏身份的同时,必须要执行双方的任务,这样就面临着被第三方、第四方甚至更多组织的怀疑,随时都可能遇到危险,而且最冤枉的事就是被自己的同路人当成敌人消灭了,冤死也不能说出口来,那实在是太痛苦了。

尽管这是一条布满荆棘的道路,没有鲜花和掌声,胜利了不能庆祝,失败了不能解释,在职业冒险生涯中,随时都要付出沉重的代价,甚至是生命的代价,米契科夫还是义无反顾地上路了。

一天,约翰尼紧急约见米契科夫。他一个人找到指定的僻静咖啡馆,米契科夫见到约翰尼时,本想先开几句玩笑,可是见到约翰尼脸色铁青,失望和愤怒兼而有之,米契科夫反倒不敢先说话了。

约翰尼单刀直入,从包里拿出一打文件,让米契科夫自己看。米契科夫疑惑地打量着约翰尼,约翰尼瞪了他一眼,还是示意让他先看文件。

　　米契科夫只得低头看文件,这一看不要紧,霎时间他就如同整个人掉进了冰窖里,从头发丝凉到脚后跟。因为这上面记载着这些天来,自己所有的行动细节。时间、地点、见了什么人、谈了什么,详细到他穿没穿礼服,带的是领带还是领结。最要命的是那个结论,说米契科夫大涮了德国人,拿着德国人的经费,却在为英国人服务。

　　米契科夫无话可说,他还有什么可说的? 他已经出离愤怒了,要是让他抓到这个监视他的人,米契科夫能活吃了他。

　　约翰尼看到这份材料给米契科夫的震动很大, 就说道:"你先冷静下来,这份报告还没送到德国反间谍机关呢,我在德国军事情报局时截获的。如果报告不是被我恰巧截获,而是落到总部反间处那帮人手里,你就等着死无葬身之地吧,我想给你收尸都找不齐。不过,先说眼前,这个人是谁? 必须除掉,不可能每次都这么幸运,我也不可能每天趴在机关里守株待兔。"

　　背叛! 这是赤裸裸的背叛! 如果不是身边的人,不可能记录得这么详细。米契科夫对照文件记录仔细回忆身边的每一个人,每一个细节,怪只怪那人立功心切,这份报告打得太详细了,他的身影渐渐清晰了。

　　幕后的凶手终于浮出水面,米契科夫的心情并没有轻松,反而更沉重。自从他的宝马车坏了送修之后,是米契科夫父亲的司机,米契科夫家的老仆人包席德自告奋勇地每天接送他。从记录的详细程度来看,包席德无疑是最大的嫌疑人。

　　有时谎言比真相更令人容易接受。包席德可是米契科夫家的老仆人了,从小看着他长大的,米契科夫小时候父亲忙着家族生意,很少有时间陪他玩,都是这个忠心耿耿的老仆人陪在他的身边。在他心里,包席德和自己的父亲没什么不同,甚至更亲密,有着更深厚的感情。

米契科夫

　　泪眼婆娑中，米契科夫想到自己小时候贪玩，趁着包席德给自己拿点心的空当，爬到院子里的大树上，包席德回来看见小少爷不见了那惊慌失措的神情，大叫着喊人来找。小米契科夫却在树上看着下面炸了锅的混乱场景"嘿嘿"而笑。

　　包席德就在下面又哄又求，小米契科夫下来时失手一滑，直接掉下来。是包席德突然一个飞身扑过来，一把接住小米契科夫，却被他的金扣子划得双手鲜血直流。可是他却紧紧抱着小米契科夫的身子哽咽着叫道："小少爷平安无事了！"说完泣不成声。米契科夫每次想起都忍不住流泪。

　　成长的背后有包席德的身影陪他：他小时候骑的木马，是包席德定做的，全城最漂亮的小木马；后来，他 10 岁骑的小马驹，是包席德亲自挑选的脾气最温顺的小母马；他 15 岁学开车，是包席德亲手教他握方向盘，踩油门、踩刹车。

　　从记事起，包席德就在身边照顾和保护他，从未做过出格的事，他不愿意接受这个在心中犹如父亲一样的人出卖了自己，如果这是真的，他不知该怎么办，此时，无助感涌上心头。

　　约翰尼看着米契科夫陷入痛苦之中，心中也很无奈，内心有些矛盾：他既希望米契科夫能抛开个人感情，理智地处理这件事；又害怕米契科夫不顾感情，用理智处理这件事。

　　心慈手软的人是不能在无间道上走太远的，他的未来，头上永远悬着一把利刃；可是，他所认识的米契科夫是个感情丰富、真诚善良的人，他们的友谊虽然深厚，却无法跟包席德带大米契科夫的感情相比。如果他连亲手带大他的人，都能狠心除去，那内心还有什么是不能抛弃的？这样的人还能被战胜吗？自己做的一切他能理解吗？

　　所有的事情都暂停了，米契科夫现在陷入矛盾复杂的心境中无法自拔，约翰尼又回柏林调查内奸去了。这几天，米契科夫什么也没干，缠着自己的哥哥商量这件事，他实在拿不定主意。

该来的还是要来。几天时间，约翰尼就从德国军情局查出，情报支出金额巨大，领取资金的线人正是包席德。

事实摆在眼前，包席德拿了情报局的钱，出卖了米契科夫。米契科夫不能再自欺欺人了，当断不断，反受其乱。经过短暂的思考，其实这件事已经困扰他许多天了，米契科夫决定除掉包席德！

先下手为强。既然要干，就不能拖沓，更不能留下破绽，惹人怀疑；不可以让包席德察觉出自己的意图，要防止他临死前反戈一击。

世间自有公道，付出总有回报。米契科夫想到两个人可以帮他，那是他做律师的时候种下的善因：有两名罪犯，他们也不是清白无辜之辈，对自己所犯罪行供认不讳。可是好汉做事好汉当，不能把他们没做过的事情硬栽赃给他们。出于专业直觉，米契科夫觉得他们没必要只认一半罪，就多方打探，帮他们洗涮冤屈，找出真凶，他们也愿意为自己的罪过接受惩罚。米契科夫佩服他们的气节，主动帮助他们减刑，二人更加感激米契科夫，就像大盗们尊敬基督山伯爵一样。

如今两个罪犯已经刑满释放了，他们听说米契科夫家的仆人为了钱出卖他，还想要置他于死地，当时是义愤填膺、怒发冲冠，发誓要为大恩人除去这个祸害。他们问米契科夫有没有特别要求，怎么做才能解去他的心头之恨。米契科夫说：做成抢劫杀人。

安排好杀手，米契科夫当晚叫来包席德，说道："包伯，我有份紧急文件要送，你找人把它送出去吧！"

包席德还蒙在鼓里，对前途懵然无知。他还想多赚点钱，于是说道："少爷，要是要紧的东西还是让老头亲自办吧，外人看着不放心。"

米契科夫

米契科夫心中暗叹：包伯，别怪少爷心狠，我给过你机会了。不自觉地摇了摇头，说道："那就辛苦包伯了！"

毫不知情的包席德还以为米契科夫是心疼他，就劝解道："少爷放心吧，老头身子吃得消！"说着转身出去了。

老仆的一番话勾起了往日的回忆，米契科夫心中一动，不觉叫出来："包伯！"

包席德回身看看米契科夫，纳闷地问道："少爷还有什么吩咐？"

刚刚变得柔软的心复又刚硬起来，米契科夫只能叹了口气，说道："快去快回，路上注意安全！"

看着包席德离去的背影，他的眼泪终于没有忍住，就在包席德驾车驶出大门的时候，米契科夫在楼上书房扶着窗台大声哭叫："包伯！"可惜他没能听见，驾车走远了。

嘈杂的警笛声划破了清晨的宁静，警察局来人告诉米契科夫，他那忠心耿耿的老仆人，不幸被人枪杀在铁路调度场。经过现场勘察，初步认定是谋财害命，因为驾着名车，穿着又体面，身上现金也不会少，所以被盯上了，而且看手法应该是惯犯，正在通缉犯中排查，尸体可以领回了。

听完警察的描述，米契科夫再次失声痛哭，差点哭晕过去，后来当地人都传颂，米契科夫重情重义，待人宽厚，给一个老仆人隆重厚葬，只因为老仆人曾经在他小时候照顾过他。

这桩命案被当作一件奇闻传得沸沸扬扬，但始终也没有结案，没有人在乎无足轻重的小人物。约翰尼不久也知道了包席德的死讯，心中不知是喜是悲，米契科夫第一次杀人，就杀得干净利落，没有一丝破绽，还被人称颂不已。可是，一想到那是从小把他带大的人，他还能冷静设计出这完美的杀人计划，不自觉地心寒。他会不会有一天也这样对自己？

葡萄是酸还是甜，只有亲自吃过才知道；杀人难还是不难，却不是杀过才知道。虽非亲自下手，可是从策划到定计，每一步都有米契科夫的影响在内，杀手是他找的，命令是他下的，包席德是他骗出去的，是否亲自下手，根本无关紧要。

杀人也没什么了不起！米契科夫又通过了一关，他不再是那个只能逞口舌之快的面慈心软的豪门少爷，他已经历过了生死的考验，成为了一个真正的间谍。

就在这件事过去几个星期后，史巴雷迪斯向他下达了作为英国间谍的第一个任务——搜集"海狮行动计划"的所有情报。史巴雷迪斯交代完任务后，问道："年轻人，还有什么疑问或者困难，我可以帮你解决一下。"

几次接触下来，米契科夫发现，自己越来越喜欢这个英国小老头了，他总是这么为自己着想，米契科夫说道："其实，我正有件事想请您帮忙决断一下，我最近又招收了两个情报员，一个是我哥哥伊沃，一个是我大学的同学尼古拉斯·卢卡斯。我哥哥是我清除内奸时帮我决断的人，他已经知道我在干什么了，而且他没反对，反而主动帮助过我；我那个同学也是心向英国的，只是最后决定他们是去是留，还想请您给点意见。"

史巴雷迪斯听完后，保持着他那招牌式的矜持微笑，心中暗想：这个年轻人既大胆又细心，秘密已经泄露了，是怎么也收不回来的，唯有把知道秘密的人也拉到这边来，一起维护这个秘密。又怕自己没经验，办得有漏洞，想让我帮忙彻底把他们拉到这艘船上，以后就能同舟共济了。

想到这里，史巴雷迪斯欣然让米契科夫带着自己去见这两个新成员。刚一见面，史巴雷迪斯就在心里暗赞一句：年轻人好眼光，这样的人知道了我们事情，除了杀掉就只能为我所用，不过杀了太可惜，重用才是正确的选择，我就帮他把这两员悍将收归旗下吧。于是，英国在南斯拉夫的情报网壮

米契科夫

大起来，暂时叫作"南斯拉夫小组"。

米契科夫在德国情报机关这边也有自己的代号了，他们叫他"伊凡"。门津格和约翰尼又来到米契科夫家作最后的指示。门津格说道："嗨！伊凡，激动吗？我们想要把你派往英国，就待在他们的心脏，看看你那位朋友到底有多在乎你的友谊。还有，你可以多做些游历，看看有没有特别值得记录的城市地貌，那里的人情风俗，政府机构、军事设施等等，你不用判断它们是否是有价值的情报，只要把见到的东西记录下来就可以了。"

英国那边刚指示他搜集"海狮行动计划"，德国这边就要让他为"海狮行动"提供轰炸目标了，老天也太眷顾米契科夫了。这就相当于让米契科夫出题再让他回答，想不得满分也不行。

伴着道边槐花的清香，微风吹拂着路人的发丝，也吹进人们的胸襟，像慈母的双手，温柔的慰藉。道旁露天咖啡馆里，坐着一个丰神俊朗的青年，一边品尝着咖啡，一边欣赏路边的景致。已经离开南斯拉夫半个月了，现在是在意大利的罗马，米契科夫要按照阿勃韦尔的指示接头。地点，就在这家维亚芬尼多街的巴黎咖啡馆。米契科夫叫了杯哥伦比亚咖啡豆现磨的咖啡，惬意地呷着咖啡，一边品鉴咖啡的好坏，一边等待着与他接头的人。

不知过了多久，米契科夫已经喝到极限了，那个人还没出现，虽然不知道他是谁，但是自己在这坐了这么久了，还是没人来跟自己接头，明显有点不对劲。米契科夫踱到露台上看风景，搔首弄姿地乱散桃花，引来无数美女的目光，他本意是想吸引接头的人注意到他。

这招挺有效，马上过来一个面貌猥琐的男人前来搭讪："先生是第一次来罗马玩吧？"

米契科夫心说：终于等到了，我不起来，你不会进来找我吗？害我喝了一肚子咖啡，尽管是好咖啡，可也不是这么个喝法呀！但是面上淡淡地说：

"不，我从前来过好几次的。"

猥琐男又说："尽管如此，还是有些地方值得您去逛一逛的，我可以当您的向导。"

米契科夫说道："好吧，你说得不错，那我就去参观哈德良长城好了。"

"哈哈，我可是研究哈德良皇帝的专家。今天天气好极了，我们的时间也很充裕，去雇辆马车好不好？"

"真是个好主意！"

到这里，接头的暗语就对完了，米契科夫跟着他开始了游览，可是那个男人一路上真的认真做起了导游，传递情报的话一句也没提起，米契科夫正纳闷不已，男人突然把手伸进背心上的兜里，米契科夫心里一紧，以为他要拔枪，下意识地迅速退了一步，正思考着怎么逃跑或者反制，男人的手从兜里抽出来了，手里没拿枪，但是却掏出一大打搔首弄姿的女人照片，并鼓动起他的如簧巧舌，开始向米契科夫推销，哪个温柔、哪个泼辣，要什么样的都有。

米契科夫先是一愣，然后恍然大悟，刚才在露台上放电送秋波，本想招来接头的人，没想到招来一个皮条客。最可笑的是，皮条客的搭讪竟然和接头的暗语完全吻合，要不是这样，米契科夫早就看出来了，也早就把他打发掉了，自己竟然撇下接头的人，跟着个皮条客招摇过市，简直不可思议。那个导游或者皮条客看着不顾形象大笑不止的米契科夫，感到莫名其妙，难不成这位受过什么刺激，不能提美女，一提就犯病？看着像，想到这儿，他也不由自主地后退一步，两眼开始寻找退路了。他心里暗想：下次再也不提坐马车了，万一遇到精神病，逃都不容易。米契科夫笑够了之后，给那人一点导游的小费，就把他打发走了。那位导游也见好就收，拿了钱就走，不再啰唆。

米契科夫

　　有了这个教训，米契科夫不再做开屏的孔雀了，老老实实坐在座位上，等着人来找他。他把一份南斯拉夫的《政治报》打开，再把一盒"摩拉乏"牌子的香烟和一盒南斯拉夫火柴盒放在桌子上。这次，是一个教授打扮的人前来和他搭话，暗语对上后，两人雇了马车向梵蒂冈驶去。

　　教授模样的人在国家公园旁边就下车了，交给他 2000 美元，还告诉他，在这等一会儿，马上有朋友来见他。不一会儿，他口中的朋友就来了。还真是米契科夫的老朋友约翰尼，他们见面就没那么拘束了，真的就像老朋友叙旧一样谈起来。约翰尼先问："老伙计，是不是出什么岔子了？迟到可不是你的风格啊！"

　　米契科夫一听就忍不住笑，说道："真让你说着了，你说我怎么什么事都能碰到啊？刚才有个皮条客跟我搭讪，那暗语说得一个字不差，我跟着他逛了大半个罗马城，在一个小胡同里他拿照片，我还以为他是要拔枪呢，吓得我心脏咚咚地跳。"

　　约翰尼听完也不禁嘲笑起好朋友来："哈哈！一定是你像个开屏孔雀似的到处散桃花，可不就让皮条客盯上了吗？看你下次还敢乱放电！"

　　谈笑间，约翰尼告诉他上峰指示"海狮行动"计划搁浅。他对米契科夫说："海狮行动虽然暂时搁浅了，但是空军总司令戈林元帅将要亲自指挥战鹰狂轰伦敦和英国的各个港口，因此你的原定任务没有改变，希望你按计划行动，我祝你马到成功。你现在要面对一个新的领导，卢道维柯·卡斯索夫少校，真名叫欧罗德，此人是阿勃韦尔驻里斯本的头目，而葡萄牙是德国在欧洲的主要情报站。你可以通过公用电话联系他，就说是找卡尔·施米特，对方会暗示你在指定的时间和地点见到你，但是你要提前一个小时到达，然后会有一个女人从你身旁走过，并对着你使眼色，你放心地跟她走就行了。"

"别再跟错人了,这次见的人可没我这么好说话。"说完正事,约翰尼又打趣了米契科夫一下。米契科夫说:"我巴不得见到一个漂亮的就向我眨眼,然后我就跟她走,这次看谁占便宜、谁吃亏?"

要换上司了,新上司的脾气秉性,自己一无所知,还是先做好自己分内的事,站稳脚跟再说。

按照约翰尼所说的接头办法,米契科夫找到了自己的新上司——卡斯索夫少校。这人果然精明干练,他派阿勃韦尔三处驻里斯本的头目克拉默上尉对他进行了严格的审查,一确定米契科夫的身份,就开始教他如何使用密码、投寄信件,而且出手大方,给了他一架新的莱卡照相机和一本使用说明。最让米契科夫满意的是,他把自己安排在阿维士饭店,虽然那里是由德国人控制的,不过除了这一点,那里的条件还真是好得没话说。

米契科夫住进饭店安顿好自己的住处就到餐厅用餐,现在是德国人买单,他可不想委屈自己的肚子,尽量找回在家当少爷、一掷千金的感觉。正当他放松身心、好好享用晚餐时,他发现一个漂亮姑娘在向他暗送秋波,媚眼频传。

米契科夫现在全部精神都在自己的桌上,看了她一眼,就继续跟盘子里的牛排、龙虾作战。当他拿起香槟抿了一口,眼光随意地在餐厅打量着,又一道挑逗的目光迎了上来,对上那双眸子的主人,还是刚才那个大胆的姑娘。

不同寻常啊!这次,米契科夫留心了,没吃几口就抿一口酒,眼睛朝那姑娘望去,那姑娘知道米契科夫察觉到了她,更加大胆了,每次都主动迎着米契科夫的目光,搔首弄姿,要不是餐厅还有很多人,她很有可能直接冲过来勾引了。

米契科夫知道这里虽是德国人控制,但是为了掩盖真相,也有很多普

米契科夫

通人在这住宿、用餐，不清楚对方到底是什么身份，米契科夫不敢轻举妄动，乖乖用过餐就回去了。

不知是凑巧还是有意，当天晚上，米契科夫竟然又在电梯里碰到那个姑娘了，这次，狭小封闭的空间里只有他们两个人，米契科夫心想：不好，要有事情发生了。那姑娘倒是没过来动手动脚的，可是，那呼呼冒火的眼睛可是定在他身上就没动过，那目光里满是挑逗，就看米契科夫能扛到几时，不就是眼神攻势吗？你能抵挡得了，下面还有语言攻势和肢体语言攻势，电梯里短短的几分钟，已经把他的神经折磨得快要崩溃了，就怕那姑娘破釜沉舟、最后一击，不知道会出什么招，也搞不清她到底是被人派来的还是纯色女郎。

电梯终于到地方了，米契科夫几乎是逃出来的，还好那女郎也没有继续追逐的意思，米契科夫终于松了口气，回到自己房间，先洗个热水澡，刚刚吓出一身冷汗，再洗个冷水澡，让自己冷静下来。

整个饭店最高级的一间套房，豪华的浴室里，米契科夫站在洗漱镜前，自恋自赞，镜中的美男子面庞光洁白皙，棱角分明，浓密的眉毛向上扬起，乌黑深邃的眼眸泛着迷人的色泽，像朝露一样清澈；高挺的鼻子，像刀刻般俊美；玫瑰花瓣一样的薄唇，魅惑地一笑，嘴角微微上翘，眼中散出无数桃花。此时他心想：别以为只有你才会放电！他鼻中轻哼了一声，开始脱掉外衣。

先看局部，再看整体，会让美女贼心大起。高大挺拔的身材，牛奶色的肌肤，宽厚的肩膀，铁扇似的胸膛，整齐排列的八块腹肌，修长有力的双腿，骨骼匀称，手长脚长，健美的体型就像米开朗基罗的大卫雕像。当然，很快他也脱得跟大卫一样了。站在镜前孤芳自赏了一会儿，就跳进了浴盆。

身体慢慢适应了水温，四肢缓缓地在水底舒展开来。米契科夫在南斯拉夫家世显赫,常有美女眉目传情、投怀送抱,他也不以为奇。后来在巴黎,在柏林,在伦敦,走到哪里都不乏离奇的艳遇,他渐渐对自己的魅力充满自信,要不是这里受到德国人的控制,考虑到这个女郎有可能是德国暗探,他早就上前把这朵送上门的娇嫩鲜花给摘了。

局势还不明朗,不能轻举妄动。不过,那姑娘真是美艳绝伦:浓密的金色波浪卷发随意地飘散在肩头,每根发丝都释放着热辣的迷人电波,弯弯的柳眉淡雅宜人,长长的睫毛微微颤动,魅惑的眼神配上性感丰厚的双唇,犹如玫瑰花瓣娇艳欲滴,白皙无暇的皮肤透着健康的粉红,无时无刻不显得风情万种。

两人在电梯里的短短几分钟,米契科夫就目测出那女郎的魔鬼般的身材。如果用四个字来形容就是标准、极品,如果用两个字来形容就是完美。

啊! 这样诱人的身材,配上那天使般的面庞,又是主动送上门来,这样的机会可不是经常有的,心里不免痒痒的,开始蠢蠢欲动。但又一转念,现在可大意不得,赶快换凉水。他从水汽氤氲的热水池出来,打开莲蓬头和凉水管,从头到脚冲了个透心凉。

站在冷水里静静地分析着几种可能:第一,像在其他社交场所一样,那个姑娘纯粹是被米契科夫身上的花花公子的气质吸引来的,毕竟,在其他地方他也是最招蜂引蝶的一个;第二,她是德国间谍,刚刚在阿勃韦尔三处的审查虽然严格,但都是正面的,看新上司沉稳干练,很有可能再派人侧面考察一下,就凭自己"外忠内奸"、说假话都慷慨激昂,见到美女更是甜言蜜语顺口就来,应付审查绝对没问题。最后就是,放不放她走呢? 这是一个问题,而且是一个很严肃的问题。首先,放走她,自己心里就不好过,这么极品的美女可是万中无一;若她不是间谍,那可太伤人家姑娘的自尊心了,万一留下什么心理阴影,以后都不敢出来正常社交,自己的罪过就大了;再说了,就算她是间谍,自己通过考察,跟她就是自己人,也不好拒人家于千里之外,那样的话,怎么能是照史巴雷迪斯老头的意思"好好和他们相处",以后同事关系怎么处?

这家饭店是德国人控制的,也就是说最后结果如何,阿勃韦尔都会知道自己的表现。

如果她不是阿勃韦尔的人,他和她发生一夜情,那在阿勃韦尔眼中将会形象全毁,还是个可托付大事的人吗?可如果她就是阿勃韦尔派来拴住他的,他又拒绝她,那阿勃韦尔还会放心使用自己吗?

结论就是,如果她是被自己魅力而吸引来的无知少女,自己就得忍痛割爱,在阿勃韦尔那边留下好印象;而如果她是阿勃韦尔所派,就要顺着形势发展而定了,审查完,她要走,就不能留;她想留,也不能赶她走。

米契科夫所有假设都想到了,就是没想到,万一人家就是来杀他的,他该怎么办?不过他完全有信心,真是个女杀手也不怕,自己的男性魅力,绝对能把她的百炼钢化为绕指柔。

既然主动权不在他手上,那就耐心等待吧!

思考完对策,澡也洗得差不多了,米契科夫穿上浴袍,腰间轻轻用带子挽着活扣,擦干了头发,走进卧室换睡衣。进到卧室他惊讶地发现,餐厅里频送秋波的女郎已经姿势暧昧地坐到他的床上了。

她穿着睡衣,是那种接近肉色的纯丝织长袍睡衣,虽然睡衣紧紧包裹着她的身体,可是包住的地方并不很多,尤其是她一低头、一摆腰,活色生香隐约可见,表面显露的凹凸有致,玲珑曼妙也能让人引发无限遐想,像是个无声的邀请。

那女郎见他进来,走下床,倒了杯白兰地,又大大方方地走近他身前,说道:"来吧!"

米契科夫心一动：你也太直接了吧！我还不知道你是谁呢，来什么？心里想着就脱口而出："来什么啊？"

那女郎忍不住"扑哧"一声笑了出来，"真是个有趣的男人！过来跟我喝一杯"。

米契科夫"啊"了一声，又是放心又有点失望。他也走过去倒了一杯白兰地，跟那女郎一碰杯，"铛"的一声轻响，两人都一饮而尽。

女郎赞道："好痛快！我越来越喜欢你了。"

米契科夫笑道："小姐，你不会是喜欢上我了又害羞，所以想来灌醉我或者灌醉你自己吧？我可是个正人君子呦。"说着摆了个色狼造型。

那女郎又是一阵大笑，过去就在他脸颊上狠狠地吻了一下，还用她的身体若有若无地蹭着米契科夫的身体。见米契科夫没什么反应，就说："再给我一杯酒，我们慢慢聊天，好不好？"

米契科夫只得接过女郎手里的空酒杯，又给她倒了一杯白兰地。回过身来看见那女郎又坐到沙发上去了，似无意地翘起二郎腿，右腿就从睡袍里跑到外面来了。米契科夫感觉自己就要化身为月夜狼人了。

女郎接过酒杯，手顺便在米契科夫的手上特意停留了一秒钟，她只是轻抿一口酒，说道："好了，帅哥，现在给我讲讲你的身世好吗？"说完她又故作娇羞地冲他一笑，脸上飞来两朵红霞。米契科夫瞬间从人狼变回人类，警惕性也提高了一万倍，这娇羞与开始的豪放大相径庭，而且表演的成分太明显了，他马上对她的兴趣也抛到了九霄云外，开始全身心地接受考验。

他顺着那些中了纳粹精神毒药的同学的经历，讲述着他对纳粹的爱戴，又结合自己的实际情况，编造这次来里斯本的故事，在不暴露自己是德国间谍的情况下，描绘了一幅他要在里斯本大展拳脚的宏伟蓝图。

这个女人对他讲述的故事十分满意，要不是在执行任务，不能暴露自

米契科夫

己的真实身份,他都要跟米契科夫一起高喊"元首万岁"了。不过他乡遇知己,米契科夫所说的每一句都打在她的心坎上,没等他讲完,她那搔首弄姿、卖弄风情的热情早已降到冰点,变成了冷艳美女。

见此情形,米契科夫更加确信自己猜对了。她是德国间谍,暗中考察自己对纳粹、对希特勒的真实意图。看着还是颜若桃李但骨子里已经冷如冰霜的冰美人,米契科夫心中不仅感叹道:这么正点的美人竟然是个纳粹间谍,真是太可惜了!

他也不再跟她废话了,故意把只剩一点底的白兰地酒瓶递给她。"小姐,看来你只是来喝酒聊天的,我可得出去猎艳去了。如果你睡不着觉,就把你爱喝的白兰地带走吧,你已经在情场上骗到了你借以解闷的故事,再拿它下酒,你会做个好梦的,晚安。"

那女特务听到米契科夫下逐客令,也没再纠缠,反正任务算完成了,她也没打算真留下过夜,道声谢就走了。

第二天,米契科夫向上司汇报公务后,觉得还是应该主动提一下那个女特务,表示自己怀疑她。那个老狐狸卡斯索夫严肃地说:"关于那个神秘女郎的事,你就不用多管了,我们会派其他人继续追查的。不过,你的警觉性很高,又能抗拒美色的诱惑,这很好,年轻人最容易在美色上栽跟头。我看好你,盼你早日从伦敦带来好消息。"

卡斯索夫的话让米契科夫放下心来,不但那女人是纳粹间谍这件事情他猜对了,而且他的表现还让德国人很满意,他们已经彻底相信自己了。

在一架飞往英国伦敦的荷兰皇家航空公司的班机上，双面间谍米契科夫正在享受美丽的航空小姐热情的服务。他在飞机上也像在酒店一样，只要有机会他都会抓紧时间享乐，他对此次的伦敦之旅满怀期待。

阿勃韦尔对米契科夫寄予厚望，相信他一定能够抵挡住一切诱惑，全心全意地为纳粹德国效力，全身心地为元首尽忠。而米契科夫也不负众望，满载着阿勃韦尔的盼望和祝愿，踏上征途。

从德国情报机构的立场来看，他们是把米契科夫派往敌对国英国，而对米契科夫和英国的军情六处来说，此行就是游子归乡，有机会来到他服务的国家和机关，接受荣誉和欢迎。

米契科夫记得临别前，史巴雷迪斯老头说过："年轻人，好好享受旅行的时光吧！再回来，你可就没有这样的闲暇了。其他事情都不用你操心，总部会为你安排好一切的。还有，不要主动去找我们组织，他们会来找你的，切记这一点。"他当时就很疑惑，自己不去找组织，又不许身上带什么标识，伦敦又没有人认识自己，难不成跟来人玩心灵感应吗？那老头神秘地笑笑，只说"本色出演"。

老家伙的笑容那么诡秘，不会是跟总部说新成员是个花心大萝卜，到机场接最花的人就是了吧？

本色就本色，他还不稀罕演戏呢。下飞机前，他把头发抹得锃亮，苍蝇站上去都得打滑，挑了一顶紫花围边的巴拿马草帽，藕荷色的细领带，淡黄色的西服，上衣口袋里插了一朵红玫瑰。如果那时有蓝色妖姬肯定轮不上红玫瑰，深褐色的软牛皮鞋，随身带着他那浅绿色的小提箱，茫茫人海，想不惹人注目都难。

光凭这身打扮，往那儿一站，过往的人不用细看，心底就同时涌起四个大字——"花花公子"，这几个字基本概括了人们对他的第一印象。

米契科夫

更何况他身边还站着4个年轻美貌的航空小姐陪他打情骂俏,刚才在飞机上就是他惹得她们争风吃醋,不过他也轻易摆平了,还让这几个小美人伺候得像个国王出行一样。心想:这下够本色了吧！怎么还没人来接我？照这样下去,不把几个小美人带走反要惹人怀疑了。

就在米契科夫快要惹祸上身的时候,一个面色红润的男人迎了上来,大声说道:"雅科夫少爷,快回去吧,先生和夫人都等急了。"

几个美女看他是对米契科夫喊的,一下子都大失所望。米契科夫看看几个小美人说:"小宝贝们,对不起,我有急事先走一步,这是我的名片,随时打给我。"美女们纷纷要留电话给他,希望他闲下来时联系。等到空姐们走远,米契科夫跟来人上了他的车。来人开着车说道:"米契科夫先生,您演得太像了,对了,自我介绍一下,鄙人乔克·堆斯福尔,是军情六处的,史巴雷迪斯先生已经通知总部你要来英国,还有见到你很高兴,你的演技真是没的说。"

米契科夫嘴里谦逊着,心想:演技好,演得像,不是说突出本色吗？老家伙,敢戏弄我。要不是手里拎的是自己心爱的提箱,真想对他重重的打一拳。一会儿工夫,他们就到了下榻的萨瓦饭店。堆斯福尔停车去了,米契科夫正要进行登记,发现房间已经定好了。他不动声色地进了电梯,走进那间屋子。

打开门,一个精神抖擞、面目英俊的像是电影明星一样的英国军官走了过来,看着填写登记表的米契科夫,直接叫出他的名字:"嗨,你好吗？米契科夫先生！我是罗伯逊,军情六处的科长,我负责编造对付敌人的假情报的鉴别工作,我们将要进行亲密无间的合作。对了,我工作时的名字叫作'塔尔',希望能对你的情报搜集工作有所帮助,祝你早日在阿勃韦尔确立牢不可破的地位。"米契科夫一时间吃了一惊,但很快他就快活起来了。

在罗伯逊的陪同下,米契科夫正式踏进了他真正为之服务的机构——英国军情六处的大门。整个军情六处就设在一栋舒适的公寓式建筑内,在这里,先要进行一番甄别,大约有十几个官员对他进行了连续4天轮番不间断的审问,同样的问题从不同的角度发问,虽然没动刑,可是这种轮番审问比拷打都折磨人。

在一切都表明真实可信之后,米契科夫就被带到一间装饰摆设都很考究的办公室里。他猜测,这可能就是军情六处大老板办公的地方。果然,引荐的人说,眼前这个已经年过半百,精神依然矍铄,身材瘦弱,但气度非凡的人,就是赫赫有名的军情六处的负责人斯图尔特·孟席斯少将。

米契科夫对这位长者的第一印象非常好,他身着军服,身姿挺拔,有军人坚毅的气质,但是神情姿态上却透着一股儒雅的风度。如果他不穿军装,而是穿西装,则更像是一个学术界的权威人士。

孟席斯少将和蔼地说道:"很高兴见到你,年轻人!希望你能够适应我们的工作方式。每一个情报员都要诚实可信,这样也是为其他情报员的安全着想,相信你也不愿羊群里混进一只狼。所有情报员都会向我仔细地汇报。顺便我也要表扬你一下,第一次汇报工作就做得非常好。我希望你能到我家和我的家人一起度过一个美好的周末。"

大老板盛情邀约,作为下属的米契科夫不好推辞,未及思索他就和罗伯逊一起来到孟席斯家。主人的热情好客,让米契科夫感到宾至如归,尤其是孟席斯的太太,更是一个温柔善良、大方得体、教养学识都很好的美丽主妇。她很欣赏米契科夫,聊了几句就把他介绍给一个迷人的姑娘,她就是嘉黛·沙利文。

米契科夫一见到这个姑娘,就忍不住要感谢上帝:如果活着,是上帝赋予我的生命,那么活着有你,将是上帝对我最大的恩赐。你是那样的纯净,

米契科夫

就像一块晶莹剔透的水晶；你清丽秀雅的脸上始终荡漾着春风般的笑容；在你神思顾盼的眼睛里，我能感受到你的宁静、淡雅、聪颖。当你的美目在我身上驻足，那一刻有一股难以名状的暗流在心中澎湃汹涌。

这个被米契科夫一见钟情的姑娘，是一个奥地利纳粹头目的女儿。因为与自己父亲政治信仰不同而离家出走，逃到英国。米契科夫平常见到美女就像蜜蜂见到蜜糖，可是在这个姑娘面前，他竟然变成了青涩的小伙子，忘了搭讪，忘了放电，就那样傻傻地看着她。

沙利文见他想跟自己聊天又害羞不敢主动说话，轻轻抿嘴笑笑，伸出手，主动让米契科夫握，米契科夫却迟疑着不敢立即抓住姑娘的手，他颤抖着想要跟她握手，可是又不敢碰一下那白玉般的皮肤，勉强克制住内心的激动，与她握了一下。

米契科夫这才想起，自己的"本色出演"，全身上下无处不是花花公子的样子，这样的形象，跟姑娘握个手就兴奋成这样，也太不专业了。可是心境一旦落在下风，就很难扳回来了，从前自己一旦释放出狼人气场，那些小绵羊一个也没逃出他的手掌心，可是现在想调出让女孩子又爱又怕的逼人气势，却怎么都调动不起来，只能像个没见过世面的小伙子，顶着个番茄脸，在一旁局促不安地关注姑娘的脸色。

热情的欢迎会后，米契科夫正式成为英国军情六处的特工。休息几天后，米契科夫就在罗伯逊的帮助下，开始为德国搜集情报了。工作的时候，他们互相称呼代号，"侦查兵"和"塔尔"。

"塔尔"不愧是对敌制造假情报的专家，他给米契科夫的建议都是既大胆又安全的，米契科夫的天分很高，渐渐青出于蓝而胜于蓝。

德国方面派米契科夫来英国是为"海狮计划"提供轰炸目标的，那么，他们一定对英国皇家空军的事情感兴趣，如果米契科夫能为他们提供英国空军机场、装备机密情报，他就能一跃而成为德国最重视的间谍，对他将来回去接触更多机密大有帮助。

于是，米契科夫在大量城市山川分布的旅行手册中又增加了许多英国空军遐想。因为早期的飞机重量轻、速度小、滑行距离短，所以只要是平坦空旷的场地都可以作为飞机起降场。后来才逐渐增加相应的跑道和勤务保障设施。而直到喷气式飞机出现，才需要修建规模大、设备完善的军用机场。也就是说，只要找到几处地势相对平坦的地方，再伪装几架飞机，就可以欺骗德国情报机构，让他们相信那就是英国的军用机场。

这天才的构想马上得到"塔尔"的赞赏和积极配合，他也请示过上级要不要把那些飞机的庐山真面目透漏给德国。孟席斯和几个得力助手研究后决定：我们的杀手锏当然要留着给他们惊喜，况且"侦察兵"刚出道就拿到太核心的机密反而惹人怀疑，应该让他像个新手一样发回那些重点不明的情报，偶尔夹些他们真正想要的，才更易让他们信服。但是那些我们可能支援盟国的飞机，早晚都会让德国特工知道，与其让他们报告，不如把功劳交给"侦察兵"，名字不必隐瞒，太随意的名字不是我们的风格。

超级马林喷火式包括飓风式在内，都不是德国新锐机种的对手，它的设计起源只是一种低单翼的高速水上飞机，而现在它的细部改进了很多，新的梅林型发动机，高空性能良好，加强了火力配备，表面上还看不出来不同，就把喷火式弄几架装点门面，让他们以为我们空军实力不如他们，到时候就用改良版教训他们。

霍克飓风式飞机和德国的梅塞施密特飞机相比，平行飞速和爬升力都较差，能够引起德军的骄傲轻敌之心，而他们不知道的是，这种飞机的稳定性和控制性都略胜一筹，最重要的是它的主翼能够喷洒出狂风暴雨般的弹幕，等他们知道厉害时，恐怕已经晚了。

况且南斯拉夫也在使用这种飞机，米契科夫最先了解的就应该是这个机种。

再找几架不同型号的报废飞机维修一下，就叫霍克台风式、迪海维兰蚊式轰炸机、阿佛罗兰卡斯特重型轰炸机、布里斯托布伦海姆轻型轰炸机、梭特桑德兰飞艇等等。真真假假、虚虚实实，才更像真的。

大老板都同意了，米契科夫这边就容易了。他用卡斯索夫交给他的莱卡照相机拍下许多军用机场不同型号的战机整装待命的珍贵情报。实际上都是同一块空地，米契科夫用不同的角度，换上不同的背景，也就是不同的报废英国飞机炮制而成，至于机场的地点，找几个人烟稀少的地方，就说是秘密基地，他以采风的名义偷拍的。

飞机的数量、型号、设计起源就按三分真、七分假的比例编造，米契科夫是很有原则的人，他提供给德军的情报经得起反复推敲，甚至实地考察；而假情报也非常有水平，尤其是经过罗伯特改良，总能让敌人得出与实际情况相差十万八千里的结论。这点让米契科夫敬服不已。

鉴于德国人最终想要登陆的心理，提前提供给他们一些海军方面的情报，应该会给德国人留下些印象。现在吃掉英国海军还言之过早，他们没时间理会，等到真需要的时候，与实际情况不符，也只能怪自己运气不好，错过时效，也许他们还会凭借这份情报认为米契科夫是个有远大战略眼光的人才，也许会让他独立领导一个组织，方便他们把更多的自己人安插过去。

非常有英国特色的战舰名号被罗列在米契科夫的报告中：伊丽莎白女王号、皇家橡树号、君权号、决心号、乔治五世国王号、威尔士亲王号、约克公爵号、勇敢号、光荣号、光辉号、胜利号、可畏号、厌战号、勇士号、声望号、反击号、复仇号、纳尔逊号、罗德尼号、巴勒姆号、马来亚号等等不胜枚举。

再配上足以乱真的照片，德国方面果然大为赞赏，都夸米契科夫材堪大用,刚小试身手就能弄到如此珍贵的情报,虽然他们现在不需要,但将来这些情报都会派上大用场的。德国认为米契科夫的假情报做得好,特别邮寄了一大笔经费让他再接再厉。

有了大笔经费做后盾,米契科夫就可以工作、谈情两不误了。上次在孟席斯家宴会上遇到的嘉黛·沙利文姑娘给他的印象太深刻了,想她已经是一种习惯,爱她已经无法改变,他要是不能得到姑娘的心,他都不知道将来自己要怎么办。

知道沙利文身世的人不在少数,她那个纳粹父亲可以掩护他们不受德国人怀疑,还可以一起出席社会名流的豪华舞会,那可是信息爆炸的地方,随便一个小话题都能给米契科夫带来无尽的资源,而政界、商界的消息对战争的直接影响并不大,不必费心造假,不但能提高米契科夫在阿勃韦尔的分量,更可以合理地解释大笔经费的去向,毕竟有财富铺路,才有可能接触那些名流大腕。

在孟席斯家宴上第一次见她就惊为天人,米契科夫当时一紧张连自己的长处都忘了,花花公子就是脸皮厚,美人关注怎能脸红,要淡定。不过沙利文也错过了把米契科夫掌控在手上的好机会,所以,米契科夫要来扳回一局。

一个晴朗的早晨,伦敦的上空明净无云,太阳散射着温暖的光,微风中空气似乎带有野外的花草清香。

借着这一缕幽香,米契科夫在房里伸了个懒腰,透过轻摆的帘幕洒满床的阳光,似乎在告诉他这是个约会的好日子。

天助我也,昨天刚打听到沙利文,嗯,现在应该叫嘉黛小宝贝,对,要自信,她早晚都是你的嘉黛小宝贝,所以晚叫不如早叫。我的小嘉黛今天可是要上街啊,我得在她身边当她的护花使者,她现在对你可是很依赖呢。很

米契科夫

好,厚脸皮已经回来了,保持这个心态,起床。

进行充分自我催眠后的米契科夫怀着护花大业的万丈豪情起床了。他先在穿衣镜前反复试穿各种衣服,最后挑一套穿起来显得沉稳中不失风流、风流中带有庄重,自认为很满意的衣服。

挑完了衣服,接下来该收拾这张脸了。绿茶洗一遍,去污;牛奶洗一遍,美白。刷牙也不能只刷一遍,先用盐美白,杀菌;微笑,效果很好;再用薄荷清新口气,口气熏到嘉黛小宝贝就不好了;呵一口气,试一下,挺清新的,保持;再用百花泡水漱口,漱口水先吐后咽,整个消化系统都要清洗一遍。

吃完早点又重新收拾一遍,临出门前突然想起,应该在两边腋下多喷点香水,防止中午出汗熏坏了小嘉黛。戴上他那顶拉风的大草帽,出门了。

花花公子就是有经验,也没到人家姑娘家门口盯梢、跟踪,直接来到年轻姑娘上街必去的时装店里守株待兔。闪动一双桃花眼,仔细观察这些时装,想象着这些衣服要是穿到他那可爱的小宝贝身上,会是怎样一番美妙景象。

米契科夫心里有本儿色狼猎艳必备手册,小嘉黛身材不肥不瘦,腰围体重全在米契科夫脑海里存档呢,也许就连她自己也没有米契科夫知道得详细。嗯,这件腰身太肥了,根本体现不出我的小宝贝那完美的纤腰;还有这件,简直是给侏儒穿的嘛,我的小宝贝可是发育良好的婷婷美少女;穿这膝盖都不到的裙子,算怎么回事?

米契科夫一边想象着这些奇装异服穿在嘉黛身上的滑稽样子,一边一个劲儿地摇头。倒不是这些衣服真有米契科夫心里想得那样差,只是嘉黛在他心中是个完美的存在,不能有一丁点亵渎,所以即使是一点小毛病,也被眼光刁毒的米契科夫一览无遗,就像妖魔鬼怪在火眼金睛之下纤毫毕现、无所遁形,又似把小瑕疵放到显微镜下,无限放大,并在心里鄙视、贬损,腹诽让他心里不由得暗暗得意,越发觉得心中的女人完美至极。

直到一件衣服落到米契科夫眼中,使得他眼前一亮,他想,这件衣服要是穿到嘉黛的身上,那还不衬得她曲线玲珑、凹凸有致、长短合度。太好了,就这件。他皱眉:我是先把它买下来,还是等她来试过之后再买呢?

比较一下,米契科夫决定,马上买下来,但是告诉商店经理,先挂起来,他还要再看看,等走的时候一起打包。如果有人想试就让她试好了,他也想看看这件衣服穿在真人身上效果如何。经理当然同意了。

付账的同时,两个年轻的姑娘走进这家时装店,米契科夫眼前又一亮,因为进来的人不是别人,其中一个就是他的嘉黛,至于另一个他已经直接忽略了。他赶忙装作看衣服避开她们,两人的眼光也是很高,米契科夫嫌弃的那几件,她们也没看上,当看到米契科夫已经付完钱的衣服时,另一个姑娘兴奋地说:"啊,看这件多漂亮,她简直就是为你量身定做的一样,我们就挑这件吧!"

嘉黛也被这件衣服吸引住了,她说:"那我就先试一下吧。"

试过以后,嘉黛十分喜欢,随即要付款买下它,经理为难了,虽然他也认为这件衣服穿在这位小姐身上简直是不可思议的美,但它已经有主人了。所以,经理惋惜地说:"对不起小姐,这件衣服有位先生已经付过款了,你若喜欢过几天再来,会有新货,所以……"

"就这样穿着吧,你和这衣服简直就是绝配!"所有人都望向声音来源,毫无疑问,他是米契科夫。嘉黛也认出了他,这不是那个害羞男孩吗?怎么几天不见就变得这么大胆了,忍不住好奇地看着他。米契科夫眉毛一挑,说道:"好武器定要配英雄,美丽的裙衣必须送佳人。"

"好!"此举不禁令在场的人连连叫好,经理也连忙上前,告诉嘉黛,米契科夫就是衣服的真正主人,不过此时,它已有了新主人。嘉黛一愣,本想

米契科夫

说让他转让这件衣服就行了，可是想到米契科夫开始是那样内向敏感的人，反而不敢说出口，怕伤害到他那脆弱而敏感的自尊。她只得道了声谢，接着说："你一个人怎么会想到买件女孩子的衣服？"

这一问正中下怀，米契科夫连忙答道："上次在孟席斯先生家见到你就想送你一个小礼物，只是后来有事耽误了，今天见到这套衣服感觉就像是为你设计的，就忍不住买了，没想到你穿上那么合身，所以你也不必感谢，反正，这套衣服本来就是给你的。"

听到这个回答，嘉黛脸上微微一红，说："不管是你让给我的还是送给我的，我都要表示一下感谢。不如这样，哪天你有空时，我请你吃饭，你可赏脸吗？"

米契科夫连忙点头，说："我今天就有空，以后就说不准了。"

已经完全融入英国人以茶开始、又以茶结束每天生活的嘉黛小姐要以茶会友。本来她以为米契科夫没有喝下午茶的习惯，原准备先和朋友珍妮小姐饮完茶再赴米契科夫的约会，现在却很想看看他是不是真喜欢喝茶。

米契科夫暗暗得意，等下就让本大帅哥再露一手，让你更加倾心吧。米契科夫提议去里兹饭店的棕榈阁，这里后来常被英国的黛安娜王妃光顾，还留下了不少传奇。

一进到茶室嘉黛就震惊了，怎么这么古典而高雅的地方，自己从没留意过？米契科夫，一个比她还后到这里的人竟找到了，他的眼光真是太好了，这从他挑的衣服上就不难看出，越接触他，越觉得他深不可测。更震惊的还在后面，米契科夫选的茶点都是最正宗的，有苏格兰奶油饼干、维多利亚松糕、松饼，还要了一种英国西南部才有的特殊烤饼，要加入当地独有的奶油和果酱，看来他是行家啊！一听他要的茶点，连侍者都肃然起敬。

他喝茶时瓷器轻拿轻放，说起话来轻声细语，听他说起英国人喝茶的趣事，嘉黛入迷了，口中的茶似乎变成了醇香的美酒，令人平添了些许醉意。听他说英国人将舶来的茶和自己出产的牛奶调制成可口的英国茶，清香可口，调和了两种文化。不知道他本人是不是也是这样，张扬与内敛集于一身。

英国的茶文化是皇室带动的，1662年嫁给英王查理二世的葡萄牙公主凯瑟琳，当年的陪嫁就是200多磅红茶和精美的中国茶具。皇后高雅的品饮表率，引得贵族们争相效仿，人称"饮茶皇后"。

听着他绵绵的嗓音，看着他淡淡的微笑，嘉黛沉醉了。天啊！他知道的可真多，米契科夫看到她痴醉的样子，说得更加起劲了。告诉她，最早的时候茶盒被锁起来，钥匙只能由女主人保管，而且只有在宴会待客时才能饮用。然而即使是客人喝剩的茶渣，仆人们偷着拿到街市去卖，还是照样能换回外块的，因为茶是身份的象征。直到1826年，英国人在印度北部山区偶然发现了漫山遍野的野茶树，茶叶才开始走入寻常人家，从英格兰的多佛到苏格兰的阿伯丁，包括农村，几乎全英国都流行了喝茶。

嘉黛悠闲地坐在旁边，静静地倾听着，她不想打断他的话，他们又从茶点聊到英国菜式。米契科夫见美人给自己机会大发议论，当然不会放弃。他说英国人孜孜不倦地发扬茶文化，也许是因为英国的食物在法国大餐和意式美食面前自惭形秽的关系。

英国菜选料简单，烹调简便，大块的牛羊，整只的禽类，或烤或煎，也用铁扒和煮的方法，菜肴制作过程非常简单。调味很少，口味清淡，除了用黄油、奶油、盐和胡椒之外，很少用其他调料，菜肴口味清淡，基本上是原汁原味。典型代表就是：英格兰式煎牛扒、英格兰烤皇冠羊排、煎羊排配薄荷汁、羊肉烩土豆、栗子馅烤鹅、牛尾浓汤。英国是岛国，可是人民却不大吃海鲜。

米契科夫虽然约到嘉黛一起喝茶，但他还没忘记两人还有一次难忘的

米契科夫

约会,他在聊天的同时,观察着嘉黛的反应,好准备她最喜欢的菜式。等一下,他还要大秀法国大餐和她家乡布达佩斯的匈牙利美食。虽然法国大餐进餐时间较长,又大耍浪漫,可是如果嘉黛更喜欢家乡菜,那还是顺着她好,浪漫就以后再玩。

想到这里米契科夫说道:"说起使用简单食材和烹调方法也能做出美味菜式的地方,你的家乡匈牙利倒是这方面的行家,而且它跟英国菜不同的是,匈牙利菜并不排斥鱼类,多瑙河、提萨河和巴拉顿湖赐予匈牙利人丰富的水产,所以匈牙利的鱼汤非常出名。"

听到家乡引以为傲的地名,嘉黛两眼灵动着光芒,他没想到这个人这么了解自己的家乡。米契科夫看着她,更加得意了。

他继续卖弄道:"匈牙利菜口味偏重,所以不必像其他欧洲国家那样从开胃菜到汤、冷盘、主菜、点心全套吃个遍,只要有汤、主菜和点心味道就很丰富了。还有它在鱼和肉之外搭配当地盛产的水果、蔬菜和调味品,主要以洋葱、番茄和青红椒调味,其中红椒粉和酸奶油是菜中最主要的调味品,无论汤类、沙拉还是肉类菜肴都少不了。"

"还有,我非常喜欢匈牙利的甜点,像酸奶干酪面、莉特须水果卷、休姆罗绵绵糕还有匈牙利布丁。不如我们今晚就吃匈牙利菜吧!"

"太好了!"嘉黛姑娘差点失礼,在茶室里兴奋地大叫起来。她赶紧抿抿嘴,小声说:"听你说了半天,我早就馋了。我好想吃匈牙利牛肉汤、甘蓝菜肉卷、红椒鸡、金黄鸡汤,还有鱼汤。"

"那不如这样,我们一会儿去布达佩斯饭店订一全套匈牙利菜,要有开胃菜和沙拉那样的大餐,再订几样咱们最想吃的菜肴,然后就去逛街、逛公园,等饿了就去吃大餐,你看怎么样?"

嘉黛马上就想吃了,可是现在下午茶还没喝完就已经很饱了,看来只能像他说的那样，出去不停地逛下去，直到走饿了，再去吃大餐。想好了就要买单，因为刚才说好了要请米契科夫吃饭，虽然先到这喝了杯茶，但还是要由她付账的。

米契科夫说："这顿我请，下顿你请。"说完，就找来侍者结账并付小费。心想：下顿下午茶再由你请吧，晚餐还是我来，让你明天还请下午茶，这样拖下去，天天都能约你吃饭、喝茶，想必你很快就会彻底为我倾倒了。两个人都吃了不少茶点，正好走到布达佩斯饭店去订餐。

看着长长的菜单，两个人都没那么大胃，只能讨论一下再决定，米契科夫没吃过的就由嘉黛告诉他大概味道，他再决定点不点它；反过来也一样，嘉黛不知选哪个好，米契科夫吃过的就给她点意见。这样下来，他们俩的关系好像又进了一层。虽然精简再精简，两人还是订了这么一大串，付完订金，两人非常有默契地沿着马路大走特走起来，很自然地聊到刚才的菜单。

米契科夫说："看来你平常吃的很清淡啊！"

嘉黛应道："是的，我从小就喜欢水果和蔬菜，无论是单独吃还是做成沙拉，或者肉里加一点，我都很喜欢。"

"那你小时候一定很安静吧？肉吃得这么少，肯定跑不动。"

"哈，这你可猜错了，我从小就像匹野马一样，多少人都拉不住，而且直到现在也没多大改变。我不喜欢我父亲的政治理念，可他却逼迫我信服，所以我就像脱缰的野马跑了。"说完还发出一串银铃般的笑声。

米契科夫知道当一个女孩子开始愿意和你聊起她的过去、她的童年，那么这个聆听者在她心中，至少也是个知交好友。

自然美景自有诗情画意，两人在美景中谈谈说说，彼此间心的距离又拉近了不少，渐渐进入"此时无声胜有声"的佳境，就这样静静地走着，什么也不用多说，心上人就在身边，感悟自然的美妙。葱茏的梧桐，缤纷的蔷薇，

米契科夫

茂密的草丛,林间的黄莺,花丛的蝴蝶,草上的蜻蜓,流连绚丽的美景,陶醉生命的欢歌,迎面吹来阵阵凉爽的清风,是此时最美好的享受。

渐渐夕阳西下, 米契科夫不禁感慨地对嘉黛说:"我曾经记得一段话,不知是谁说的,但就是很欣赏。"嘉黛以眼神示意他说下去。"即便是黄昏的最后一缕残阳也要发出奇灿无比的光芒,那是不甘心陨落与沉沦的最后一次拼搏,也是对至高生命积极热爱的一种追求,它毫不在意自己终究要被青山遮挡,也许这就是大自然要告诉给人们的生命真谛!"

嘉黛的双眼迷离了,不知是沉醉在自然的美景里,还是沉醉在米契科夫动人的话语中,她想一直陪在他身边,就这样地走下去,那感觉是多么的惬意,多么的神奇。此时此刻,他们的脸上正焕发着圣洁的光,一段浪漫故事就这样自然而然地发生了。

在伦敦军情六处总部几乎没有什么秘密可言, 嘉黛·沙利文小姐住到了米契科夫的房间已经被人们知道。看来他们两个是板上钉钉的事实了。她是个不错的姑娘,而且她还能帮到米契科夫。

另一处住宅里,孟席斯太太也对嘉黛说:"我当初介绍你们两个认识也是这个意思,他是个很难得的年轻人,你尽量协助他吧!"其实,早在米契科夫发动一波又一波的浪漫攻势的时候, 就是个喷火霸王龙也化成一汪水了,更何况嘉黛本就是暗自迷恋米契科夫的少女。就这样,嘉黛来到了米契科夫身边。

米契科夫编造着英国的假情报,还要制作发回情报的密信,英国当然不会扣下他的信件,但是怎么也得让德国看到,情报是怎样的来之不易吧?嘉黛到来后完全承担了制作密信的工作。

英国人在英、美战争时有种美军不知道的传送情报技术,就是卡登模板。一般先设定一种模板,写信人把模板覆盖在白纸上,先在露出的地方写

上密信的内容,再在其他地方加上不相干的字,没有模板帮助,这就是一封普通的信件。

而且模板和密信可以分开传送,即使有一件被截,密信的内容还是没人能破译,再由写信人重新发一份,不久就可以知道真相。

过去的密信内容都是写入一块沙漏形的区域,嘉黛却尝试每天都变幻模板的形状,她还每隔几行,挖几个或连续或断开的空隙,正着读、倒着读、翻过来读,一块模板要转动四次才能把信的内容读完。

德国老板看到如此奇思妙想的设计,忍不住又打来大笔活动经费。在物质奖励的刺激下,嘉黛更充满了自信,花费大量时间进行研究,而且她也跟着米契科夫学"坏"了,花德国的钱,要德国的命,这么奸诈又好玩的事情大大刺激了嘉黛的激情。

她还试过用蘸水钢笔分别蘸取柠檬汁、番茄汁、洋葱汁等等,在白纸上写上字,晾干后完全看不出任何痕迹。但是在酒精灯上轻轻一烤,就会有棕色的字迹显现。

因为柠檬汁、番茄汁、洋葱汁会与纸张发生化学反应,生成一种类似透明薄膜的物质,而它的着火点比纸张低,所以一接近火,这些汁液涂过的地方就被烤焦而在纸上显现出棕色的字迹。

嘉黛订了好几本化学杂志,看着上面最新的化学试验,凡是能够启发她灵感的,她都会亲自试验一番。

比如她发现碘酒遇到淀粉就会把雪白的淀粉变成蓝色。她就试着把淀粉用水化开,蘸着淀粉溶液在白纸上写字,晾干之后也是不留一丝痕迹。但是只要拿一支系棉签沾点碘酒,在纸上轻轻涂过去,蓝色的字迹便立即显现出来。

酚酞溶液和氢氧化钠溶液兑在一起会变成红色。那就用酚酞溶液写

米契科夫

字，读信人用棉签蘸着氢氧化钠溶液涂纸，就能读到红色的字迹了。当然，邮寄一张白纸也够可疑的，可以在纸背面写上密信内容，在正面写一封普通的信，检查的人只在正面推敲字句是绝对不会发现秘密的。

还有一种读信人看过后还能再次隐藏的密信。密写剂就是浓度为每毫升0.1摩尔的氯化钴溶液，氯化钴的稀释溶液是浅浅的粉色，再把它写到纸上，晾干后几乎看不出颜色。

读信时只要对着酒精灯的火焰一烤，纸上的氯化钴就脱水变成蓝色的，就可以读出密信的内容了。而看完信后，只要用香水瓶装的清水轻轻一喷，纸上的蓝字又会消失不见。

还有一次，嘉黛买到了一版假邮票，米契科夫发现了，说道："亲爱的，如果你用这些邮票来寄出你费力写的那些密信，那我恐怕德国那边是永远都收不到你的心意了。"

"为什么？你看出什么破绽了吗？"

"呵呵，很不巧，刚刚我失手把茶杯里的水溅了些出来，正好洒到你刚买来的邮票上面，我想帮你擦干净，可是意外的是，我拿起它们，却发现它们在阳光下没有它们应该有的水印，不管怎么样，如果你用这样的邮票寄信，英国的邮局可能会把信扣下，因为你涉嫌使用伪造的邮票。"

"啊，原来是这样！可是，我从前并没注意到，两样邮票有什么不同啊？"

米契科夫从书信盒里拿出一封自己收到的信件，上面的邮票盖着邮戳，虽然不能再用了，但是让嘉黛学习一下鉴别真伪还是可以的。他让嘉黛拿着信封在阳光下看真邮票的水印，这是防伪的标记。

嘉黛看后，大叫："啊！亲爱的，你太聪明了，我怎么没想到还有水印这么好的密信写法？谢谢你给我启发，我要去研究水印技术了。"

米契科夫只能摇头笑笑，去忙自己的工作了。嘉黛已经有点走火入魔了,什么事都能跟她的密信扯上关系。

嘉黛研究后发现邮票的水印是印刷时在上面施加了一定的压力,当邮票再被打湿时,在日光反射下,水印就显现出来了。她知道原理后,就自己试做了水印密信。

她先将几张白纸或浸入水中,或沾水打湿,或用喷雾喷洒,浸入水中的也分先后捞起,把几张湿度不同的白纸平铺在玻璃板上,再把一大张白纸平整地覆盖在上面。然后就用铅笔,她用的是比普通书写用的墨色更浓、更黑的铅笔,在上面的纸上随便写几个字,写完后把上面的纸张拿走,下面果然有深浅不一的水印,但是在水中浸得半湿的那张效果最好。

剩下的就是耐心等待,等待纸张晾干,果然什么都没有,再打湿,水印又一次显现。太好了!成功了!嘉黛心喜若狂。但是她并没有满足于此,而是继续开发下去。

她想到从前看过的一个故事:一个富翁去世前写遗嘱要把财产给自己的儿子,但是他后娶的妻子不希望老人的儿子继承,就给老人一支没蘸墨水的钢笔,老人已经睁不开眼睛了,没发现她搞的小动作,结果律师当众公布遗嘱时发现那是一张白纸,那么他的妻子也能得到遗产。

但是老人家有个早年博学却因病失明的朋友,他用手一摸所谓的白纸,就知道老人的遗嘱就在上面。他让人用铅笔在白纸上都涂上黑色,但是不能太用力,结果,纸上除了有字的部分还是白色外,其他的地方都成了黑色,于是真相大白了。

后来他解释道:“虽然老人用的钢笔并没有蘸上墨水,但是笔尖还是把白纸压出了痕迹,有字的地方和空白的地方就不在同一个平面上了,无论是把空白涂成黑色,还是用细土或者黑灰填满字迹,都会清晰地显现或白或黑的字迹。要不是因为这是我老朋友最后的一点字迹,一把土洒上就能

米契科夫

解决了。"

嘉黛什么事情都不轻信,都要自己做过检验才放心。何况这只是她从前不知从哪里看来的一个故事。经过几次试验,她确定这个方法和水印方法都可以作为新开发的密写技术加以推广了。

作为米契科夫的左膀右臂,她不只要帮他开发各种密写技术,制作密信,还要包办给转信人的明文信,偶尔还要编些密码信。当然,她还要照顾他的生活起居,毕竟,无论在外人眼中还是实际情况,他们已经是非常亲密的情侣了。

他们不仅是外人眼中的情侣,还充分利用这种关系参加社交活动。而伦敦的名流举办宴会时,也不忘给这对爱出席宴会的亲密情侣发出邀请。无论是正式晚宴,还是家宴、便宴、生日宴,嘉黛都拉着米契科夫出席。

米契科夫着装一向是颠覆传统,大胆创新,鹤立鸡群,独树一帜,他喜欢那种被艳光四射的美女关注的感觉。

但是要出席人家的宴会,只能穿着永恒不变的主题:那就是简单精致、高贵典雅,以黑色为主,任何表现都以对其他人尤其是主人的尊重为主要。

虽然女士的着装也以正式色彩为主,但是式样就比较多样化,只要搭配得合理,就没有人挑错,而且这种场合往往是女士大秀自己收藏的名贵珠宝的好时机,这样的场合往往衣香鬓影、冠盖云集、珠光宝气,穿得太素雅,本身就和宴会大气派的场面不般配。

全欧洲的宴会都是这样,不独英国如此,这样见报几次说不定德国那边奖励他打入上层交际圈,再汇来几笔活动经费都是大有可能的。而且这种宴会的规矩是没有单独出席的,只允许携眷出席,那置办点珠宝首饰都是合理的。就这样,恩爱的情侣米契科夫和沙利文就在伦敦的社交界活跃起来。

这个层次的宴会绝对是对个人修养和礼仪的检验，米契科夫本来就是个声誉不错的律师，见惯了上流社会的迎来送往，他自己家里每年举办的宴会，不知有多少有面子的人打破头往里挤，当主人的次数比做客的次数都多。他的谈吐学识、细节品味、风度气质，倾倒多少来宾啊，以至万一哪场宴会没请到米契科夫做客，主人都有点不好意思。

跟他出则成双、入则成对的嘉黛·沙利文，也是备受注目的嘉宾之一。她除了美艳动人之外，还有一种天生的艺术家气质，而宴会往往都是在风景如画的别院露天场地，或者室内布满雕刻画像的地方。她的艺术修养深厚，往往一语道出哪件作品是哪位名家的手笔，即便不是很出名的艺术家作品，她也能说出作品足以流传永久的点睛之处。还有她对园林的独特见解，哥特式、拜占庭式、洛可可式、巴洛克式等不同风格的建筑，孰优孰劣，她都了然于心。

他们谈吐大方，毫不娇柔造作，在这里备受欢迎。凡是他们感兴趣的话题，大家都各抒己见，毫无保留，希望能被大家认同。米契科夫他们出席完宴会，回到家里就互相提问，看哪些可以作为发回德国的情报。

这段时间里，无论是米契科夫还是嘉黛，都过得非常愉快，有最心爱的人陪伴在身边，在家里互相扶持，在外边被人称道，他们的感情牢不可破，但是又不能安于现状，今天努力创造的一切，不仅仅是为了编造一些假情报，骗德国几个小钱花，其最终目的是要米契科夫回到德国情报机关里，打入他们的心脏，而不是像现在德国所期望的"打入敌人的心脏"。

在上司同僚想方设法帮助米契科夫回到里斯本的时候，他和嘉黛的离别就开始进入倒计时了。尽管两人都知道，为了大业，分别是不可避免的。

既然必须要分开，那就好好珍惜在一起的时间。嘉黛放下心中的儿女情长，继续为密信、密码忙碌起来，现在为了让米契科夫早日回到里斯本，

米契科夫

他们要编造更加庞大的假情报才行。

"亲爱的，我知道你心里舍不得我离开，我正计划把你也安排到德国情报机关，你虽没经过太正式的考验，但是英国这边是完全信任你的。如果你正式加入军情六处，再隐藏身份加入阿勃韦尔，这样，我们可能会并肩战斗在最前线。只是危险也更大，你没有在敌人那边打过交道，不知道他们的阴险，随便的问候、闲聊，都可能是挖好的坑等你跳。你害怕吗？"米契科夫对嘉黛说。

一行眼泪从嘉黛美丽的脸庞流下，她答道："你还不了解我吗？只要能跟你在一起，我不怕烈火刀山。"

"可是，这是间谍工作，不是小孩子过家家，这里面的水有多深，我也不敢保证自己就能履险如夷，更不知道能不能保护你。不管你最后的决定是什么样的，我都会尊重你的选择。但是我只是请求你，不要草率答复我，你要仔细考虑，一定要经过深思熟虑才行，这可能是决定你未来几年的路，也可能就是你一辈子的路。"

"尤其是不能因为顾虑我，而改变你的初衷。你的父亲是个纳粹中坚分子，即使在最黑暗的时候，你也不会有危险的。而你本人的表现，即使不用我作证，进步的力量也不会把你当作敌人。也许战争结束的时候，就是你、我再次相聚的时候。"嘉黛道："我想加入你们的组织确实有你的影响在里面，但又不是完全为了你。我有理想，也有为自己理想努力实践的愿望。"

孟席斯少将慎重考虑再向阿勃韦尔派遣间谍的计划。嘉黛的表现非常棒，而且在思想上亲近英国，其工作能力也令大家赞不绝口，只要通过一次正式的通关手续，她就算是军情六处的情报员了。而且她的父亲是德国不可小视的人物，正如她所说，这就是最好的掩护，经得起敌人的检验。英国这边已经达成共识了，接下来米契科夫会想尽办法让嘉黛成为间谍。

嘉黛继续忙着把米契科夫的天才假想编制成密信,他们这个情侣档为卡斯索夫提供了数量庞大的伪情报,而且唯恐情报太少,细节不够详细,物证体积不够大,最后,物证竟然大到不方便邮寄,迫使卡斯索夫早日调米契科夫回里斯本。

　　功夫不负苦心人,德国那边终于按捺不住,召米契科夫回到德国情报机构述职。接到消息时,米契科夫心中涌起临战的兴奋与激动,只是当他看到嘉黛强颜欢笑、驱车为他送行时,心里又像被什么揪住一样。原来,心真的会痛。爱过,才知道自己是脆弱的。分别的时候到了,米契科夫紧紧拥抱着嘉黛,特工应有的理智却提醒他们:间谍的生活充满了变数,有如潮起潮落,生离死别本就平常,战争年代人与人的关系更加微妙。爱过就可以无悔,爱的瞬间就是永恒的美。但是,那样的永恒只是特定的时空抽象的存在,在那之后又将如何,谁也无法预知。

　　"我的整个生命和全部的精力,都献给世界上最壮丽的事业——为人类的解放而斗争。"之后的日子,米契科夫继续他的间谍工作,并取得了一次又一次的成功。

　　米契科夫的一生是传奇的,他将纳粹德国发展火箭、德军战略部署以及国内防御等方面的重要情报源源不断地报告给英国;而作为双面间谍,他也曾为纳粹德国提供大量的情报。当然这些情报都是经过英国军情六处精心挑选的希望纳粹德国知道的情报,另外还有经过他天才的假想和虚虚实实的消息。

　　神秘的间谍们为加快结束战争做出了突出的贡献,唯有正义的力量是不可战胜的,米契科夫恰好站在了正义的一边。

米契科夫

贵族交际花

——传奇双面女谍斯蒂芬妮

斯蒂芬妮·朱莉安娜·范·霍恩罗亚是二战时期一名特殊的双重间谍。她出身显赫,是德国贵族家庭的孩子。她从小生活在维也纳,本来她可以在那里一直过着贵族公主一样的生活,然而一件事的发生,改变了她的命运,年纪尚小的斯蒂芬妮决定离开这个富足的家庭,从那一刻开始,她不平凡的生活便拉开了序幕,一场跌宕传奇的人生故事,已经围绕着这个还懵懂纯真的姑娘悄悄地展开了。

从小的时候开始,斯蒂芬妮的生活就进入到了一个常人难以企及的层面之中。在这个阶层里,所有人都和她一样衣食无忧,物质条件丰厚,每天都追逐着一些无关紧要的事情并将之视为生活的主要内容。在这样的生活环境里长大的她,可谓是温室里的花朵。

到了 18 岁,斯蒂芬妮俨然成为了一个美丽的姑娘,但是让她感到不适应的是,随着自己的长大,父亲每次看到自己时的眼神也越来越多地发生了变化。毕竟是从小看着自己长大的人,斯蒂芬妮并没有对这种异样的眼神产生什么不好的想象。然而令她感到震惊的是,有一天夜里,父亲居然来到她的房间并做出了不轨的行为。眼见从小爱护自己的父亲做出这种事情,感到难以置信的斯蒂芬妮又气又怕,对他进行了严辞指责和拒绝。眼见不能得逞,有些恼羞成怒的父亲恐吓她不许说出这件事情之后悻悻离去了。这件事情对斯蒂芬妮造成了不小的惊吓，同时，父亲的态度和所说的一些话语，也让她对自己的生活产生了很大的疑问。

带着这种怀疑，斯蒂芬妮向母亲隐晦地提及了自己的想法。而令她再度大吃一惊的是，母亲透露给她一个信息，这个人原来并不是她的亲生父亲！她的亲生父亲很多年前已经去了英国。尽管私下里也曾经产生过这样的想法，但是由母亲亲口证实还是让她感觉很震撼。

得知了真相之后，斯蒂芬妮产生了想要见一见亲生父亲的想法。但是母亲却告诉她，这个人已经与自己分别了多年，音信全无。很可能他已经有了自己的家室和子女。她无法肯定斯蒂芬妮寻父是否还有什么意义可言。但是性格执拗的斯蒂芬妮主意已定，在她的百般努力之下，终于从母亲的私人物品当中翻找出来一枚被单独放置、造型别致的金戒指，根据母亲之前的描述，这肯定就是亲生父亲为母亲留下的信物。天真的她偷偷下定了决心，打算凭借着这件东西去寻找自己的父亲。

某一天早上，天还没亮的时候，她偷偷拿出自己私下收拾好的东西离开了房间，同时将一封早已写好的告别信放在了桌子上，然后踏着黎明前的月光，悄悄地离开了家门。

踏上了远行的火车，她不知道前方的路会怎样，火车疾驰着，渐行渐远，那秀美的维也纳城一点点被抛在后面，渐渐模糊，直到看不见。斯蒂芬妮有一丝兴奋，这是 20 年来自己第一次脱离那个地方，未来的路有着不可预知的刺激，像是一次探险，一切是那样的新鲜。告别了，维也纳！告别了，维也纳囚笼里的公主！这样的感觉让斯蒂芬妮暂时忘掉了留在维也纳的母亲，暂时忘掉了所有的不舍。但是她所不知道的是，在这之后等待着她的是一场怎样长久的噩梦。

在火车上，斯蒂芬妮遇到了她有生以来的第一个窘境，她放置全部财

斯蒂芬妮

产和物品的箱子被人翻开了，金钱和贵重物品无一幸免地遭到了盗窃。不过幸好在这时，一位同行的德国青年为她提供了帮助，并慷慨地掏钱为她解决食宿问题。两个人渐渐交上了朋友。通过交谈，她知道了对方名叫蒙茨，此行由于初涉世事，斯蒂芬妮没有因对方过于成熟周道的表现而产生什么怀疑，彼此年龄相差又不大，她很快就与蒙茨变得无话不谈。当她得知蒙茨此行也是打算前往英国，这让斯蒂芬妮感到非常开心。火车到站之后，他们一同来到码头，乘上了前往英国的轮船。

这是一艘开往伦敦的客船。在旅行过程中，蒙茨对不谙世事的斯蒂芬妮照顾得十分周到体贴，斯蒂芬妮对他的好感也日渐增加。等到轮船在英国靠岸的时候，两个年轻人已经发展到如胶似漆了。对于斯蒂芬妮来说，她甚至觉得如果此行没有能够成功找到自己的父亲，能够邂逅这样一位优秀的青年并与他成为恋人，也算是不虚此行了。

然而她所不知道的是，身边这个温柔的情人，其实是一匹要将她带入到危险与诡谲当中去的豺狼。在骗取了斯蒂芬妮的全面信任和倾慕之后，蒙茨才告诉斯蒂芬妮，自己是一个为德国效力的特工人员，需要斯蒂芬妮的帮助，让其在舞会等社交场所凭借美貌和气质勾引一位英国的高级官员并伺机放置窃听器在他的房间当中。对蒙茨寄予了所有信赖和感情的斯蒂芬妮，听闻之后原本感到害怕和恼怒，但是在蒙茨的花言巧语和软硬兼施之下，被"爱情"蒙蔽了双眼的斯蒂芬妮最终答应了他的要求。从此，这个涉世未深的姑娘，就变成了纳粹德国的一枚棋子。

夜晚的街灯将伦敦这座文明古都映照得金碧辉煌，高耸的建筑林立在街旁，在这些豪华的建筑里面，上演着上流社会人们奢华的生活。然而，有和平的表象，就有暗藏的斗争；有璀璨的灯光，就有折射的阴影。在这个霓虹之夜，不知道有多少间谍像蝙蝠一样穿梭在阴暗之中，他们像引发地壳运动的不安定因素,时刻预示着地震的爆发。

　　出现在夜总会的女孩总是那样浓妆艳抹。也许,那里就是需要浮华的伪装。斯蒂芬妮却对那样的艳丽不屑一顾,白色高跟鞋,紫色长裙,肩上披着高贵大气的金黄色披肩,挽起的秀发让斯蒂芬妮看上去成熟而又庄重。然而那漂亮的脸蛋上一双别致妩媚的大眼睛,玲珑有致的曲线,给刻板的高贵增加了性感的灵韵,十分有力地吸引着场下男人们的目光。

　　按照预先设计好的,斯蒂芬妮主动走过去与这位名叫布朗的官员搭讪,此前蒙茨带着还蒙在鼓里的斯蒂芬妮曾经参加过数次舞会,布朗对这位美丽出众的姑娘是有印象的,对于她的搭话马上就热情地给予了回应,并将她邀请到自己同座的一众伙伴身边来。

　　在与这些人的谈笑之中,斯蒂芬妮逐渐注意到坐在布朗对面的人一直没有说话,他神态自若、动作沉稳、笑容可掬。这个人 50 多岁,金色的头发有些许花白,但依然神采奕奕,眼睛中闪烁着智慧的光辉。气度不凡的人总是能给人一种隐形的震慑力,不知为什么,斯蒂芬妮一看这个人就对他产生了好感,那是近乎敬佩一样的感觉。而这个中年男人发现斯蒂芬妮正在看他,于是冲着她笑了笑,笑容温和而亲切。

　　斯蒂芬妮想起蒙茨那天晚上告诉过她,要想在情势上夺取主导地位,一定要先调动所有人的情绪,让他们受你的牵制。斯蒂芬妮举起了自己的酒杯,然后站了起来说:"能认识各位先生我真的十分高兴,来,我们干一杯!"斯蒂芬妮平定了自己紧张的情绪,刻意地将动作放慢,带着一种成熟的从容。果然,这种主动而风情十足的举动引来了男士们的热烈回应。一晚上几轮敬酒之后,布朗和绝大多数人已经对这位姑娘神魂颠倒了,但只有那位被布朗等人称为"本杰明"的中年人一直没有什么特别的表示,只是沉默地注意着她。此时斯蒂芬妮已经顾不得别人了,按照计划,她伴装成喝醉

斯蒂芬妮

的样子赖在布朗身边。身边的美丽女子已经不省人事,布朗岂会放过这种天赐良机?他带着斯蒂芬妮出了会场,上了自己的汽车。

布朗将斯蒂芬妮扶上了车,自己坐在斯蒂芬妮的旁边,斯蒂芬妮昏昏沉沉地将头倒在布朗的肩上,快要睡着的样子。

"我们这是去哪儿呀?"斯蒂芬妮问道。布朗连忙答道:"您别担心,是我办公的地方。"听到他这样说,斯蒂芬妮心里暗自高兴。"那里比较安静,您知道,您现在需要休息。"布朗补充道,重点是,万一他的夫人打电话到办公室来,他就可以掩饰说他在加班。这正中她的下怀,本来斯蒂芬妮还想费一番功夫才会到布朗的办公室,没想到得来全不费功夫。

布朗哪里知道她打的是什么算盘,只是心满意足地一手将斯蒂芬妮搂在怀里,看到斯蒂芬妮似乎快要睡着了,便低声告诉司机:"快点开,我们回司令部。"

躺在布朗怀里的斯蒂芬妮一动不动,似乎睡得很香。她感到布朗的手放在了她的腿上,她感觉全身的神经都紧绷起来,手掌心攥出了汗,不知是酒精的关系还是窗子没打开的缘故,她觉得车子里好热。她无法预料待会这个人要对自己做什么,而自己的确是抓不着头脑,第一次做这样的事情,蒙茨此时却帮不了她,他现在在干什么呢?会不会跟在她的后面保护她的安全,或者在为了她做一些什么安排?布朗的车不知道还要开多远,她只能用睡觉来掩饰自己的紧张,或者是趁这段时间来想想下一步该怎么做。虽然蒙茨在她来参加舞会之前已经教给她一些技巧了,但她还是心里没底。

短短的半个小时车程,斯蒂芬妮却感觉像几个小时那么久,因为不敢动,斯蒂芬妮感觉全身酸麻,当布朗叫她下车的时候,她终于松了一口气,但马上又紧张起来,因为接下来她将面对更大的问题。

"斯蒂芬妮,快点起来!"布朗跟斯蒂芬妮说道。听到布朗的召唤,斯蒂芬妮想从座位上站起来,但是她起到一半又倒了回去。

布朗见状,急忙来扶斯蒂芬妮,斯蒂芬妮半睁着眼睛,抓着布朗的胳膊跟他向办公楼走去,高跟鞋踩在石板铺成的小路上,传来毫无节奏的声音。

前面是一栋大楼,外观十分华丽,前面有一个旗杆,挂着英国的国旗。靠在布朗的身上,斯蒂芬妮困难地上了楼梯,到了五楼,布朗带着她走到一条很长的长廊,长廊的两侧是整整齐齐的房间,快要走到长廊尽头的时候,布朗停了下来,他将斯蒂芬妮靠在自己的肩上,一手扶住她一手拿出钥匙去开门。斯蒂芬妮注意到他打开门之后将钥匙挂在了自己的腰间。

布朗的办公室很大,一走进去就看见一张很宽的办公桌,旁边是一个高高的锁着的文件柜,一个欧式的沙发放在墙角。简单的陈列使得这件大屋子看起来十分空旷。蒙茨对他说,要尽量将窃听器安放在东西多的地方。这种按钉式的窃听器最好装在墙上、地板或者是天花板上。斯蒂芬妮琢磨着将窃听器装在什么地方,但还没等她看完,就被布朗带进了办公室里面的一个套间。

蒙茨跟斯蒂芬妮说过,这个布朗是一名将军,现在的职位是陆军副司令,很有可能成为陆军总司令的接班人,甚至一些重要的事情都交给他来办。所以这个人很重要,可以从他这里获得英国陆军的很多情报。

斯蒂芬妮想,自己应当想办法支开布朗,这样才能到他的办公室里安装窃听器,毕竟,将那个窃听器安在办公室的房间才会掌握更重要的情报。

套间里有一张床,斯蒂芬妮摇摇晃晃地坐了上去,醉眼朦胧地看着布朗。这时布朗弯下腰将脸凑近斯蒂芬妮。斯蒂芬妮虽然不讨厌这个人,可她还是不太喜欢他这样近距离地看自己。当她想到自己恋人的生命受到了威胁的时候,她立即振作起来,不管怎样,她一定要救蒙茨。但是如果可以避免和这个男人发生关系,那就更好了。

斯
蒂
芬
妮

有两种人，一种是在遇到紧急事情的时候丧失了理智，越来越慌乱；另一种人，就是面对紧迫的局势头脑反而会清醒。

斯蒂芬妮在某种程度上应当属于后一种人，尽管她的这种特质还没有被挖掘，但当给予某种压力的时候，她就会发挥出连自己都觉得不可思议的潜能。

怎样才能不和这个男人发生关系呢？此时的布朗已经开始将头放在斯蒂芬妮的前襟。布朗的脸红红的，呼吸有些粗重："斯蒂芬妮！"布朗轻声地呢喃。

"嗯？"斯蒂芬妮仍然是一副醉态，眼睛半睁半闭地看着布朗。

而实际上她的心里已经十分紧张，手无意识地紧紧抓着床单，好在情绪高涨的布朗并没有注意到她的这些举动，要不然一个醉酒的女子的紧张会让布朗产生怀疑的。

布朗的手正在解开斯蒂芬妮晚装的纽扣，如果再不想个办法逃脱，那么一切都会被布朗掌握。这时，斯蒂芬妮的脑海浮现了蒙茨的笑容，她想着救了蒙茨之后，她还要找父亲。在这紧迫的关头，她心生一计。

当布朗解到她第二个扣子的时候，斯蒂芬妮干呕了一下。这个反应让布朗停住了解扣子的手，斯蒂芬妮推开了布朗，捂着嘴跑了出去，布朗随后跟了上来，指了指洗手间的位置。

洗手间在来时走过的长廊的最里面，紧挨着布朗的办公室。斯蒂芬妮拉开洗手间的门，见到布朗已经跟过来，马上将卫生间的门关上了，并转了一下把手，将门锁上。

如果作出自己呕吐的假相，那么就必须让布朗听到声音。于是斯蒂芬妮打开了水龙头，水"哗啦啦"地从水龙头里倾泻而出，斯蒂芬妮作出了呕吐的声音。布朗敲着门问："斯蒂芬妮，没事吧？"

斯蒂芬妮有些焦急,如果布朗一直站在外面不走,她就没有办法独自走进那间办公室,而是必须要跟着他回到套间里。

"得想办法先让他回到套间里。"斯蒂芬妮想着。

"布朗先生,在您面前,我这样真是很难为情。"于是,斯蒂芬妮试图用自己的羞涩作为理由让布朗回到房间。布朗听到斯蒂芬妮这样说,转念一想,一个高贵的女子在别人面前这样呕吐的确是有失大雅,于是他知趣地转身离开。

听到布朗的脚步声已经走远,隔了有一分钟的时间,斯蒂芬妮悄悄地打开了洗手间的门,走出来。她故意将水龙头继续开着,让水流着。

晚间,大楼的走廊里静静的,穿着高跟鞋的斯蒂芬妮尽量将脚步放轻,让鞋跟发出的声音减到最小。斯蒂芬妮从半开着的办公室的门偷偷地看了一眼,办公室里的灯开着,但办公桌后面的沙发椅上是空着的。斯蒂芬妮小心地扫视了一下办公室,没有发现布朗的影子。

她向套间的方向看了一眼,套间里的灯也亮着,她想,布朗应该就在里面。套间的门紧闭着,从里面看不到办公室里的情况。斯蒂芬妮很庆幸,在布朗回到办公室里的套间的时候,没有将办公室的门关上,而是保持着斯蒂芬妮初来到卫生间时的样子。其实,布朗在回到套间的时候,本来打算关上办公室的门,但是,他急于想让斯蒂芬妮回到自己的身边来,于是他没有关门。他根本没有想到,这是斯蒂芬妮出来的时候故意给自己留着的。

斯蒂芬妮就从这半开着门蹑手蹑脚地溜进办公室。她将整个办公室看了个遍,沙发、文件柜、办公桌、墙上、地板、天花板……

"到底安在哪里比较好呢?"她心里揣摩着。

时间紧迫,说不定布朗会在什么时候出来,动作必须要快。那么,沙发、办公桌、文件柜这类东西的后面应该是不易发现的地方。斯蒂芬妮看了看

斯蒂芬妮

文件柜，它是这个办公室里体积最大的物体，不易搬动，放在这里应该最合适不过了。斯蒂芬妮屏住呼吸，把手伸进了内衣里，拿出了那个窃听器，这是前一天晚上蒙茨交给她的。

斯蒂芬妮刚走到文件柜的面前，就听布朗在套间里问了一句："斯蒂芬妮，是你吗？"斯蒂芬妮心理一颤。布朗已经发现自己进来了，如果这个时候不出声，一定会被他怀疑的。于是，斯蒂芬妮应了一声，"我倒杯水喝"。为了防止布朗走出来，斯蒂芬妮用慵懒的声音回答着布朗。她的左手里紧紧地赚着窃听器，右手拿起水壶，往放在办公桌的杯子里倒着水，眼睛的余光一直瞟着套间。

这时，套间里传来了布朗的脚步声。脚步逐渐逼近，空气在此时此刻凝结。"咚，咚，咚！"斯蒂芬妮听到了自己心跳的声音，她的左手心里全都是汗。布朗马上就要走到门口，如果他发现了自己手中的窃听器，那就全完了，不仅帮助不了蒙茨，就连自身也难保。斯蒂芬妮看了一眼办公桌，上面堆着乱七八糟的一叠叠的报纸和文件，她将身子转过去，面对着布朗将要走进来的方向，就在布朗的一条腿迈出套间的同一时间里，她背在后面的左手将窃听器塞到了一堆文件里，然后依靠在办公桌上，拿着水杯，一脸倦意地看着布朗。

能够坐到陆军副司令的位置上，一定不简单，这样的一个人必定有他的不凡之处，一个醉酒的女人在呕吐之后悄无声息地走进办公室，如果不让他觉得可疑那才奇怪。

感觉布朗正在用审视的目光看着自己，斯蒂芬妮觉得快要窒息了，她看得出布朗已经怀疑她了，但她实在不知道该怎么解释刚才自己那种悄无声息的行为。这是她初次涉及特工活动，有这样的不知所措也是理所当然的。斯蒂芬妮摇晃着脑袋，像是身体不能支撑沉重的大脑一样，一边装作醉酒，一边要尽快镇定起来，以想出一个好点的办法来应付布朗的怀疑。

"晚上这里应该有值班的人吧？"斯蒂芬妮想了想那个长廊，灵机一动，问道。

正在疑惑的布朗，对斯蒂芬妮这突如其来的发问更加的匪夷所思。"为什么这么问？"布朗没有回答她，反而反问道，语气中带着些怀疑。

"哦，我只是不想让你的上司或者部下见到我，这对你的影响不好吧？"这句话原本只是斯蒂芬妮的搪塞，但是却让布朗打了个激灵，他此时才意识到，事情原来还有着这样的风险，他咧嘴尴尬地笑了一下，"确实如此，还是你想得周到。我一会儿得去看看，你不妨到里面的休息室套间等一等。"

紧张的情况被暂时打消了，斯蒂芬妮安定了一下自己狂跳的心脏，借口忘记关水龙头而走了出去。在洗手间冷静了一小会儿之后，她仍旧踮着脚尖从洗手间走出来，走回办公室。她眼前一亮，布朗没有在办公室，真是幸运。她撩起长裙，敏捷地走到文件柜旁边，木质的高大的文件柜距离墙体还有一点空隙，刚好能够伸进斯蒂芬妮的手。她蹲下来，来不及想别的事情，思维在这一刻停顿，脑海中一片空白。她瞄准了墙底一处不易被人发现的地方，将全身的力气都集中在了这个小小窃听器的针尖上，按了进去。

一番惊险过去之后，斯蒂芬妮站起身来，终于松了一口气。从她走进办公室到窃听器安装完毕，用了还不足 5 秒的时间。然后，她又整理了一下衣服和头发，这才走进布朗所在的套间。她看见布朗微闭着眼，面带微笑半倚在床头，因为酒劲上涌已经熟睡了过去，那颗悬着的心才彻底放了下来。斯蒂芬妮走进床边，小心地把自己放到床的另一侧。一直待到第二天早上布朗醒来，她才礼貌地告诉他昨晚他睡着了。布朗虽然为自己没有能与这位美丽的姑娘一夜春风，但是想到有了这一次的经历，以后再和她交往就会更加有把握了。因此他仍然表现得很有绅士风度，非常亲密地送她离开了

斯蒂芬妮

司令部。他完全没有想到,就是这位千娇百媚的姑娘,已经把敌人的一只耳朵送到了他的身边。

完成了这次有惊无险的任务,斯蒂芬妮完全沉浸在了成功的喜悦当中,她天真地认为蒙茨会随之兑现之前与自己成婚的承诺。但是蒙茨却又要她再次为自己完成一件任务,蒙茨哄骗着她,她刚刚在伦敦的社交界崭露头角,如果现在就退出的话,不仅容易引起布朗等人的怀疑,而且也白白浪费了现在她本身所具有的价值。而上级布置给他的工作也要冒更大的风险才能完成,斯蒂芬妮不得不再次接受他提供的任务,但是心中却已经对这个人感到了一丝不满和距离感。

蒙茨为斯蒂芬妮安排,以新人的身份加入了一家伦敦的著名报社进行工作。主持报社的是一位在英国传媒界和政界都有影响的人,名叫约翰逊。蒙茨得到消息,最近有一位与约翰逊同党派的英国政要凯菲尔刚刚返回伦敦,这个人在美国待了一段时间,现在带着重要的情报回来了。斯蒂芬妮的任务就是借助自己的美貌接近约翰逊,套取有关这位政要临时居所的相关信息。

因为有前一天的经验,斯蒂芬妮这次的心态已经非常平稳了。就在这天上午,斯蒂芬妮进入了这家报社,她的美丽果然引起了报社内所有人的注意,主管约翰逊自然也不例外。当天晚上,在斯蒂芬妮的有意搭讪之下,约翰逊很痛快地邀请她去夜总会共赴舞会,然而没有想到的是,她无意中发现布朗和那位名叫本杰明的将军居然也在场。不过,在斯蒂芬妮的机智之下,她巧妙地排解了几个人之间出现的尴尬。她也没有忘记自己的使命,通过与约翰逊之间的聊天她了解到,凯菲尔回到伦敦之后的住所正是由他来安排的,但是他还没有来得及选定这个住所。这一消息的获取让斯蒂芬妮感到十分兴奋,她迫不及待地想要回到爱人的身边转告他。但是回到居住的旅馆之后,她却撞见了蒙茨正在同另一个女人鬼混。蒙茨见事情败露,想要杀害斯蒂芬妮灭口。就在这时,一个突然闯进来的陌生人却杀死了蒙茨救了她一命。

面对还没有反应过来的斯蒂芬妮,陌生人用德语告诉她,他和蒙茨,都是为德国工作的特情人员。然而蒙茨却是组织里的一员败类,他利用发展新成员的便利欺骗玩弄了许多女性,利用她们之后又统统把她们一甩了之甚至杀人灭口。陌生人自称"章鱼",他告诉斯蒂芬妮,组织上从蒙茨的报告中看中了她,并以不容拒绝的口吻命令她开始正式为德国特情机构工作,代号是"河豚"。被这突如其来的变化打击得整个心灵都麻木了,斯蒂芬妮在别无选择的情况下,只得接受了这个"任命"。

女人作为间谍有着天生的优势,很多时候,美貌真的可以成为她们的武器,但是依靠自己的智慧而取得的胜利才值得颂扬。当然,这里要抛去了他们的政治倾向,抛去了他们给社会造成的动荡不安。

蒙茨死了,但是斯蒂芬妮对他的恨并没有因此而消失,她记住了她经历过的男人们的种种丑恶:继父,还有蒙茨,还有布朗和约翰逊。虽然他们对她还算是彬彬有礼,但他们的心里不知道都在打着怎样的算盘。她不想让这些人成为第二个蒙茨,重复之前的噩梦,她不要再被人牵着鼻子走,从今以后,她要他们臣服于自己的石榴裙下。

斯蒂芬妮是和一群人在一间办公室里的,而约翰逊有时会到她们的办公室里探讨一些工作上出现的问题。这一天中午,大家用完了餐,斯蒂芬妮见到约翰逊从外面回来,她早已摸清了约翰逊的习惯,一般中午吃完午饭回来,他都会在自己的办公室里小憩一会儿。这段时间也是他心情特别放松的时候,谈什么事情都很容易达成。斯蒂芬妮突然想到"章鱼"交给她的任务,而约翰逊太忙,上班时间根本就很少有机会跟他谈事情。

斯
蒂
芬
妮

敲了敲门，斯蒂芬妮来到约翰逊的办公室。约翰逊坐在沙发上，正在闭目养神，见到斯蒂芬妮，他连忙站起来说道："原来是斯蒂芬妮，快点请坐。"

斯蒂芬妮见到约翰逊，愁容满面，一声不吭地坐在了约翰逊的身旁。"美丽的小姐，您这是怎么了？"

沉默了几秒钟，斯蒂芬妮说道："知道吗，我的恋人死了。"斯蒂芬妮说着，用手扶着额头。

约翰逊吃了一惊："你的恋人？怎么死的？"约翰逊是见过蒙茨的，但是他当时并不知道蒙茨就是斯蒂芬妮的恋人，那是蒙茨的组织给斯蒂芬妮介绍工作的时候，两个人见过面，当时约翰逊并没有注意到沉默的蒙茨。

"我不知道，我们之间发生了点矛盾，分别在两个房间，然后，那天晚上我就发现他倒在了自己的房间，永远不会再睁开眼睛了。"斯蒂芬妮眼睛里噙着泪，向约翰逊讲述着自己的悲伤。

约翰逊有一些触动，斯蒂芬妮连忧伤的时候都带有一种独特的迷人气质。但实际上，斯蒂芬妮已经不会再为蒙茨真的心痛了。

约翰逊的语气变得柔软，他用一只手臂将斯蒂芬妮的双肩环住，手还轻轻地拍着斯蒂芬妮的肩膀："斯蒂芬妮，不要太悲伤。他在天堂也不愿意看到你如此悲伤的。"

"我现在还住在那里，每天晚上都会梦见他，恐怕我是不能忘了他。"

"你还住在宾馆？那个人为什么一直让你住宾馆？"

"我不知道为什么。"斯蒂芬妮显然是在说谎。蒙茨之所以让她一直住在宾馆里，是因为这样比较安全，宾馆里人员流动性很大，所以就算他们要离开那里，也不会引起什么麻烦。只是现在那里简直成了她的噩梦，她必须想个办法离开那里，另外，这样可以接近约翰逊。

"那么斯蒂芬妮，我安排一间公寓让你来住，怎么样？"约翰逊想了想，

终于想到了这样一个主意，"最主要的是，这样我就可以经常去看你了。"

斯蒂芬妮不知道约翰逊要做什么事情，但是凭她的直觉她觉得大有文章在里面。她觉得约翰逊一定是在策划着什么事情，于是她问约翰逊："能现在跟我说一下吗？我好有个心理准备。"

约翰逊看了一眼斯蒂芬妮，轻声说道："知道吗，我打算让你住进我的别墅，你觉得呢？"斯蒂芬妮没有想到，约翰逊竟然会提出这样的要求，虽然说在一定程度上这未必不是一件好事，看来她还真的要做一名特工要做的事了。

不知道约翰逊壶里卖的是什么药，晚上，她就坐上他的车，一路去往约翰逊的别墅。很多人在斯蒂芬妮的背后指指点点，一些女人当然会嫉妒她，刚刚来到报社就一下掳获英俊潇洒的英报巨头的心。斯蒂芬妮怎么会理会，她只会高昂着头、面带微笑从那群人的身边经过。

就这样，斯蒂芬妮跟随着约翰逊到了他新买的一间别墅。她笑着说："好美的地方，真的比我住的宾馆要好得多，谢谢你。"约翰逊十分绅士地做了个动作，"小姐，请！"斯蒂芬妮的嘴角露出了妩媚的笑容，迈着优雅的步子，走进了别墅。

这的确是一个好地方，环境优雅、装饰华丽，而且是在伦敦的郊区，斯蒂芬妮十分喜欢这里。斯蒂芬妮十分高兴地拥抱了约翰逊表示感谢，约翰逊也因为这突如其来的拥抱顿时容光焕发，两个人走了进去。

房间里的装饰更是赏心悦目，不比她在维也纳的家差多少。斯蒂芬妮坐在沙发上，约翰逊对她说道："我的一个亲戚也住在这里，只是他有神经衰弱，不太喜欢吵闹，所以应该很少下楼。至于他有什么事情，你也不用在意。"约翰逊看着斯蒂芬妮笑了笑，笑容中明显带着深一层的含义。

住进约翰逊的家已经好几天了，斯蒂芬妮始终没有见到阁楼上的人走

斯蒂芬妮

下来，就像约翰逊所说的那样。斯蒂芬妮每天上班比较早，那个时间阁楼上的人还没有起床；当她晚上下班回来，也见不到那个人从阁楼上下来吃晚饭，她只看见一个女仆把晚饭送到阁楼上面去。

什么人这么神秘？斯蒂芬妮一定要查清楚。这一天，她早早地从报社回到了家，当然，她没有让约翰逊知道。她悄悄地上了阁楼。真是神秘，阁楼上的门是紧关着的，里面没有一点声响，很难知道里面是否有人。

这时门的把手动了一下，斯蒂芬妮下意识地向后退了一步，但是已经来不及了，门已经开了个缝，她看到了一条腿，一条穿着西裤、高档皮鞋的腿，正从房间里迈出。斯蒂芬妮的心"扑通扑通"地跳了两下，但是马上转变成微笑的模样，这时也就只有硬着头皮等待事情的发生了。

从里面走出来一个气质不凡的50多岁的人，平静地看着斯蒂芬妮。虽然斯蒂芬妮见过很多社会顶层的人，但当她见到眼前这个人的时候，还是被他的威严小小地震慑了一下。而那个人仍旧看着她默不作声，空气凝结在这一刻。斯蒂芬妮想，越是紧张就越是说明有问题，所以索性装傻。看着那个人，一脸微笑："哦，原来是位先生，您好！"

那个男人笑了笑："哦？原来您以为这里住着女人吗？"

斯蒂芬妮表现出尴尬："我只是猜测而已，但是似乎约翰逊先生不会那么笨，让两个女人住在一起，呵呵。"

说完两个人都笑了。斯蒂芬妮虽然看起来很傲，但她和别人打交道的时候却是很有亲和力的，斯蒂芬妮发现，这个男人马上就对自己产生了好感，但这种好感又与约翰逊有些不同。

"我叫凯菲尔，很高兴认识您，小姐。"斯蒂芬妮一听这名字，觉得很耳熟，似乎在哪儿听见过，但是又想不起来了。

"斯蒂芬妮，同样荣幸。"斯蒂芬妮立即伸出手和凯菲尔握手。

"凯菲尔先生，您在家里不闷吗？为什么不出来走走，我们可以经常聊聊。"斯蒂芬妮接着问道。虽然她们初次见面，但是斯蒂芬妮给凯菲尔的感觉就像是旧相识，一点也没有生疏感，她的大方和侃侃而谈给凯菲尔先生的印象很好，他很愿意接近她。斯蒂芬妮的高贵、典雅让人根本联想不到"间谍"这个词汇，凯菲尔自然不会对斯蒂芬妮心存芥蒂。

斯蒂芬妮很想知道这个人到底是谁，他气质不凡，还是约翰逊的朋友，一定有着很重要的地位。可是她认识约翰逊也有几天了，他却很少提及他的朋友，尤其是政治上的朋友。忽然，她想到了跟这次任务有关的一个人，她一下子紧张起来，难道他就是那个政要，是他们要除掉的那个人？

斯蒂芬妮看了看凯菲尔，他正对着斯蒂芬妮微笑，那眼睛就像一个深渊一样深不可测。现在，她几乎可以肯定，他就是约翰逊说的那名政要，没想到约翰逊竟然这么信任自己，竟然能让自己和这么重要的人共处一室。

回到了自己的房间，斯蒂芬妮穿上衣服出去了。她戴着一顶遮阳帽，换上了便装，她想尽快把这件事情告诉给"章鱼"。斯蒂芬妮走到一家女士用品店，上面明晃晃的几个大字"保罗小姐用品专卖"，下面一行小字"男士止步"，她从容地走了进去。

斯蒂芬妮看了一下四周，有一些穿着浅绿色制服的服务员，还有一些女人们在挑着她们的日常用品，十分的拥挤，店里的生意看起来还是很不错的。这么多人，谁会是和她接头的人呢？本来今天的太阳并不火辣，可她还是戴了遮阳帽和墨镜，这是为了便于接头。整条街上人，除了她以外，好像再也没有这样打扮的人了吧，这是她之前和"章鱼"约定好的。

然而正是她这身打扮才出了问题。斯蒂芬妮见到，从门口走来了一位小姐，她也带着一顶遮阳帽，还戴了一副墨镜。斯蒂芬妮很惊讶，她没有想到自己的安排竟然出现了这样的差错。而"章鱼"似乎也没有仔细考虑到这

斯蒂芬妮

一点，看来就算是老牌间谍也会有疏忽、失误的时候。

就在这时，一个看上去十八九岁的英国小女孩正向那个女人走去，眼神看上去有些诡异。斯蒂芬妮想，这下糟了，她肯定把那个女人当成了要接头的人。

来不及思考，斯蒂芬妮几步走上前去，问道："不好意思，打扰一下，卫生间在哪儿？"

那女孩看了一下斯蒂芬妮，睁大了眼睛，看起来很吃惊。她看了看斯蒂芬妮，再看看身旁的女人，那女人正在用一种莫名其妙的眼神看着她。而斯蒂芬妮则是富有深意地看着她。

女孩立即反应过来，她对那女人说："抱歉，请您稍等。"

斯蒂芬妮立即对那女孩说道："抱歉，我内衣的扣子坏掉了，我要换一个新的。"这是暗语。

女孩朝斯蒂芬妮笑了笑说道："小姐，原来是这样，我们这里为您提供试衣间，您可以自己挑一件内衣，然后到这间试衣间去换。"

斯蒂芬妮明白了女孩的意思，她随便挑了一件适合自己尺码的内衣。那女孩对她眨了眨右眼，她就知道这个试衣间里一定有不可告人的玄机。斯蒂芬妮从容地拉开了试衣间的门，然后走了进去。

试衣间并不大，刚刚能够装进一个人。斯蒂芬妮将内衣放进了包里，然后环顾四周，看看有没有什么机关。

显然，那女孩示意她一定要走进这间试衣间是有她的目的的，只是这其中的玄机就要靠自己去探寻了。

斯蒂芬妮惊讶地发现，这个试衣间是用一种类似砧板的东西搭建而成的，她轻轻地敲了敲，发出了轻轻的响声。

"对不起，这里面有人了，请您到另一间。"外面传来了服务员的声音，她必须要赶快找到出口,否则就会遇到麻烦。那么这个试衣间的玄机最有可能出现在后面,她敲了敲,这声音跟刚才的好像不大一样,有一种空洞的感觉,看来这很有可能就是出口的所在。

仔细观察,斯蒂芬妮发现,试衣间的墙板竟然有裂缝,她用手抠了一下,门板竟然松动了,她两只手一起用力,竟然发现这块墙板可以搬下来。她终于明白了玄机之所在,这个小小试衣间,竟然别有一番洞天,原来墙板后面是这家商店的仓库,仓库里堆满了大大小小的箱子。斯蒂芬妮走进去,然后将拆下来的墙板安回原处、扣紧。

一走进仓库,斯蒂芬妮就被里面的灰尘呛到了,她很想咳嗽,却强行忍住了,因为她不知道会有什么人出现在这里。还好她今天没有穿高跟鞋,要不然她又得踮起脚尖走路了。

就在这时,斯蒂芬妮听到了一阵脚步声,她的心"扑通扑通"跳了起来。虽然她知道,来的人很可能就是要跟她接头的"章鱼",但在事情没有确定之前,她不敢下这样的定论,万一不是就麻烦了。

斯蒂芬妮躲在一排大箱子后面,想看清来人是谁,那个人也十分小心,他步子不是很重,节奏也很缓慢。

仓库里很静,静得只听得见脚步声,而脚步声越来越接近斯蒂芬妮,她的心都提到了嗓子眼。"啪"的一声,不知道什么东西突然掉落,打破了寂静。斯蒂芬妮吓了一跳,低头一看,才发现是自己不小心将一个瓶子碰到了地上,那瓶子是从一个破了的箱子里掉出来的。

"谁?"一个熟悉的声音低吼了一声,斯蒂芬妮听到拉枪匣子的声音。这声音似乎是"章鱼",另外重要的是他讲的是德语。她探出了头,发现在距离她不远的地方,正有一把手枪对准了自己的方向。顺着那只手枪看去,拿着它的人正是几天前杀死蒙茨的凶手、她现在的合伙人——"章鱼"。

斯蒂芬妮

斯蒂芬妮和"章鱼"同时松了一口气，看来她们都过于紧张，但是这是正常的，做特工就要时刻给自己准备一条后路，很多时候就是一点小疏忽或者没有加倍提防，才会使人命丧于谍海。此时，外面来来往往的人很多，这些女人把注意力都放在了购买用品上，没有人注意有个人进了试衣间却没有出来。那个女服务员也开了门看了一下里面，发现斯蒂芬妮已经不在试衣间里了，这才放心地将顾客请到试衣间里来。

"我接到信号说你有事情，到底发生了什么？""章鱼"走上前来，跟斯蒂芬妮一起躲到了一堆箱子的后面。

"是这样，我找到了凯菲尔的藏身之处，现在他就跟我住在一起。"斯蒂芬妮说着。

"凯菲尔？这是真的？你们……你们住在一起？""章鱼"的眼睛像夜里的猫一样放着光，同时又有些将信将疑。

"是的，我还跟他聊了一会儿。约翰逊说要藏起来的那个政要的名字是叫凯菲尔。"

章鱼摇了摇头，说道："真是不敢相信，约翰逊能让这么重要的人和你住在一起。"说到这里，"章鱼"突然停下来，他看着斯蒂芬妮，"等等，你们住在一起？也就是说你已经不在原来的宾馆住了？"

"当然，您觉得我会在那里长期住下去吗？"斯蒂芬妮知道他会这么问，于是淡定地说。

"好吧，这样也好，你可以接近约翰逊，并且可以跟他的朋友们接触。对我们的情报也不无好处。""章鱼"说道。

"那么我的任务是不是已经完成了呢？我可以离开约翰逊了吧？"斯蒂芬妮问道。

听斯蒂芬妮这么说，"章鱼"立即严肃起来，他的眼神又让斯蒂芬妮想起了眼前的这个人在自己的面前杀了蒙茨,她有一些紧张。跟这个人接触,就像身边有一头猛兽,说不上什么时候就被他吃掉了。

"这才是刚刚开始,对于我们来说,凯菲尔的价值是不可估量的。如果可以,我们最好把凯菲尔拉拢过来;如果他不愿意,我们也要想办法从他的口中套出重要的情报;这两条路要是都行不通,那他就只有死路一条。"说到这儿,"章鱼"的表情淡定了很多。

斯蒂芬妮感觉眼前这个人简直就是一个魔鬼,甚至只有杀人才能让他安心,让他淡定,让他觉得他的生命有价值。

或许有一天自己也会变得和他一样,杀人、窥视、阴谋等等这些充斥着自己的生命,以这些为生,像是上了瘾的毒品,就算是想戒掉也没有办法。想到这些,她感到有些后怕。斯蒂芬妮没有出声,她想知道接下来这个男人还有什么打算。

"这个重要的任务也只有交给你比较好,凯菲尔对你不反感,这太好了!""章鱼"说完,看了一下表,"时间不早了,你得马上回去。"他为斯蒂芬妮指出了一个出口,在她临走之前,"章鱼"叫住她,加重口气对她说:"为了保险起见,我再向你强调一次。'河豚',有些事不要私自做主,你很聪明,但是自作聪明会害死人的。"

等她回到家,已经是傍晚了,天色已经快黑了,约翰逊的那间小别墅上面亮着灯,斯蒂芬妮想到一定是约翰逊回来了,要不然也不会是凯菲尔,他是绝对不会这个时候到楼下来的。

斯蒂芬妮想,自己一定要做好心理准备,如果约翰逊怀疑到自己就不好了,如果他问自己,必须找一些适当的理由回答他,他是个聪明人,对他说谎的时候就一定要格外小心。

到了楼前,斯蒂芬妮没有马上上楼,她担心约翰逊会问她为什么会这

斯蒂芬妮

样打扮,于是她摘下帽子和墨镜放进包里,然后迈着优雅的步子走上楼。有女仆来开门,一进房间,斯蒂芬妮就愣住了:约翰逊、凯菲尔和本杰明,还有一个自己从来没见过的人,正坐在客厅的沙发上谈论着什么,那个没见过的人显然是比其他人年轻。

房间里突然安静下来,所有人的目光都集中到了斯蒂芬妮的身上。斯蒂芬妮马上露出了笑容,热情地与所有人打着招呼:"各位先生好。"随之,她马上想到这些人一定是在谈论什么重要的事情,自己应该回避一下。于是,斯蒂芬妮很知趣地说道:"我先回自己房间了,各位请便。"约翰逊见到斯蒂芬妮这么说,再加上他们正聊得十分有兴致的时候,约翰逊说道:"等等,斯蒂芬妮,你留下来,我们一起讨论一下。"

那个不认识的人看着斯蒂芬妮说道:"对呀,这么多男人,要是没有美女作陪多没意思!"

"好的",斯蒂芬妮笑了笑说道,"一身的灰尘,我去换下衣服。"笑盈盈的斯蒂芬妮准备去自己的房间换衣服。

约翰逊问道:"斯蒂芬妮,今天的衣服很特别,这不像是你的风格呀!但是很可爱。"斯蒂芬妮终于等到了约翰逊的这句话,她看着约翰逊笑了笑:"是呀,今天采访的时候脚走得有些疼,所以换上了休闲装。"那是一件黑色晚装,这是一件设计简单的衣服,连身的短裙,款式很低调,在这种场合穿上它,既不会像在舞会一样张扬,也不失礼节,而且给人一种如夜色般柔和的感觉,看上去十分舒服。

斯蒂芬妮穿着一双矮跟黑色小皮鞋,一条及膝黑色连身裙,发髻上别了一朵金色的花,面带微笑轻轻地走进了客厅,房间里有三个男人都不禁赞叹她的美丽。只有本杰明依然一脸严肃,看着斯蒂芬妮,那眼神中说不上是要表达着什么,但似乎又想把自己的内心想要传达的东西压抑下去。

斯蒂芬妮没有那么多时间去理会那一个怪人，尽管她并不讨厌他，但是他似乎就是一个不合群的人，过于严肃的人总会在大家想玩的时候显得很扫兴。

　　"约翰逊先生，没想到您竟然在自己的别墅里藏了这么美丽的女人。"那个年轻的人说道。

　　"你好，我叫斯蒂芬妮，很高兴认识你。"斯蒂芬妮大方地伸出手，面带微笑，那男人也站起身来与斯蒂芬妮握手。"西斯科上尉，我尊敬的小姐。"

　　"哦对，本杰明中将，你还没有见过她吧？"

　　本杰明看了看约翰逊，有一点小惊讶，然后又看了看斯蒂芬妮，"哦，我们见过的。"依然是面无表情。说完之后他又低下头，摇晃着手边的酒杯。

　　斯蒂芬妮见到本杰明很不自然的样子，于是对约翰逊半开玩笑地说道，"本杰明中将，我们早就见过，但是本杰明中将似乎不是太喜欢我。"斯蒂芬妮一边对约翰逊说着一边用眼睛瞟着本杰明。

　　本杰明的嘴角微微翘了一下，但转瞬即逝，这时他终于正视斯蒂芬妮，脸上依然严肃，说道："作为一个长者自然觉得你们这些女孩子不应该总是出现在这样的场合。"一时间，整个屋子的气氛变得异常尴尬，约翰逊、西斯科还有斯蒂芬妮的笑容都僵住了，斯蒂芬妮感觉这分明就是在教育自己，而约翰逊和西斯科怎么样也想不到本杰明会突然说出这样的话。

　　最后还是那个年轻上尉西斯科打破了尴尬的气氛，说："尊敬的中将，您真是喜欢开玩笑，娱乐而已，何必认真呢？"

　　本杰明听后觉得自己似乎有些失态，便低着头默不作声了。斯蒂芬妮始终想不明白，为什么本杰明会有这样的举动，她注意着本杰明的一举一动，发现他似乎没有恶意，他似乎对自己有些担忧，似乎很出乎意料地关心自己。

斯蒂芬妮

对于斯蒂芬妮来说,最主要的事情还是如何能够顺利完成任务,她想今天为什么会有重要的人在这里一起集会,看他们的确是有重要的事情。

"今天是什么节日吗?好久没这么热闹了。"斯蒂芬妮笑着说,好像忘了刚才发生的事情。

"哦,今天我们商量一下事情。"约翰逊说道。

"那么我还是不要参与了吧。"

约翰逊笑了笑:"没关系,你只要在旁边帮我们倒倒酒就十分感谢了。"

"当然。"斯蒂芬妮高兴地说,但当她的眼睛扫过周围,她看到本杰明正用近乎阴森的一双眼睛在审视着她,那感觉就像是自己偷了什么东西一样。斯蒂芬妮虽然感觉到不舒服,但是她还是笑着给那四个人一一倒了酒,最后给自己的杯子里也倒上了酒,然后对本杰明说了一句:"本杰明中将,这杯一定要敬你,谢谢你的关心,但是我喜欢这样的生活。"

本杰明没有端起杯子,她看着斯蒂芬妮,表情十分复杂,"有些事情只有在你老的时候才知道做错了,才会后悔。"然后本杰明才举起了酒杯和斯蒂芬妮的杯子碰了一下,两人都轻斟了一口。

本杰明对斯蒂芬妮说的话就像一个结留在斯蒂芬妮的心里,她觉得这个老头似乎知道她的所有事情,并不时地对她旁敲侧击,似乎想让她收手,难道他知道自己的意图? 但是似乎他说的话又都像是在为自己好,因为即使在本杰明说话的时候表情十分复杂,而他眼睛中流露出的慈爱还是被斯蒂芬妮发现了。

斯蒂芬妮有些不客气地说道:"本杰明先生,谢谢您的忠告,但是您把问题想得严重了,我现在是约翰逊的记者,另外我在这里只是借住,我参加一些活动是正常的。"斯蒂芬妮说完就觉得很不可思议,自己为什么要跟一个多管闲事的陌生人解释这么多,自己想怎样活明明就是自己的事情。奇怪的是虽然本杰明说了那么多，自己似乎并不是太反感。

到了第二杯酒的时候，斯蒂芬妮又敬了其他几个人。然后这几个人才一起谈论起来。

"不知道是哪家报纸，也不知道是从哪里得来的小道消息，说凯菲尔先生已经回到英国，但是隐居起来从此不问世事。"西斯科说道。

"我也听说了，这家报纸我知道，但是他们也只是猜测，似乎没有确凿的证据，不知道是谁走漏了风声，幸好只是一知半解，真是为了钱什么东西都敢说。"约翰逊淡淡地说。

"那么这件事情是怎么发生的呢？"西斯科问。

"就是一个新来的小记者，好像是在去政府送东西的时候听说的，审核的人也没有注意，于是就把这篇报道写了出来。报纸已经发行了，也没有什么挽回的余地了，我已经和他们的社长研究了，还没发出去的报纸就立即收回来，能收回的就尽量收回，能做的也就只有这些了。"约翰逊说道。

"我看了那版报纸，幸好只占了一个小版面。您怎么想？"西斯科向本杰明问道。

"哦，也许是我不太参与政治上的事情，我倒没觉得这有什么不好，这恰恰能够诱导那些对凯菲尔有不轨意图的人，让他们知道凯菲尔已经隐居了，也好死了心。"

"嗯，本杰明中将有道理。"沉思片刻，约翰逊接着说，"这样，我们也发一篇，就说凯菲尔现在的确是回来了，但病得厉害，以至于处于失语状态。"

斯蒂芬妮细心地听着他们的话，每一个字都记在心上。

这时凯菲尔说话了，他说："这个办法不错，实际上我也不想让一些人打扰我，不管是善意的还是恶意的。"

"我有个办法，"西斯科说，"我们可以在一家医院安排个人，化妆一下。

斯蒂芬妮

然后派人把守着,并不公开是哪家医院,如果有人怀疑就让他们自己来找,等他们找到了,我们的事情也就办完了。"

"嗯,我同意西斯科的主意。"约翰逊说道,"这样我们就这么安排吧,这件事只有我们几个知道,包括斯蒂芬妮在内,你们都不能走漏一点风声。"斯蒂芬妮看着约翰逊诚恳地点了点头。

"斯蒂芬妮,我经常不在这里,照顾凯菲尔先生的重任就交给你了,之前没有跟你说明,但是我给你足够的信任,知道吗?"

看着约翰逊一副诚恳的样子,斯蒂芬妮心想,难道你不知道,世界上的女人都不能相信,尤其是漂亮的女人就更不能相信了。

这时约翰逊家的女仆走了出来,这姑娘 23 岁,体态有些肥胖,但做起事来却机灵得很。她似乎不太喜欢斯蒂芬妮,不知道什么原因。就算平时在客厅里只有她们两个人的时候,她们也说不上几句话。

看着这个女仆端来了水果,然后微笑着摆在了约翰逊的面前的时候,斯蒂芬妮终于知道了她为什么不喜欢自己。这也难怪,约翰逊的魅力本来就不是一般人能够抵挡的。

女仆放完了水果转身要走,斯蒂芬妮说了句:"格里亚,能不能拜托你帮我把这个苹果削一下,谢谢。"格里亚自然是不愿意的,只当是斯蒂芬妮故意刁难她,但是碍于约翰逊也在场,所以她只好拿起了小刀削起了苹果。

"哦对,我想到了一点,我觉得你们的安排有一点疏忽。"斯蒂芬妮说到这儿,约翰逊和其他两个人都一同看着她。

斯蒂芬妮继续说:"虽然事情看上去已经天衣无缝了,你们把一个人化妆成凯菲尔先生送到医院,这很好,在这里的凯菲尔先生是不是也要注意一下安全,或者说把这里的凯菲尔先生化妆成别人,这样就真的是万无一失了。"斯蒂芬妮提的建议看起来是经过深思熟虑的,但是实际上对于他们的隐秘活动却没有什么价值。

"斯蒂芬妮,你是要凯菲尔先生经过化妆吗?"约翰逊被斯蒂芬妮逗笑了,"这真不像你这么聪明的头脑想出来的事情。"凯菲尔和西斯科也看着斯蒂芬妮在一旁笑着,斯蒂芬妮摊了摊手。这时格里亚已经削好了苹果递了过来,斯蒂芬妮接过苹果,然后格里亚准备向外走。

"等等,格里亚。"约翰逊叫住了女仆,他向其他三个人说道:"今天我们就到这里好了,出去的时候一定要小心。哦对,本杰明先生,明天没有什么事情,就先住下来,明天一早坐我的车回去。"他回头又向女仆说道:"格里亚,你来收拾一下这些杯子。"

本杰明看了看约翰逊,对他说:"谢谢你,约翰逊先生,这样请让我睡客厅的沙发,我喜欢这里,很凉快。"约翰逊答应了本杰明。

月亮被乌云遮住了一半脸,而斯蒂芬妮再也没有闲情雅致去仔细地观察这伦敦的月亮有没有黑影了,她不想抬起头看那月亮,这个时候她只希望没有月亮还好,那一半的月亮就像是躲在背后偷窥的人,无论她走到哪里,月亮的眼睛都会跟着她,向下看,仿佛要把她的一切看穿。

约翰逊已经躺在她的身边睡熟了,他英俊的脸庞在月光下映照得那么清晰,而斯蒂芬妮却睡不着,今天的月亮特别讨厌,虽然不是满月,但不知道为什么,它的光照在床上,显得格外的亮,让斯蒂芬妮根本无法闭上眼睛安心睡去。

她的手伸向了床底下,床下有一双鞋,她从鞋里面拿出了一支注射器,那支注射器正是蒙茨当初打算用来杀害她的东西,虽然事情已经过去有一段时间了,她似乎也快要忘了蒙茨这个人,然而每次看到这东西,她心里就泛起了一阵涟漪,是仇恨,还有后悔。

她想起了那个女仆,她对自己的敌意始终是一个威胁,不如就用嫁祸

斯蒂芬妮

的办法让这个人从这里被清除出去吧。将这个注射器拿好,斯蒂芬妮站起身,走到了客厅,看着女仆房间的门紧紧地关着,既然不能进去,那么还是将她放在女仆经常活动的地方好了,斯蒂芬妮首先想到了厨房。

"斯蒂芬妮!"一个声音从沙发处传了过来,斯蒂芬妮吓出一身冷汗,她突然想到,这时本杰明正在客厅的沙发上睡觉。这个人早就怀疑自己了,这个时候他醒来分明就是给自己抓了个现形。或者说,他分明就是没有睡而是在守株待兔罢了。

压住了惊恐,斯蒂芬妮努力平息自己:"本杰明中将,您还没睡? 我还怕把您吵醒呢。"

本杰明起身来到了斯蒂芬妮面前,借着月光斯蒂芬妮看到了他额头上和脸上深深的皱纹。"斯蒂芬妮,你这是要干什么?"

"我当然是要去洗手间,本杰明先生,抱歉,打扰您睡觉了。"

"我根本就没有睡,知道吗,我只是在这里等着你呢。"

"等着我? 呵呵,本杰明先生,您真爱开玩笑。"

压低了声音,本杰明说:"我知道你想干什么,孩子,还记得我跟你说了什么吗?"

斯蒂芬妮知道,这个老头又要来管自己的闲事了。按照正常的思维,如果自己暴露,那么一定要将这个人杀了才行,只要她手里的那个注射器还在手中,她就可以置眼前这碍事的老头于死地。但是不知道为什么,当她将注射器握紧的时候,看到了满鬓白发的老人竟然下不了手,甚至心里传来一阵难受,她的手竟然抖了一下。

"你手里拿的是什么!"本杰明的眉头皱了起来。原本已经心灵麻木的斯蒂芬妮竟然被本杰明震慑到。斯蒂芬妮没有动,看着本杰明的眼睛,那里面分明是一种无法抵抗的威严,斯蒂芬妮感觉自己的手腕一阵疼痛,那是本杰明将自己的手腕抓住了，用力地捏着，仿佛就要将自己细小的手腕捏碎了一样。手上的那支注射器就这样明晃晃地摊在两个人的面前，斯蒂芬妮没有力气挣脱本杰明，只好睁着眼睛愤怒地看着他。"还想狡辩吗？证据就在这里。"他低吼着，两只眼睛流露出的不止是愤怒，还有悲伤。"说，你是怎么沦落到这一步的？"

"拜托你可不可以放松点，我的手快要碎了。"斯蒂芬妮生气地说，手腕上传来的疼痛让她的声音显得颤抖。

听到斯蒂芬妮这么说，本杰明终于放松了自己的手。"告诉我，你要干什么？我警告你，千万不要试图去动凯菲尔先生。"

"我只是为了救自己，本杰明先生，我劝您最好不要插手这件事。"斯蒂芬妮被逼无奈，只好说出实情。不知道为什么，尽管本杰明这样对她，她还是很难将本杰明当成自己的敌人，或许是因为他只是一个军官吧，而这次的活动似乎跟他没有关系，凯菲尔不过就是他的一个至交罢了。

"发生了什么事，一定要你去杀人？你会有生命危险？"斯蒂芬妮分明能够感到本杰明的眼中满是担忧，这不是能装出来的，再说那也不符合一个将军的身份，为了一个并无交情的女子佯装什么。斯蒂芬妮有些不理解，一直以来，本杰明对自己的警告似乎都是善意的，就算他是德国间谍，也不会对她关心到这种程度。

"我会死，这样够了吧。"斯蒂芬妮无意识地升高了音调。而本杰明听到了这句话，立刻僵住，一边呆呆地看着斯蒂芬妮，一边慢慢松开了握紧斯蒂芬妮的手。

"谁呀？有人在外面？"房间里传来了女仆格里亚的声音，她打着哈欠向外走。

突然一下就被本杰明拽到了墙角，斯蒂芬妮刚要说话，就被本杰明阻

斯蒂芬妮

止了。只见女仆穿着一身睡衣，眼睛半睁半闭地从房间走出来，一边嘟囔着："难道又是在做梦？"一边打着哈欠，"困死了！"

斯蒂芬妮见格里亚的门还开着，而格里亚则是向洗手间走去，她想既然本杰明没有在这个时候揭穿她，甚至还帮助她不想让她暴露，那么他就不是敌人，所以就算她做了什么事情，本杰明似乎也不会说出来。

本杰明发现斯蒂芬妮似乎想要挣脱他，于是就问："你想干什么？杀她？"斯蒂芬妮说道："差不多，但不会让她那么快就死。"然后留下了不知所措的本杰明在那个角落里。

还好，本杰明并没有追上来阻挡斯蒂芬妮的行动，这让斯蒂芬妮坚信，本杰明绝对是站在自己这一边的。

她轻轻走进格里亚的房间，躲过那半个月亮发出的光，斯蒂芬妮走到了格里亚的小衣柜旁边，轻轻地打开了柜门，里面的衣服凌乱地散落着，斯蒂芬妮将这个注射器放在一叠衣服的下面。

回到自己的房间，听到了约翰逊均匀的呼吸声，斯蒂芬妮安定下来，这才躺在了约翰逊的身旁。但是她却不禁回忆着刚才发生的事情，不是偷偷闯入女仆房间时的紧张，而是本杰明跟他说过的话。她难以猜测为什么本杰明会那样说，又那样的帮助她，她搜空了脑袋里的一切理由去思索本杰明到底是什么人，那种近乎慈爱的眼神，还有他拉着自己时的感觉，分明就是一个长者对一个晚辈的关心。

也许是太累了，就这样想着，斯蒂芬妮就睡着了。

照常的早起：刷牙、洗脸、吃饭，但是今天却是不大一样，不光是因为斯蒂芬妮有些疲惫，看着在那里默默用餐的本杰明，斯蒂芬妮不知道自己是什么心情。

本杰明坐在凯菲尔的身边,而斯蒂芬妮就坐在凯菲尔的对面,也就是和本杰明形成了一个对角线的关系。餐桌上只有约翰逊看起来精神抖擞,而其他人似乎在昨天夜里都没有睡好。而凯菲尔似乎也在为自己的安全或者是安全的生活担忧吧,斯蒂芬妮和本杰明则不可得知。

看了一眼斯蒂芬妮,那眼神似乎有千言万语,但当约翰逊抬头的时候,他又马上收了回去。斯蒂芬妮明白本杰明为什么这么看她,应该就是想阻止自己继续下去,但是她不会听的,事情已经开始,恐怕已经很难收手了。

因为没说几句话,早餐很快就用完了。因为那一天是周六,正好是斯蒂芬妮休息,本杰明在房间里告别了凯菲尔,由约翰逊的司机载着他走了。临走的时候,她还回头看了斯蒂芬妮一眼。

对于这个人,斯蒂芬妮心中所产生的奇怪感觉一直没有办法消退。在本杰明走后,她借与约翰逊独处的机会了解了一下本杰明和凯菲尔,但是约翰逊似乎并不是非常愿意谈及这几个人的详情,而斯蒂芬妮也不能超出"好奇"的界限。这次对话没能让她得到什么,反而加强了她的好奇心。

在与众人公开见过面之后,斯蒂芬妮已经不必再对凯菲尔表现得如何隐晦了。凯菲尔也似乎很放心这个年轻姑娘,在她面前行动变得大方起来,只是仍然很多时间都待在楼上,这使得斯蒂芬妮有更多机会直接接触他。

第二天下午,她与凯菲尔闲聊假装无意地问道:"凯菲尔先生,我对你也十分钦佩,只是我不明白为什么您明明可以安心待在美国,却一心想要冒着麻烦和危险回到英国?"

"我本来就是英国人,没有什么理由,我至死都不会改变我对自己国家的忠诚!"凯菲尔的双眼闪着光芒,脸上是庄严、光荣还有坚毅。

要说真正的爱国人士,凯菲尔是当之无愧的,不管他是不是敌人,斯蒂芬妮对他的钦佩是真的,从他的眼神表现出来的热情,不是能够演出来的,

斯蒂芬妮

那是发自内心的就快要迸发出来的炽热。这样的人，不使用极端的手段是很难使他背叛自己的国家的，或者说，就算使出了极端的手段也未必管用。

只是斯蒂芬妮为凯菲尔十分惋惜，这样崇高的一个人，自己真不忍心对他下手做出杀害之事，所以，她更加确认，自己所能选择的，就只有获取情报这一个办法了。

凯菲尔一边喝着酒一边在这个房间走着。房间不大，但是却很整齐，里面的东西不多，斯蒂芬妮注意到桌子上有很多关于经济的书，桌子上有一叠纸，可以看见一排排的字迹。斯蒂芬妮瞥了一眼，但很快将目光收回，"看来凯菲尔先生真的很喜欢安静，这里的环境很好。"

凯菲尔一边和斯蒂芬妮说话，一边走到大大的落地窗前，他端着酒杯，闭上眼睛，感受着下午阳光的柔和。

这时正在桌子面前的斯蒂芬妮正瞧着纸上的内容，但是，由于字写得有些草，斯蒂芬妮只看清了一句话。

就在这时，凯菲尔回过头，斯蒂芬妮立即将目光转移回来。但是似乎有些晚，凯菲尔走上来说："呵呵，随便写的，字有些难看。"

装作没有看那些内容，斯蒂芬妮笑着说："没想到凯菲尔先生在闲暇的时候也写一些东西。"

听到斯蒂芬这样说，凯菲尔歪了歪脑袋，说："哦？斯蒂芬妮小姐喜欢写东西？"

"我只是喜欢写一下诗，这样，我写一首送您吧。"

斯蒂芬妮从那叠纸中抽出了一张，然后拿起了钢笔在纸上写着："天空和海洋原本不相接，可是他们却有着一样的颜色，一个广阔无垠，另一个深邃无底。谁又能知道，他们也有相连接的一处，在那遥远的远方，他们伸展的四肢终于相牵……"

而此时为了不打扰斯蒂芬妮的思路,凯菲尔在窗前一个人喝着酒。

一边写着那首歌颂友谊的诗,一边瞟着那纸张上的字。斯蒂芬妮从小在母亲的教育下就背诵了很多诗歌,不但让她作起诗来游刃有余,而且也使她的智力得到开发,她的记忆力惊人的好。当初蒙茨就是从她身上察觉到了这样的潜质,才把她选为了自己发展下线的目标。

区区几分钟的时间,斯蒂芬妮已经将稿子上的内容大致记住了。她用余光扫了桌上的墨水瓶一眼,假装漫不经心地将墨水瓶打开去给钢笔吸水,然后手腕故意在拔出笔的时候抖了一下。面向窗外出神的凯菲尔只听身后的斯蒂芬妮叫了一声,他回头一看,原来自己的稿纸上和桌子上都洒上了墨水。

"抱歉,凯菲尔先生,我不是故意的。"斯蒂芬妮一边拿着沾了墨水的纸去擦桌子上的墨滴,一边顺手将纸扔进了垃圾桶。凯菲尔站在那,想要到前面将那几张纸拿过来,哪成想斯蒂芬妮的动作太快了。那是他拟定计划的初稿,就这样被"不知情"的斯蒂芬妮扔掉了。凯菲尔顿时就像是哑巴吃黄连,有苦说不出。他只好认了,想等斯蒂芬妮离开,他再从那肮脏的垃圾桶里取出来。

就在这时,斯蒂芬妮说了句:"好大的味道,墨水的味道好难闻。"斯蒂芬妮一边捂着鼻子一边说:"格里亚,快把垃圾倒了。"凯菲尔一听说要把垃圾倒了,立即阻止道:"不不,格里亚,你把它放在门口吧。"

格里亚还算是机灵,对于主人的事情她只有听从,从来不会过问什么多余的话。而此时,斯蒂芬妮已经把纸上的内容记得差不多了,那首诗也重新誊写完毕。

凯菲尔没有责怪"不知情"的斯蒂芬妮,而是走过来欣赏着斯蒂芬妮的即兴创作并赞不绝口,这反倒让斯蒂芬妮脸上多少有些发烧。

斯蒂芬妮

　　回到自己的房间，斯蒂芬妮写了一张纸条，上面是她在这些天获得的情报。然后把纸条揣在怀里，装作外出购物的样子，向凯菲尔告辞出了门。

　　坐上了一辆公共汽车，斯蒂芬妮来到了那家女性用品商店，她环顾了四周，发现了上次接头的那个女孩子。女孩也看见了她，立刻迎了上来。

　　"小姐，请问您需要什么？"

　　"我需要一管口红。"斯蒂芬妮回答。

　　"这样，我们这里有很多款，我来帮你拿。"那女孩拿了几管口红交给了斯蒂芬妮。

　　"这款我不喜欢，"斯蒂芬妮从右手拿出了一张纸条放在了口红的下面一起递给那个女孩。女孩迅速接过了口红，将纸条塞进了口袋里，而口红就落到了商品的货架上。

　　几天之后，斯蒂芬妮在办公室里发现约翰逊直到中午也没有从办公室出来，这不像他的性格，就算他没什么事，也会出来走走，或者借由工作的原因到她的办公室走走。按照推断，一定是有什么棘手的事需要处理，或者说是跟凯菲尔有关？

　　想了想，斯蒂芬妮决定自己到约翰逊那里去探探虚实。

　　敲了门，过了半分钟里面才传出约翰逊的声音："请进！"

　　斯蒂芬妮发现，两天没见的约翰逊看起来无精打采，头发也没有原来光滑整齐，显得非常的颓唐。关上了门，斯蒂芬妮走到约翰逊的身边："发生了什么事，亲爱的？"

　　"没什么，遇到点麻烦，但我相信很快就能解决。"约翰逊摇了摇头，对斯蒂芬妮说道。

　　斯蒂芬妮感到约翰逊今天的目光有些呆滞，以至于盯着自己达到一分钟左右。

"好，我相信事情会变好的。"斯蒂芬妮发现约翰逊并不像往常一样对她知无不言、言无不尽了。

"希望是这样。"约翰逊的嘴角微微上扬了一下。

"需要水吗？我倒给你。"斯蒂芬妮问道。

"不，这些事让秘书做就行了。不过……亲爱的，我想最近你可能会有些麻烦了。"

斯蒂芬妮的心猛烈地跳动了一下，她觉得她可能在执行任务的时候出现了什么差错，但是表面上她还是装作不知道。她做出一副吃惊的样子对约翰逊说："怎么这样问？我的板块哪里出差错了吗？"

"不是工作，是家里出了问题。前几天情报部的长官卡尔说他抓获了一个德国的间谍，他的手里握有一部分凯菲尔的信息，但他只供出了一部分，就在审讯的第二天被人杀了。"

斯蒂芬妮的心更加不安了，她的手心全是汗，她担心被抓的是她的同伙"章鱼"，虽然自己对他深恶痛绝，但是他们却是一根绳上的蚂蚱，这是一条战线，漏掉了一环，恐怕就会连累到整条线上的人。"竟然出现了这种事情，真是忽略了。您觉得会是谁干的？"斯蒂芬妮说道。

"对，斯蒂芬妮，你在我们家的时候有没有发现什么可疑的人？"

"没有，我可以肯定！"

"嗯，家里除了凯菲尔就只剩下你和格里亚了。我的朋友也只有本杰明中将和西斯科去过那里。"

"好好的检查一下那所公寓吧，看看能不能找到什么线索。"

"这也是我想做的事情，我怀疑有人在凯菲尔的房间安了窃听器，这还算是小事，但如果凯菲尔知道的全部消息都被他们掌握了，恐怕凯菲尔的生命都会有危险，他们会竭尽所能地去阻止计划的实施。"

斯蒂芬妮

约翰逊果然是一个聪明的人，斯蒂芬妮想，这一切他都预料到了。那些真的就是德国情报机关想要做的事情。看来要想对付这么聪明的人，还真要煞费一番心思。事实上，她并不担心约翰逊对家里进行搜查，只是担心如果这个被捕的人是"章鱼"，那么会不会对自己的安全造成什么影响。

她正这样想着，却听到身后约翰逊对自己说道："回去工作吧，让我好好静一下，我来处理，不要想太多，万一情报机关怀疑你，我会为你作证。"

没想到在关键时刻，约翰逊竟然能够说出这样一席话。他说他相信自己，斯蒂芬妮不是天生无情，变成现在这样，实在是跟她不幸的经历有直接关系。她多少是有些感动的，但是感动也只能是感动，在事实没有查清楚之前，她还是一名德国间谍。她必须让这种不理智的情感触动转瞬即逝，不影响下面的工作。

一下班，约翰逊就载着斯蒂芬妮奔赴别墅，进了门，斯蒂芬妮就看见有三个人坐在沙发上，格里亚为他们准备了水果和香烟，但是没有人动。约翰逊马上走上前去，一副紧张又急迫的样子。"你们来这里没有人跟踪吧？"打过招呼之后，约翰逊问其中一个高个子的人。

"当然没有。"高个子的人回答。

"嗯，那就好，时间紧迫，还请你们立即行动。"

那三个人没有什么表示，开始分头走向客厅、厨房、洗手间。斯蒂芬妮这才知道，约翰逊果然是邀了人对他们的住处进行搜查。

斯蒂芬妮坐在沙发上，将一块块水果放进自己的口中，看起来十分悠闲。约翰逊坐在沙发上吸着烟，而格里亚也端着个空的水果盘站在那里随时待命。凯菲尔没有下楼。

这时有人进了斯蒂芬妮的房间，而另一个则是进了格里亚的房间。半个小时以后，进入斯蒂芬妮房间的人出来了，斯蒂芬妮看着她，露出了纯洁的笑容,因为斯蒂芬妮早有准备,就连买来的口红和内衣她都撕去商标。那个人看了看约翰逊,摇了摇头。

又过了几分钟,格里亚房间里的那个人也出来了。就是那个高个儿,他的神情有些紧张,急匆匆地向约翰逊走来。

斯蒂芬妮已经料到这个高个儿搜到了什么,但是她的心还是平静如水,没有高兴也没有不高兴。

从手中拿出了一支注射器,高个儿对约翰逊说:"这个,是在那屋子的衣柜里搜出来的。"

约翰逊看着这小小的注射器,脸上写满了惊讶。

这时,第三个人从阁楼上下来了,他冲着约翰逊摇了摇头,那意思是什么都没搜到。约翰逊的注意力从注射器的上面移了过来:"都查遍了吗?桌子底下、床底下、墙上?"

"查的时候用了工具,但是什么都没发现。"

"嗯。"约翰逊凝着眉沉思着,斯蒂芬妮看得出来,事情的确出乎他的意料了。但不是约翰逊太笨,而是这一切都是有人在操控。

将视线转移回来,约翰逊又看了看那个注射器,问:"刚才说这东西在谁的房间?"

高个儿回答说:"在靠近厨房的那个房间。"这时格里亚已经紧张得腿在抖了,她看着约翰逊,约翰逊的眼睛也转向了她,里面充满了怀疑。"不不,约翰逊先生,这不是我的!"格里亚脸色惨白,挥动着双手语无伦次地说:"请您相信我,我不知道那是什么东西。"

"可是这确实是在你房间找到的。"约翰逊看着格里亚。

这时格里亚像是忽然想起了什么,她盯着斯蒂芬妮,眼睛里露出恶狠狠的光芒。"你看斯蒂芬妮做什么?难道还是她给你放进去的不成吗?"约翰逊逼问了一句,他身旁的斯蒂芬妮面无表情,但是手指却不自觉地微微动了一下。

听到约翰逊这么说,格里亚知道,在约翰逊的面前跟斯蒂芬妮斗,她永远都不会赢。

"这个我不知道,约翰逊先生,请您一定要查明,我跟着您已经这么长时间了,您怎么不相信我呢?"

任凭格里亚怎么说,"事实"就摆在眼前。约翰逊似乎有些于心不忍,他换了一种口气问那个高个儿:"能不能不用你们那一套审讯的方式?从以前还没有这栋房子的时候她就跟着我,从没出过错,可能是冤枉的。"斯蒂芬妮见状,也走过来站到约翰逊旁边,以非常诚恳的态度劝说道:"是呀,毕竟只是一个小女孩,我也不相信她会做出这样的事情来,请你们一定对她手下留情。"

看着两个人都为她求情,高个儿却不为所动,他说:"约翰逊先生,小姐,我只能尽力,但是事情并不是我能决定的。这样,我们回去了,再见。"

这时那两个人也将格里亚抓住,格里亚哭喊着挣扎,但还是被拖走了。斯蒂芬妮发现他们似乎不是在向外走,而是由约翰逊带着向阁楼走去。斯蒂芬妮也跟了过去,到了阁楼,凯菲尔不知去了哪里。

只见约翰逊走到了凯菲尔的衣柜面前,顺时针转动了一下把手,那衣柜竟然动了起来,脱离了墙面,竟出现了一道门。没想到在高高的阁楼上竟然有这样的机关。

高个儿带着那个女孩走进门去,他们的背影一点点的降低,看得出来那是一个像烟囱一样的通道,一直通到地下,通道里修了台阶,人可以从阶梯走到下面去。原来约翰逊早就有准备,一旦出现什么事情,凯菲尔可以从这里逃生。

隧道里仍旧响着格里亚的哭喊声，约翰逊又逆时针转了一下衣柜的把手，衣柜就回到了原来的位置。斯蒂芬妮的心随着柜子合拢的响声跳了一下。她知道，如果当时不是自己的决定下得足够及时，那么今天消失在里面的人肯定会变成自己。至于那之后的遭遇，她连想都不愿意想。

为了保险起见，斯蒂芬妮晚些时候再次来到百货商店，让她失望又有些安心的是，这次被抓住的人其实只是"章鱼"的一个手下而已。"章鱼"告诉她，最近风声太紧，要小心行事，这正遂了斯蒂芬妮的心愿。她确实太需要一点时间来平静此时的心情了。

但是事情不遂人愿，第二天，另一个人却找上了门来，而且是斯蒂芬妮最不愿意见到的那一位——本杰明中将。他通过约翰逊邀请斯蒂芬妮单独见面。斯蒂芬妮因为有把柄攥在他的手中不好予以拒绝，只得前去赴会。

本杰明中将给她的感觉很奇怪，既严厉又亲切，还体现出一种对自己不应有的特殊维护之意。在这次交谈中，这种复杂而奇妙的情愫表现得更加明显。斯蒂芬妮明显感到他知道很多事情，且对自己深深隐瞒着。但是无论她怎样追问，本杰明也不肯直接给予她答复，反而告诉她，如果愿意的话，自己可以帮助她离开这个让她身不由己的地方。因为不知道对方的用意，她出于警惕，还是委婉地拒绝了中将。但是她没想到，这已经是她最后一次见到这个人了。

数天之后，斯蒂芬妮从约翰逊的口中得知了一个惊人的消息：本杰明中将突然去世了。而更让斯蒂芬妮感到不可思议的是，本杰明中将居然为她留了一封信和一本日记。当看到这封信之后，斯蒂芬妮顿时瘫软到了地上，之前他对自己奇怪的态度和关照一下子就有了解释：原来，本杰明中将就是她的亲生父亲，他在与斯蒂芬妮第一次见面之后就从那枚戒指和她的年龄上猜出了她的身份，只是一直没有机会彼此相认。谁知这层关系明确

斯蒂芬妮

的时候,父女二人已经是天人永隔了。

痛苦不已的斯蒂芬妮没有失去理智,她知道,这件事情背后一定有着阴谋的存在,前几天刚刚见过面的人突然逝世,唯一的可能,就是谋杀。面对父亲留下的遗物,斯蒂芬妮咬着牙立下了誓愿,无论凶手究竟是谁,也一定要把他揪出来,亲手为父亲报仇。

从本杰明的葬礼归来,在房间里面已经整整待了两天了,斯蒂芬妮几乎没吃过什么东西,约翰逊从来没有见过这样的斯蒂芬妮,但是出于公务的繁忙,约翰逊没有什么时间来照顾斯蒂芬妮,悲伤的斯蒂芬妮觉得自己一定要查出凶手是谁。

她不分昼夜地看完了父亲留给她的日记,发现里面有一页写道:"他们似乎发现了我,但是却不知道为了女儿,我是不可能将真相说出来的。"他们指的应该就是德国人,也就是斯蒂芬妮所在的间谍组织。

为了查清父亲死去的真相,斯蒂芬妮假意继续接受"章鱼"的委托,但这一次的任务非比寻常,德国人要求她干掉凯菲尔。

面对这个艰难的任务,斯蒂芬妮选择了接受,她冷静地策划了一个计划:先利用约翰逊和凯菲尔对自己的信任,通过吹枕头风的方式使约翰逊相信在这所住宅附近已经出现了形迹可疑的人,并劝说他将凯菲尔先生转移到安全的地方。但当约翰逊因此开始准备转移行动的第二天晚上,斯蒂芬妮却用一瓶毒剂杀死了熟睡中的凯菲尔。几个小时以后,她才假装惊恐地电告约翰逊有关凯菲尔的死讯。如此一来,"凶手"就顺理成章地变成了被她在约翰逊印象中制造出来的"可疑分子"。之后,她就借口害怕,搬出了这所房子,住到一家旅馆当中去了。

她原本以为自己做的天衣无缝,但是,这一次情况与以往不同。凯菲尔的身份十分特殊,他的死牵连非常重大。作为负责任的约翰逊,随即就被英国警方控制了，经过调查之后，得知了在这里居住的还有斯蒂芬妮，尽管约翰逊一再为斯蒂芬妮开脱，但是警方并不管这些说法，很快她就被找到，并被押走进行审讯。斯蒂芬妮却并没有表现得十分紧张，在她看来，应付这些警察并没有什么难度。然而，事情再次超出了她的想象，她被送往的地方并不是普通的警局，而是英国情报局的审讯机构。

一切都没有用了，作为间谍只能算是业余人士的斯蒂芬妮，在这里很快就被识破了身份和行动。英国方面并没有马上宣判她的罪行，却给了她一个机会，那就是转换身份，以双重间谍的方式为盟军情报系统服务。这让斯蒂芬妮见到了一丝生机，同时她也想到，如果能够通过这两套关系，查知父亲死因也就能变得更加容易一些了。因此，斯蒂芬妮最终选择了接受这个任命。一位名叫柯尔克拉夫的情报人员从此成为了她的新上级，也成为了她未来多年的搭档。

为了不引起德国人的怀疑，英国情报组织派人给斯蒂芬妮的身上作了假伤口。经过一番化妆和重新整理衣衫之后，斯蒂芬妮被带回了牢房，像上级告知她的那样，一场已经被英国方面知道的劫狱在夜晚展开。斯蒂芬妮被人救走之后，重新与"章鱼"取得了联系，让对方确认自己没有被英国人所控制。继而，她就正式开始以双重间谍的身份开始了她的活动。

在情况稳定下来之后，柯尔克拉夫交给她的第一个任务，就是除掉德国特务组织当中一个名叫"银钩"的高级党员，带着这个使命，斯蒂芬妮积极等待着德国方面召见她或委派新的任务，以便得到进入内部与目标接触的机会。没过多久，她等待的机会就到来了。

深巷，上午 10 点 30 分，事先从德国方面保护自己的人那里接到消息的斯蒂芬妮和"章鱼"准时接上了头。尽管在和约翰逊相处的阶段，她和"章鱼"就已经是上下级和搭档，但是对这个人，斯蒂芬妮一直有着一种很强的

斯蒂芬妮

抵触感。不想跟他多说话，巴不得他马上从自己的眼前消失，她直截了当地说："'章鱼'先生，请您陪同我见下我们的上级，我有情报汇报给他。"

"章鱼"没有做声，只是用他那双阴沉如无底洞般的眼睛以一种审视的神态看着斯蒂芬妮。

斯蒂芬妮对此毫无畏惧，厉声道："如果你耽误了时间，坏了他的大事，请原谅我只能跟他讲明实情。"

"章鱼"尽管阴险，但是谁都看得出来他对德国间谍组织是没有二心的。为了不延误时间，"章鱼"只能按照斯蒂芬妮的意思带她去见一见他们的上级加布里埃尔，更何况，斯蒂芬妮现在的情况已经是自己的平级了，她有资格要求见自己的顶头上司。

实际上，当他的上司加布里埃尔知道斯蒂芬妮是一名美女间谍的时候，这个有些好色的老头早就想见一见斯蒂芬妮了，只是"章鱼"怕到了最后斯蒂芬妮的地位超过了自己，所以一直在加布里埃尔的耳边吹风，说这个女人是红颜祸水，一定要对她多提防才是。但是加布里埃尔知道他的想法，对这种说法不为所动。"章鱼"无可奈何，可是不巧的是，正当加布里埃尔想见斯蒂芬妮的时候，斯蒂芬妮却因为杀了凯菲尔被英国间谍组织抓了去，所以这件事一直搁浅到现在。

这一次，尽管十分不情愿，"章鱼"最终还是带着斯蒂芬妮去见他们的上司了。跟在"章鱼"的后面，斯蒂芬妮第一次觉得他也不过就是一个普通的特工，他也有上级，要听从于上级的命令，他没有想象中那么可怕，只不过是自己心里的不安和恐惧在作祟，将他强大化了。想通了这个环节，斯蒂芬妮相信要不了多久，眼前的这个人就会被自己所牵制。

到了一间小旅馆，终于见到了"章鱼"的上司，那是一个50多岁的老头，头发可能因为操劳过度而变得花白，蓝色的眼睛中流露出邪魅的光芒。

见到斯蒂芬妮后，这光芒忽地扩散开来又重新凝聚，变得异常兴奋。

"你就是斯蒂芬妮？太好了，太好了！快坐下，快坐下！"斯蒂芬妮见到这个老头的神情，知道事情十有八九是会成功了。

那老头给他倒水，让"章鱼"可以出去了。就连倒水的时候，他的眼神都在斯蒂芬妮俊美的脸上游走。斯蒂芬妮迎上他的目光微微一笑："加布里埃尔先生，我早就想见见您了。"

听到斯蒂芬妮这么说，加布里埃尔也十分高兴，他托起斯蒂芬妮的右手，在她的手背上轻轻吻了一下，斯蒂芬妮顿时感到他的胡须扎到了自己的皮肤，立马产生了一种很恶心的感觉。她急忙岔开话题，美人计也要适可而止。"对了，尊敬的长官，我来是想把一份重要的信息提供给您。"

"是什么？"加布里埃尔还是没有认真起来，他想了一下，然后突然想起了什么，说道："对了，差点忘了正事，你落在英国人的手里，有没有受什么伤？'月牙'呢？噢，我是说我们派去救你的那个人呢？"

果然不出斯蒂芬妮所料，那个守卫果然是有用的，看加布里埃尔紧张的样子，看来还不止只有一点用处。斯蒂芬妮为自己的决定暗自高兴。她的面部表情一下子转为悲伤，她的眼泪片刻间就流了下来，"对不起，尊敬的上级，我没能保全他，他在掩护我逃跑的时候，心脏的部位中了两枪，存活下来的几率很小。"

听斯蒂芬妮这么说，加布里埃尔稍微放松了一下，"你确定他真的是在心脏的部位受了两枪吗？"斯蒂芬妮点头。"看来是活不成了，那就好，那就好。"发现斯蒂芬妮正在用诧异的眼光看着他，于是他说："噢，是这样，他掌握不少我们的机密，如果活着被英国人擒住，那才是最危险的。哦，当然，他的死，我也是相当的悲痛啊！"斯蒂芬妮心里对他冠冕堂皇的话嗤之以鼻，但脸上没有任何表示。加布里埃尔一转眼又转过来问斯蒂芬妮："那么小

斯蒂芬妮

姐,你是不是受伤了,让我来瞧瞧。"

"不必了。"斯蒂芬妮推脱,因为她没有把握确定英国人员给她化的妆到现在是否还完好无损。可谁知这个老头竟然趁机占起了便宜,拼命地拉斯蒂芬妮上衣的袖子,说他只看看胳膊处的伤。斯蒂芬妮借机喊了一声,说是碰到伤口了。

那老头立即松开了手,斯蒂芬妮想,刚刚触碰到胳膊的时候果然感到还有一些残留在那里化妆成伤口的糖浆,怕引起这老头的怀疑,于是索性对他说:"我的伤都在后背,手臂上没有受什么伤,昨天涂了些药,应该快好了。"于是把自己的外衣袖子挽了起来,自己一看,大吃一惊。

加布里埃尔差点没跳起来,他捧着自己的心脏来到斯蒂芬妮的面前,心疼地说:"这么美的小姐,怎么被那群恶魔折磨成这个样子。"

看着干掉的大块糖浆面目狰狞地伏在斯蒂芬妮的手臂上,斯蒂芬妮的心里一阵暗笑,同时她也对英国那个化妆人员的技术佩服得五体投地。怕老练的加布里埃尔察觉出什么来,斯蒂芬妮迅速放下自己的衣袖,然后说:"我说要您不要看的,现在我原本的美丽形象全毁在您的面前了。"

"没关系,没关系,你总是最美的。"

斯蒂芬妮接下来说:"对了,您说的'月牙'掌握我们什么机密,会比'银钩'更重要吗?"

"他虽然不能和'银钩'相比,但是却知道我们很多重要的机密"加布里埃尔想了想,然后问斯蒂芬妮,"小姐,您是怎么知道'银钩'的?"

"我来见你就是有关于'银钩'的重要消息汇报给您,我在英国的监狱里接受审讯的时候,无意中听到了他们的对话,说'银钩'已经将我们内部的成员名单供了出来,他为了得到我们的信任,前几次提供给我们有用的情报,但是接下来,他将作为英国人一个强有力的进攻武器。"

斯蒂芬妮接着说："有一天,'银钩'在与英国人秘密接头,把指环落在了英国间谍总部旁边,就是这个。我冒着被您怀疑的危险说这个,只不过就是希望在以后你对他的消息不要过于信任,你也可以不相信我,但是证据就在这里,请您辨认一下,我的任务也完成了。"

加布里埃尔立即上前走近斯蒂芬妮说："我怎么会不相信小姐呢? 只是这指环暂时还说明不了什么,我们这边也没有什么状况出现,我的人都对我十分忠诚,在我们节节胜利的时刻做出背叛我的举动,真的不是一项聪明的决定。"

斯蒂芬妮也知道,要想让一个组织的头子怀疑"银钩"那样的得力干将,紧紧凭靠一枚小小的指环不是一件容易的事情,更何况他要对付的是加布里埃尔这种老谋深算的人物,所以她再没有多说些什么,向加布里埃尔说了再见之后就离开了小旅馆。

看得出斯蒂芬妮被英国人伤得不轻,于是加布里埃尔还特意在斯蒂芬妮走出去的时候追上来说,放斯蒂芬妮几天假,好好养伤,但是这个假期里面,应该随传随到,也就是不许她走远。见他一副垂涎三尺的样子,斯蒂芬妮就知道,他一定是想让她陪同他参加什么聚会之类的。

此时的斯蒂芬妮,经历了各种千奇百怪的事情,从上流社会到监狱,从失败的爱情到失去至亲,什么她没有经历过? 她早已不是当初那个初出茅庐的女孩子了,当年因为她的单纯才上了蒙茨的那艘贼船,现在的她已经将自己历练成了人精,遇到她的男人都甘愿对她俯首称臣,拜倒在她的石榴裙下。

相对于斯蒂芬妮,她的上级此时心情并不好。英国间谍审讯室里,"月牙"正在承受着严刑拷打,但是他一直没有供出任何情报,柯尔克拉夫气急败坏地和执刑的人说:"如果他再不说出来,那我们也只好放弃他了,只能

斯蒂芬妮

让他死的轻松点。只是可怜了他的小女儿。"

听到柯尔克拉夫提到他的小女儿，他吃了一惊。他不懂远在柏林的家庭情况怎么会让英国人知道，他女儿的生命受到威胁使得他的脸上出现了无尽的忧伤。每个人都会有致命的弱点，"月牙"的弱点就是他的女儿。妻子离开了他之后，他将全部的爱都给了女儿。带着对前妻的恨意，他发誓一定要给自己的女儿最幸福的生活。为了实现这个誓言，他将女儿托付给了奶奶，自己出去找工作，想赚一笔大钱。在他找工作的时候，恰好赶上德国"神之队"在招收特工，酬金相当之高，足以使他的女儿过上贵族小姐的生活，于是他瞒着家里人做了特工。他对家里人说自己到英国经商，每隔一段时间都会向家里寄大笔的钱，柯尔克拉夫从他的身上找到了一个账户，通过这个线索查询到了"月牙"的老家。

英国人之所以如此大费周章，是因为他们想从"月牙"嘴里套出"银钩"的任务内容。原本"月牙"并不知道"银钩"此次工作内容，但间谍组织对他十分信任，便安排他曾代替一个特工和"银钩"进行接头。所以，"月牙"也就知道了关于"银钩"本次任务的内容。但他什么也不想说，因为背叛是一件十分痛苦的事。尽管如此，他最后还是在背叛与失去至亲之间选择了背叛。他称不上一个优秀的特工，但是他的做法在客观上起到的效果是好的，毕竟这在一定程度上提前了战争结束的时间。

斯蒂芬妮为了让加布里埃尔相信"银钩"真的叛变了，从柯尔克拉夫那里获得了"银钩行动"中部分成员的名单。之后，斯蒂芬妮立刻带着名单向加布里埃尔汇报。加布里埃尔拿着名单，手抖得厉害，他的胡须抽动着，眼神中满是愤怒。"是——谁！这么精心的部署竟然被他们查了出来。"

然后加布里埃尔想了想，盯着斯蒂芬妮看了一会儿。斯蒂芬妮的心里有些紧张，她知道这个老头儿此时对每个人都产生了怀疑。但是她并不太

二战·双面间谍

过担心，因为她早已在心里准备好了很多说辞来应付他的询问。

果然，加布里埃尔开了口，"小姐，这份名单是从哪里来的？"

斯蒂芬妮早就把他可能问到的问题想了一遍，因此可以说是成竹在胸。只见她微笑着，不慌不忙地说："您不知道，我之前在完成杀掉凯菲尔的任务中，和许多上层军官都有过接触。不过，不知道这份名单还有没有复制品，如果有，就算我偷出来了也没什么用，我们这条战线已经面临瓦解的局面，还有继续下去的必要吗？"斯蒂芬妮刻意加强了无奈的语气，同时用一种同情的眼光看着加布里埃尔。

老头的眉头紧锁，沉思着，半天才发出"嗯"的一声，然后将眉头舒展开来，对斯蒂芬妮说道："'银钩'的事情，我会想想办法，但如果他已经被英国人彻底降服，那么我也只能放弃掉他了。不过幸好，我们这里还有不逊于他的'金钩'。"他说着，抬起头来，眼中闪过一丝傲慢的神情，"区区损失一个'银钩'而已，英国佬别想让我们就这么完蛋。"

斯蒂芬妮听加布里埃尔这么说，觉得这一次虽然有很大的把握除掉"银钩"这个死敌，但是如果能够活捉到他就更好了，他将会发挥更大的作用，由此可见，第一次的任务还完成的不算完美。而眼前的这个老头，一向以办事效率著称，如果想赶在他之前将"银钩"活捉，那希望简直是太渺茫了。更何况要想查出"银钩"的真实身份也需要一段时间，结果也不一定就会取得成功。这些德国人的间谍组织，果然是心狠手辣，就连为他们立下汗马功劳的"月牙"也难逃他们的魔爪。想想自己，投奔英国的间谍组织也是对的。

一天后，斯蒂芬妮从"章鱼"那里听说了"银钩"被杀的消息，这是她加入英国间谍组织的第一个任务，没想到在这么短的时间内就完成了。当她再见柯尔克拉夫的时候，那个男人连忙上前与她握手，并允诺这次付给她

斯蒂芬妮

大笔的酬金。斯蒂芬妮与柯尔克拉夫在他的小房间里品味着特意为她准备的红酒,脸上绽放出满足的笑容。她现在充满自信,相信要不了多久,她的强大足以和"章鱼"相匹敌,她会消灭"章鱼"的整个小组,甚至可以杀掉加布里埃尔那个老头。

柯尔克拉夫看了看斯蒂芬妮,眼神很锐利。斯蒂芬妮总有一种感觉,在柯尔克拉夫的眼前,自己简直可以说是透明的,他那种目光仿佛总能把人看透,而他身上又没有如蒙茨一般的让人受到威胁的感觉,反而能够让人觉得很舒服、很安全,就像是一个认识了多年的朋友,对自己十分了解,什么心里话都可以对他说。

总之,她就是感觉他是一个很温和的人。她不知道,柯尔克拉夫的脾气并不好,但他只对自己赏识的人才卸下身上如刺猬般的刺,表现出自己温和、安全的一面。双重人格说的就是柯尔克拉夫这种人。

盯住斯蒂芬妮,柯尔克拉夫说:"为什么? 我总是从你的眼神中找到某种与仇恨有关的东西,似乎还夹杂着一种悲伤? "

不看他的双眼,斯蒂芬妮也没有回答,她没有必要将自己父亲的事情告诉给刚认识不久的人,更何况还是她的上司。

"那么我相信,你一定和德国人有什么仇恨,是这个仇恨让你决定加入我们的吗? "

斯蒂芬妮依旧没有说话,她喝着红酒,任其从自己的喉咙处流到胃里,品味着微凉蔓延至五脏六腑的感觉。

"抱歉,我知道那对于你来说可能是不堪回首的往事,所以你从来不愿意提及那件事。没关系,你可以把我当成是你的一个朋友,我只能帮助你,而不会给你带来任何的威胁,相信我。"柯尔克拉夫将自己厚重的手掌放在斯蒂芬妮的手背上,斯蒂芬妮的心里猛地抽动了一下,她不习惯这样的感觉,一直以来,那些男人都是另有所图,没有谁真正关心过她,所以她也用一张冰冷的面具罩住了自己的脸,掩饰着自己内心的伤痕。今天,柯尔克拉夫给她的感觉真的像是朋友一样,那一瞬,她本能地想挣脱他的手,但是那温度却让她感到由衷的舒坦,有一种厚重的安全感。

斯蒂芬妮没有动,她的心变得柔软,一直以来对父亲的思念,在毫无防备的情况下倾泻而出,真情流露。

拿出了自己随身的手绢,递给斯蒂芬妮。柯尔克拉夫语重心长地对斯蒂芬妮说:"那么你是否知道,你这样很容易失去原则,不是组织上对你不放心,而是你现在这种心态很危险,让人认为你是一个没有信仰的人,风把你吹到哪边你就去哪边。理解吗?"

酒醉的斯蒂芬妮双眼迷离,却被这一句话点醒,她猛地抬起了双眼,对着柯尔克拉夫无语。原来柯尔克拉夫是这个意思,怕她加入英国间谍组织的意志不坚定,说白了就是最后会背叛他。斯蒂芬妮盯着柯尔克拉夫,柯尔克拉夫被她的带着挑衅的视线弄得心中五味杂陈。"怕我最后会背叛你?"斯蒂芬妮带着几分醉意。

"小姐,请你不要误会。"斯蒂芬妮站了起来,从自己的包里拿出了口红手枪,"如果你不相信我,现在就可以杀了我,以免之后造成你的损失。不过你要答应我一件事,帮我报仇,并且送信告诉我的母亲。"斯蒂芬妮的眼泪再次在眼圈中打转,她停顿了一下,眼神中满是悲伤,心脏像是被什么东西撞击了一下。

柯尔克拉夫走近,在斯蒂芬妮的肩上轻轻地拍了一下,"小姐,你想错了。我们跟他们不一样,我们的目的不是战争,我们是想早些从战争中解脱出来。虽然我们每个人的手上都沾满了鲜血,那是为了让更少的人流血。你在他们那里做事情,还没有看清他们的本质吗?他们的军队蛮横无理,他们

斯蒂芬妮

的元首背信弃义,还有什么理由值得你为他们卖命? 难道你不希望战争早点结束,回去好好陪一陪自己的母亲吗?"

"我知道,我最初加入你们一方面是为了报仇,另一方面也是无奈,身为女人不能作为对战争和国家这两种概念意识淡薄的理由,但是在我的生活里确实没有什么神圣的事情影响到我。"斯蒂芬妮的意思显而易见。

"所以,你要接受和平意识教育,这是组织上专门为你开设的课程,你的很多方面都很优秀,但是却在最重要的操守上有些欠缺。请你配合我们。"柯尔克拉夫说道。停了一下,他接着说道:"这段期间,恰好是你的'病假',相信我的死对头加布里埃尔已经给你足够的时间养伤,那么我们大可利用这段时间为你补充专业知识。你的课程全部由我亲自培训,培训之后还有更重要的任务等着你,而你也可以在这个任务中完成你复仇的计划,组织上会照顾你,给你机会。请相信我,你的父亲,一定比任何人都期待着你的强大。"

斯蒂芬妮听着,沉默了一会儿之后,两行泪水忽然无声地淌落了下来,然后,沉重而坚定地点了点头。

苍鹰要想搏击长空,就要有丰满的羽翼。斯蒂芬妮经过严格的培训之后,她这只苍鹰的羽翼更加丰实,以更强大的力量来打击敌人,使其没有反击的余地。成长起来的斯蒂芬妮在经历过一系列的任务之后,在两方面的职位都不断增长,终于有一天,一项非常重要的工作交到了她的手上。

浩渺的蓝天之上,一架飞机正轻松地穿过一片片薄云,飞越一座座高矮不等的大小山峰,向着西北方向超速飞翔。天空下的一切都变得那么渺小,似乎微不足道。

飞机上只有两个人,除了飞行员外,还有一人独自坐在客舱里。她左手托腮,右手轻轻抚弄着一只装有咖啡的杯子,静静地望着机舱外。"曾经作战过的'土地',不久我就会回来的。我亲爱的父亲,你不会就那样白白付出生命,我会为你讨回公道,那些为了正义而长眠于那片血染的国土上的战士们,我会为你们心中的理想,与邪恶作战到底!"她在心底默默地发誓。

一个小时后,飞机顺利地降落在普利茅斯机场。它位于伦敦市中心以北 4 英里,是英国皇家海军造船基地,这里也经常成为德国空军的袭击目标。飞机的螺旋桨已经停止转动的时候,她一脸严肃地款款走下机舱。

"斯蒂芬妮小姐,您辛苦了!我是来接您的,请跟我来。"在斯蒂芬妮走出机场、来到公路上时,一位年轻的海军士兵走过来,和斯蒂芬妮礼貌地打过招呼后,示意斯蒂芬妮走到一辆军用吉普车旁。

"斯蒂芬妮小姐,请上车。"年轻的士兵说着,打开了车门。斯蒂芬妮礼貌地点点头,从嘴角挤出一丝笑容,默不作声地坐到了军用吉普车的副驾驶位子上。

汽车开出不到半个小时,车窗外一改安静和空旷,车辆的喇叭声、小贩的叫卖声、街边讨价还价声以及各种噪杂声不绝于耳,显然,他们已经进入到市中心。汽车拐了几个弯,径直开进一家军人宾馆的大院内。

"斯蒂芬妮小姐,我想,为了您能休息好,我就不陪您进去了。您到服务台询问一下 118 房间,他们会带您过去的。再见,斯蒂芬妮小姐,祝您愉快!"年轻的士兵说完,为斯蒂芬妮打开了车门。

"谢谢您,也祝您愉快!"斯蒂芬妮下车之前,微笑着和年轻的士兵告别,这次的笑容是真诚自然的。

118 房间位于这所宾馆三楼长廊尽头的拐角处。服务员交给斯蒂芬妮一把钥匙,并态度温和地指引着斯蒂芬妮走上三楼的楼梯,然后在楼梯处站定,用手指着长廊的尽头,告诉她,她的房间就在那里,并说有什么需要可以打电话,这里 24 小时随时为客人服务。

斯蒂芬妮

　　礼貌地谢过服务员，斯蒂芬妮径直走到房门前。钥匙在锁孔里转动了一圈，"咔嚓"——轻微的响动声过后，这扇棕色的木门很轻松地就被打开了。斯蒂芬妮推开门，职业性地探头向里面张望着，房间里的设施一览无余，尽收眼底：一张宽大的双人床，上面铺的被褥、放的枕头都好像是新的，淡淡的鹅黄色让人看上去就感到很温暖。

　　"英国的情报部门还真细心，连我喜欢什么颜色都知道。"斯蒂芬妮心里想着，眼睛迅速地环视着房间。床头柜子上只有一盏欧式风格的台灯，一张又长又宽的大红皮沙发与床成 45° 角，距墙大概有 2 米的距离摆放着，它几乎占据了房间的三分之一的空间，非常显眼。床对面的窗台上，一盆苍翠的绿色植物让整个房间充满了生机。

　　迈进房间后，斯蒂芬妮并没有关门，而是转身，习惯性地向长廊的左右探视了一下，整个楼都很安静，听不到一点声响，长廊里更是安静。斯蒂芬妮这才放心地关上门，走到沙发旁坐下，长吁了一口气，然后拿起面前茶几上的一瓶红酒，倒入到高脚杯中，端起杯子刚要喝，忽然她又警觉了起来，将杯中的酒摇晃了一下，然后从脑后盘卷的发髻里抽出一根银色的簪子，在杯中搅了搅，拿出簪子仔细地观察着。

　　"哈哈哈，斯蒂芬妮小姐，的确是一名经验丰富的特工。不过，这酒里没毒，我刚喝过，难道你没闻出这酒有一种别样的味道吗？看来你的嗅觉还是不够灵敏啊，应该加强职业素质。——不必紧张，坐下，坐下。"声音毫无征兆地响起，一个陌生的男人忽然从身后闪出，这着实让斯蒂芬妮受惊不小，她反射性地从沙发上弹了起来，先是上下打量来人，又迅速扫视了一下房间的各个角落。但她并没有掏枪，她知道，如果来人是想害她的，她早已经没命了，她只是好奇这个男人是从什么地方进来的，又是怎样无声地来到她面前的。

陌生男人的每一句话都进入了她的耳朵里，都让她觉得话里有一种讽刺的意味，让她感到有些懊恼，但她此时并没有发火，她觉得这个男人说的有道理。难道是英国不同于德国的气味儿，让她的嗅觉暂时休眠了？

　　"哈哈，斯蒂芬妮小姐，我现在知道你在想什么。你是在想我是怎么出现在你面前的，对吧？"陌生男人笑得很爽朗，他一边说一边把茶几上的另外一只高脚杯里倒上了红酒，然后一饮而尽。

　　"斯蒂芬妮小姐，请跟我来，我现在就告诉你答案。"男人说着，转过沙发，来到沙发背面的那面墙跟前，用手轻轻一推，墙体上竟然打开了一扇门，男人随即弯腰跨过与地面衔接的那段大概不到 10 厘米的墙体，斯蒂芬妮也跟着跨了进去。

　　这是一间不足 20 平米的房间，房间里只有一张小木床。在房间的拐角处，有一架狭长的梯子向地下延伸而去。斯蒂芬妮怀着一种好奇的心理，跟随着陌生男人通过狭长的梯子来到地下。

　　这里虽然与地上的宾馆看似只有一层土之隔，却是完全不同的两种境况，这里的繁忙与噪杂同上面的安静形成了鲜明的对比。斯蒂芬妮一走下梯子，看到眼前的一切，不用介绍就完全明白了，这里原来是一个地下造船厂。这边，一群群工人正在紧张地忙碌着，有的在搬运材料，有的在量尺寸，有的在"叮叮当当"地建造，有的在用电锯切割材料，电锯发出刺耳的尖叫声；那边，有几个管理者在指挥着工人们干活儿，几名工人开着吊车，正在将一艘艘舰艇装到庞大的货车上……

　　"看到了吧，这是我们刚修建的地下造船厂。你看这些工人，他们有多么卖力。——嗨，伙计们，再加把力气！"陌生男人对斯蒂芬妮说完，就扭头转向一群正在搬运材料的工人，冲着他们喊道。工人们只顾低头干活儿，根本顾不上回应他。

斯蒂芬妮

"你一定好奇,为什么你在上面听不到这里的声音? 那么,现在我来告诉你:你看这里的天棚,也就是你刚才所踩的宾馆的地面,已经装上了最好的隔音、防震材料,经过检测后才正式使用,所以他们在工作的时候,无论发出怎样大的声响,你在宾馆里都感觉不到一丁点的响动。因此,在地面上,人们更感觉不到它的存在。"陌生男人还告诉斯蒂芬妮,之所以把工厂建在地下,是因为这里的地上工厂已经成为德国人攻击的目标。地上的造船厂之所以到现在还没有被破坏,一方面是因为他们还没有适当的机会,另一方面还因为它是英国人的造船基地,这里防御比较严密。但正是由于经常防御德国的侦查和偷袭,才影响了工作的进度。后来英国人就将一些造船的主要工作转移到地下,地上所做的只是一些辅助工作。

"这可是德国人一直想要知道的秘密。为什么看不到我们工作,而我们的海上舰队却在不断地壮大。他们哪里会想到,他们的骚扰一点都没有影响到我们的工作进度。——你不会把这些情报提供给德国人吧?嘿嘿。"陌生男人很自豪地介绍着地下工厂的情况,眼睛里闪烁着喜悦的光芒,继而又和斯蒂芬妮开起了玩笑。

"当然,可爱的不知名的先生,这可是大情报,能值好多钱哪!"一直默默无语的斯蒂芬妮忽然很开朗地大声说,并且目不转睛地盯着陌生男人。

"哦,对,你还没有看到过我们的舰队,当你亲眼看见我们舰队的飒爽英姿,你一定会赞不绝口。那些血气方刚的小伙子们,个个精神抖擞、豪气十足,个个都是英勇善战的能手!"陌生男人说起水兵,开始手舞足蹈了,声音也比刚才提高了几个分贝。斯蒂芬妮被他的活跃气氛所感染了,先前刚踏入宾馆的那种紧张和不安的心情如风吹阴云般消散无迹。

"走,斯蒂芬妮小姐,我们该返回到上面去了,我还有重要的事情跟你说。"说完,陌生男人顺着来时的路往回走,斯蒂芬妮紧随其后。进了墙上的隐蔽门,来到宾馆房间的大红沙发旁,陌生男人坐下,给自己倒了杯红酒。

"在你进来之前,我一直坐在隐蔽门里那张小床上。来,为了我们下一步合作愉快,干杯!"男人的嘴角向上翘了翘,狡黠地一笑,举起了酒杯。

"干杯!"斯蒂芬妮将桌上先前用簪子试过的红酒倒到茶几旁边的垃圾桶里,又从瓶子里重新倒上一杯,然后也举起酒杯,大方地碰了一下陌生男人的酒杯,将红酒一饮而尽。

"我叫布龙菲尔德,是组织上派我来给你传达任务的。你知道——"布龙菲尔德顿了顿,抬眼看了看斯蒂芬妮,好像是想知道她是否在认真地听自己讲话。

"现在德国人把目光瞄准了北冰洋上的那条运输线,他们千方百计地想要破坏它,四处打探货船的出发时间,想尽办法进行阻截。那条运输线是唯一一条为苏联提供援助的运输线。"

在这儿之前,英国间谍组织并未向斯蒂芬妮透露过"北冰洋援线"的事情,只是让她执行了一次很小的刺杀任务,而她在德国时所执行的也都是一些陆路任务,并没有涉及海上同以往相比,这次任务看似不同寻常,好像也很重要。

在银装素裹、白雾茫茫的北冰洋上,有一条海上运输线异常繁忙,通过这条航线,英国和美国向苏联源源不断地运送物资、弹药、粮食和药品,为苏联取得卫国战争的胜利发挥着特殊的作用。这就是布龙菲尔德所说的那条海上运输线,它就是从英国和美国通向苏联北部港口的北极航线。

通过布龙菲尔德的介绍,斯蒂芬妮还了解到,在这条航线上的盟国海员们,他们的工作是极其艰苦的,他们的处境也是极其危险的,他们不但要与北极恶劣的气候做斗争,还要与巨大的浮冰做斗争。而德国的潜水艇、战舰、岸基轰炸机,不知道什么时候、会从哪里冒出来,在英国舰队措手不及

斯蒂芬妮

的情况下,骤然发动一次袭击,因此,海员们还要时刻提高警惕提防着。

"英国舰队一直以精湛熟练的战术而著称,可是目前很多安插在德国的耳目都很失聪,他们传来的情报微乎其微,越来越起不到关键性的作用。为此,上面与一些特工大动干戈,声称:'谁要是能提供最有利的、以给德国海上舰队致命打击的情报,给予特殊奖励!'可是直到今天,也没能如愿以偿。"布龙菲尔德说到这里,从雪白的衬衫的衣袋里拿出一个精致的小盒子,从里面取出了一支雪茄,慢悠悠地点燃,深深地吸了一口。

"你要不要来一支,斯蒂芬妮小姐?"他将烟盒递到斯蒂芬妮面前。

"不,谢谢。布龙菲尔德先生,我对您刚才讲的话要比对雪茄感兴趣。"斯蒂芬妮说着,优雅地摇摇头、摆摆手,示意她不需要雪茄。

"哦,那真是太好了,斯蒂芬妮小姐。"布龙菲尔德边说边将那精致的小盒子放回到雪白的衬衫衣袋里,继续慢条斯理地说着。

"据说,现在德国已经建成一艘很有威力的舰艇,是专门用来对付我们的。但是,我们谁都没有见识过,它到底潜藏在什么地方,至今也毫无准确消息。至于它的威力,我们更是无从考证。"布龙菲尔德说着,又停顿了,深深吸了一口雪茄,闭上眼,长长地呼出一口气,只见一股卷曲的烟雾从布龙菲尔德的口中飞出,缭绕着、盘旋着,升腾到空中,飞散开来。顿时,一股浓烈的雪茄烟的味道弥漫了整个房间,刺激着斯蒂芬妮的嗅觉器官。

始终神情自若地倾听着的斯蒂芬妮,似乎已经猜到了这次任务的基本内容。她心里着实有些兴奋,虽然间谍生涯使她炼就了极强的适应能力,特别是对陌生领域的探索能力,可她依然觉得从熟悉的陆路到陌生的海域,是一次全新的考验。想到那辽阔无垠、波涛汹涌的大海,不禁使她有一种马上就行动的冲动,但是这种熊熊燃烧着的烈火被理智的水一次次地扑灭,使得她表面上丝毫不动声色,目光柔和而镇静,一副聚精会神聆听的可爱模样。

　　"你的任务是打听到德国的那艘舰艇的藏匿地点,了解它的整体结构,拿到它整体构造图纸,还有关于它最近一次海上作战计划部署、作战计划图、航行路线等,所有关于它的一切情况,都是我们要密切关注的,尽你所能,获取更多的情报。"布龙菲尔德很严肃很认真地说,他那双蓝色的豹子眼睛炯炯有神,却也深奥难测,说话时,他的眼神在斯蒂芬妮的眼睛下方和鼻尖之间自然地移动着。这是很标准、很礼貌的谈话方式,也是很平和、很友好的谈话方式。

　　"上面还有交代,行动要快,结果也要快。现在在寒冷的北极空气中到处都充满了火药味儿。现在的德国越来越嚣张,空中侦查的兵力好像也在不断加大,各种侦查机每天都在北冰洋上空'轰轰'地飞来飞去,有时在我们的海军还没有做好充分准备的时候,紧跟在它后面的轰炸机就会尖啸着俯冲下来。我们的特工人员曾多次打探他们驻地的确切情况,但至今也只是知道他们的海军驻地在挪威,我们对于德国海军在挪威的情况知之甚少。"布龙菲尔德一口气说完这些话,似乎已经忘记了自己手中还有一支只吸了两口的雪茄烟。

　　夹在他食指和中指之间的雪茄烟的烟气已经停止散发,就连燃烧也已经停止了。此时,他顿了顿,若有所思地伸出空闲着自然低垂在沙发靠背上的左手,拿起了茶几上的酒杯。酒杯是空的,他瞟了一眼那瓶红酒,继而放下了手中的空酒杯,好像想起了什么话,不马上说就会忘记一样,接着他把目光又转移到斯蒂芬妮的鼻翼处,定格。

　　"但愿你不负众望,给我们的海军带来他们盼望已久的可喜消息。"布龙菲尔德说这句话时的速度明显慢了下来,而且是那么语重心长,说话的口气是那么的深沉、郑重,好似临终嘱托一般。随着他这句话的结束,房间

斯蒂芬妮

里的空气似乎猝然变得凝重起来。

"您的品味还是挺高的,布龙菲尔德先生。您不需要重新点燃它吗?"斯蒂芬妮从沙发上微微欠了欠身,睫毛上调,白皙修长的脖颈微微向下弯曲,目光就自然地落在布龙菲尔德手指间的那支褐色的雪茄烟上,然后,她神情略带笑意,慢条斯理地说道。

"那当然,高品位的人就要用高品位的东西,无论是什么东西,都代表着一个人的身份,有时还能够透露她内在的气质及其审美观。就比如,我一看见您就会自然地联想到'高贵''典雅''庄重''神圣'等这些代表着贵族的词汇,根本不会把您和'卑微'、'下贱'等那些不堪入目的词汇联系到一起。恩,就是这样的。"布龙菲尔德非常自信地肯定了斯蒂芬妮的话,又委婉地对斯蒂芬妮大加夸赞了一番。

"不用您这样奉承,我也会努力去工作的,保证按时完成上面指派的任务。况且,我非常乐意为那些可爱的海军们服务,更确切地说,是非常乐意为所有的英国人服务,布龙菲尔德先生。不过,我很感谢您对我的夸奖,我还是十分高兴的,有哪个人特别是女人,谁不希望别人夸赞自己漂亮呢?即使这话是一时的哄骗也罢,是为了达到某种目的的谎言也罢。"斯蒂芬妮打破了骤然的凝重,给了布龙菲尔德以肯定的答复。她在说话的时候,一直很平静地微笑着。

她清楚自己的漂亮迷人是无懈可击的事实,但刚才布龙菲尔德的一番赞美,也不能否定其中带有鼓励的成分。他是个很会说话的人,虽然他说起话来滔滔不绝,但句句都很贴切在理,并不是胡言乱语、不着边际的。他给斯蒂芬妮的印象是认真、委婉、风趣、幽默、有内涵,也许还是那种风情万种、处处有情,却不轻易留情的深邃男人。他天生就是个做特工的材料,外表英俊潇洒,内心却如海洋般深不可测。

也许做间谍是需要有天分的,就像斯蒂芬妮,不仅天生丽质,而且聪颖过人;做间谍也是需要缘分的吧,亦如斯蒂芬妮的出身及她后来所遇到的人和事。假若她没有那样的一个养父,假若她没有认识蒙茨,在那个动乱的年代,在那个陌生的国度里,在身无分文的那个日子,她依然要走上另一条不归之路。也许,她应该感谢蒙茨,虽然他使她同样走上了一条不归之路,但在那个炮火纷飞的岁月里,在那个真伪难辨的社会里,在那些分不清对与错的错综复杂的纠结里,如今她已经由歧路走入正路,在当时的那个年代,于人于己都是有意义的一条道路。

　　"你看,我们的舰队在这儿,德国的舰队有可能就在这儿。这一条是我们的航线。"布龙菲尔德拿出一张海图,用铅笔在海图上指点着给斯蒂芬妮看。她看到了那条横贯北冰洋的北极航线。虽然她没去过北冰洋,但她通过地理常识也很清楚地知道,那里是个什么地方。

　　那里是令探险者们神往、却令大多数人生畏的地方,那里是一片白茫茫的冰雪世界。那里的许多地区,终年寒冷,海面上漂浮着流冰和冰山。

　　冬季,那里的狂风就像千万头狮子同时在咆哮,接连不断地掀起一阵一阵雪浪,雪浪落下后,会堆积成雪山,被狂风推动着向前奔跑,任何物体如果被雪浪砸中,或者被雪浪形成的雪山撞击,无疑都是毁灭的下场。

　　夏天,那里雾气茫茫,大雾就像一个硕大的青纱帐,整个世界似乎都在它的"庇护"之下,然而这样的"庇护"会酿造很多无法预料的悲剧:因近在咫尺却不能看见,舰艇很难躲避前面的冰山或者流冰,一旦发生碰撞,注定会四分五裂;即使不这样惨烈,也会被撞得瘫痪,动弹不得。舰艇上的人无一能够幸存下来,因为即使在发生撞击的时候幸免一死,但身体有伤,且又不能及时脱离冰面,用不了多久,就会与冰面冻结在一起,永远地留在了这里。有谁知道,在那一座座洁白的冰山里面包裹着多少英国的海军战士们,

斯蒂芬妮

他们如冰山一样，屹立在北冰洋上，用自己的血肉之躯捍卫着尊严。

假如舰艇只是在巡洋，或者只是在缓慢地行进，那么悲剧就会到此结束，但如果其后面还有跟随的舰艇，而且这些舰艇又没有控制好航速，悲剧就会继续上演：后面的舰艇会撞上前面那艘舰艇，连环撞就此发生，情景会更加惨不忍睹。这是自然所带给人类的灾难，小心谨慎、富有经验、训练有素的海员们还是可以避免的。然而布龙菲尔德下面要说的北极的极昼，则是更为恐怖的事情。

"我们的运输队会经常通过这条航线输送物资，如果因躲避冰山和流冰，可能会延误航程，货物晚到些日是没有太大问题的；但要是正好赶上极昼，那境况简直是令人堪忧到了极点。"布龙菲尔德说到这里的时候，用铅笔戳了一下额头，并紧锁双眉，一副很愁苦的模样。

"当然，这种境况可以想象得出。我想，极夜的境况也同样很糟糕。"斯蒂芬妮肯定地说。这种情况斯蒂芬妮的确很容易想象得出，在极昼期间，不论白天还是夜晚，整个舰队都暴露在光天化日之下，很难逃过敌人侦查机和侦查艇敏锐的"眼睛"，很容易被敌人袭击。而她说的极夜，也同样危机四伏，陷阱重重。当极夜来临的时候，那里会是漫长的黑夜，商船始终行驶在茫茫的黑暗中，随时都有可能被冰山和流冰撞上的危险，一旦撞上，就会船毁人亡。因此，布龙菲尔德很是赞同地点点头："对，当然如此。"

可能是说话时间较长，布龙菲尔德干咳了两声，将食指与中指之间的雪茄烟放到了茶几上，给自己倒了杯红酒，猛喝了两口，将高脚杯放回到茶几上，杯中的红酒晃动着、跳跃着，好像要从杯子里跳出来一样。

"我完成了我的任务，下面，我们可爱可敬的斯蒂芬妮小姐，你就该去完成你的任务了。那么，美丽的斯蒂芬妮小姐，现在可以允许我离开这里了吗？"布龙菲尔德将双臂摊开，自然地搭在沙发的靠背上，往前探了探身体，微笑地看着斯蒂芬妮,他好像有一种意犹未尽的感觉,丝毫没有起身要离开的意思。

面对一个美貌的女人,也许每个男人都会贪婪地找理由想跟她在一起多待一会儿,像布龙菲尔德这样的"超级间谍"也是如此。然而理智告诉他,是该离开的时候了。

"预祝我取得胜利,也预祝我们的舰队取得胜利,布龙菲尔德先生,我们干了这杯!"斯蒂芬妮明白布龙菲尔德跟她介绍北冰洋情况的目的,主要是加深她对当前形势的认识,更加重视这次任务。斯蒂芬妮也清楚自己的美貌会令所有男人痴迷,但这种痴迷并不都是"邪恶"的代名词。斯蒂芬妮向来都给男人以足够的面子,至少让他们在心里上得到一点被认同的平衡。于是,斯蒂芬妮先给布龙菲尔德倒了一杯酒,也给自己倒了一杯,并不失礼节地举起了酒杯。

"好,可爱的斯蒂芬妮小姐,预祝你成功,干杯!"布龙菲尔德这次笑得很灿烂,他爽快地举起了酒杯,使劲地撞了一下斯蒂芬妮的酒杯,然后一饮而尽。

慢慢起身,推开墙上的暗门,回身向斯蒂芬妮挥了挥手,关上那扇暗门,布龙菲尔德消失在斯蒂芬妮的视线里。

漫不经心地拿起布龙菲尔德留在茶几上的半截雪茄烟,凑到鼻子底下闻了闻,那浓郁的味道立刻让斯蒂芬妮的大脑细胞活跃起来。她突然感觉到了某种暗示,于是,她将雪茄烟拿到手里,仔细地端详着,几秒钟后,她立刻将雪茄烟的烟嘴部位扒开,果然这里藏着秘密:雪白的纸上密密麻麻的黑色英文字母,还是密电码。斯蒂芬妮对照密码本,将这些字母拼凑到一起之后,不禁笑逐颜开。伴随着夜幕的来临,一个行动计划正在这个美女特工的大脑里逐步完善起来。

斯蒂芬妮

在世界的最北部,在冰封雪裹的北极,有一个古老的国家。她土壤肥沃,植被茂盛,矿产资源和水力资源极为丰富,工业高度发达;她热情好客,喜欢握手,无论何时,无论是否熟悉,只要见面,就会握手热情地与你打招呼,同样也会握手道别。她就是位于斯堪的纳维亚半岛西部、被译为"通往北方之路"、"北方航道"的挪威。

而今,白皑皑的挪威机场上,停着许多德国的侦察机和远程巡逻轰炸机,他们都在整装待发。那些侦察机,瞪着警觉敏锐的眼睛,准备窥视着北冰洋上所有关于英国的一切动向;那些轰炸机,就等待着这些"眼睛"发现可以攻击的目标后,寻找可乘之机,给他们以毁灭性的攻击。

在挪威的北部,有座活跃的、富有幽默感的美丽城市,它充满了神秘文化和历史气息。冰川运动和海水对 U 型河谷的入侵造就了众多美丽的峡湾,这座美丽古老的城市不仅被群山和群岛环抱,也被峡湾环绕着。这里的人们得到大自然的恩赐,拥有着直爽的性格,透彻而奔放。

然而,连年战火的肆虐和蹂躏,早已经把她变得面目全非,失去了往日清秀的容颜,那咆哮的狂风怒吼着,似乎是冲着这残酷战争发泄着心中的不满。

自从德国空军将指挥部设在挪威后,被称为"北方巴黎"的这座小城,就变得烦躁不安起来。

那些大大小小的酒吧里充斥着浑浊的空气,透过精致的一间间木屋的缝隙拥挤出来,再凝结成团,从酒吧的门缝中逃到了大自然里,散发到空气中。使整个小城的上空也流动着污浊的空气,那湛蓝的天空,似乎也被熏染得昏昏沉沉。

街边繁茂的果林,那葱郁的浓荫,让人们感觉到有些阴郁;那些不知名的花草,在风中摇摆着身躯,好像要从这片泥土里抽出根须,逃离而去。

这座被称为"北极之门"的小城,已经成为德国海军的驻地。许多战舰、战列舰都隐藏在峡湾里,随时待命。一些秘密气象哨被派往荒凉的峡湾和小岛,以便随时观察北极气象和流冰情况。

北大西洋的暖流给了这座小城以特殊的关照,使她冬季也不封冻。因此那艘隐藏在峡湾的德国战列舰,便把这里作为温暖的"家",养精蓄锐,蓄势而发。

名为"纳斯比尼"号的硕大战列舰,在波罗的海经过一个较长时间的训练后,它已经加装完所需的给品,所有的补给舱和弹药舱已经达到了一种饱和状态。它的冷藏库里装满了鲜肉,食品库里装满了面粉和蔬菜,油舱里加足了燃油,水柜里储存了大量的淡水。除了这些它必须完成的次要任务外,它还有一项最主要任务——必须将弹药舱里装满炮弹。

此时,一辆喘着粗气的蒸汽机车上挂着一长列敞篷车箱停在舰艇的舷侧,蒸汽机车上装满了巨大的炮弹。舰艇上的起重机正摇摇晃晃地把一枚枚重达几百公斤、威力巨大的炮弹吊向空中,然后再徐徐降下,穿过一层层甲板,装进水线下深处的弹药舱。

他们认为这一切都是在悄然进行的,还在抵抗着严寒、冰山和流冰的英国海军对此是一无所知的。然而,在你死我活的对抗战争中,就连空中飞翔的鸟几乎都是传递情报的工具,几乎在冰山之上都有可能安插着一双昼夜不停监视的"眼睛",何况这么一艘硕大的战列舰正在预谋着的一次破坏行动,怎么能逃过那些如鹰一般机敏睿智的英国特工呢?他们哪里知道,就在他们的身边,早已经有一双深邃的眼睛,不动声色地将这一切记录到容量如浩瀚太平洋般的大脑里。

在特罗姆瑟的一个小港,一座长长码头伸向大海,一个普通老百姓装束的人,正坐在一个小板凳上,悠闲地钓着鱼。他那顶宽大帽沿的遮阳帽,

斯蒂芬妮

遮住了他的整张脸。距离钓鱼人不远的地方,德国的士兵和海岸警卫人员正在荷枪实弹地往返巡逻,一双双机警的眼睛时刻注视着大海上的动静。

钓鱼人坐在那里纹丝不动,他不慌不忙地一遍遍地更换着诱饵,时而钓上来一条鱼,将鱼从鱼钩上摘下来,放入身旁的鱼篓里。天色将晚,北欧的白昼即将结束,他慢悠悠地拿出自己早已准备好的晚餐,伴着余晖,津津有味地咀嚼着。

海岸警卫到了换岗的时间,他们面对面站着,互相敬礼,然后一队收起枪,朝驻地走去,另一队则继续巡逻。就在这短短的几分钟内,钓鱼人迅速地从宽大的斗篷里取出高倍夜间望远镜,透过两只大而明亮的"眼睛"仔细观察着,在余辉的映衬下,他看到远处的海面上出现了一些模糊不清的黑色轮廓。当巡逻的卫兵走过来的时候,他放下了望远镜,拿起鱼竿,继续钓鱼。巡逻卫兵刚把后背对准他,他就立刻举起望远镜,继续仔细地观察着。

不错,那一大一小的两个黑色轮廓,就是"纳斯比尼"号和"北冰神狼"号,与它们同行的还有十艘战船。于是,他急忙收起鱼竿,收拾好渔具,背上鱼篓,沿着码头大踏步地向岸边走去,通过德国人的岗哨,走上大街,经过一家邮电局,消失在茫茫的夜色之中。

几分钟后,一位花白胡须的老人,穿着一套生意人模样的服装,头戴一顶深蓝色的礼帽,快步地走进邮局,在电报纸上写下了一段简短的电文,交给了服务台。

服务台里面那个金发碧眼的女郎看了看收报地址,是普利茅斯的一家商号。电文是:"鱼饵和鱼竿的价格上涨,上涨了至少十个百分点。"

那个女郎最后把目光集中到"普利茅斯"那几个字上,她犹豫了一下,便把电文用一个铁夹子固定在了她身后的玻璃镜子上。然后,向镜子里努努嘴,而她的对面门口是两个被派驻到这里的德国警察,正面对着这面镜子观察着里面的一切。

女郎的眼神应该是他们之间早就约定好的暗号。于是,其中一名德国警察走过来,开始对这个老人进行了详细地盘问:

"这家商号是干什么的?"德国警察用怀疑的目光盯着老人问。

"这是一家非常有名的渔具进口商。"老人尖声尖气地用流利的德语回答着。

"报文上写的是些什么?"警察犀利的眼眸像激光扫描般快速地从上到下扫视了一下这位老人,然后将目光转向那张被固定到镜子上的电报纸,用手指着问道。

"小姐,请把它拿给这位长官查看一下。"老人立刻说。老人说话很快,也很爽快,表现得十分的坦然。他是怕德国警察盘问得更多,延误了发报时间,为了打消警察的疑虑,只有这样做是最恰当的。于是,老人用手指着那张电报纸,对刚才那位金发碧眼的服务员礼貌地说道。

女郎还没等老人的话说完,已经将电报纸从镜子上取下来,递给了德国警察。德国警察将这张电报纸拿在手里,仔细地看了一会儿,并没有看出什么不对的地方,于是,他又把电报纸还给那个女郎,说:"可以拍发。"

"先生,您是知道的,我们必须得例行公事,现在战事很紧,我们都应该倍加小心,请您谅解。"

这个德国警察的态度变化得如此之快,让这个老人很难揣摩出他到底是出于一种什么样的心理状态。德国警察最初盘问他的时候,语气和目光里显然流露着傲慢,但听到老人那一口流利的德语后,态度便发生了变化。也许在特罗姆瑟这个地方,他们听惯了挪威人那一口流利的波克默尔语,这种语言从任何一个人的嘴里讲出来都不足为奇,但是像他这身装束的商人竟然能说一口流利的德语,在他看来应该不会是觉得奇怪,而是感到高

斯蒂芬妮

兴,是一种征服了这片领域的高兴吧。他可能觉得德国人越来越强大了,在这种局势下,竟然也能够和英国有着密切的贸易往来,真是神奇!

然而他哪里知道,这个老人曾经是他们的一名出色的谍报人员,怎么能不会说一口流利的德语呢？而今他来到这个小城,不仅执行着英国情报组织派给他的任务,也同样给德国人带来一份重要的情报。只是他不想全盘托出,更不想这么快就把情报交给德国情报组织,他一定要等到英国海军做了充分的准备之后,再将从他们那里获得的情报透露给德国。

英国普利茅斯的一家电报局里,电键"哒哒哒"地响个不停,一份电报很快就被抄了下来,一个女收报员正准备将这份电报当作一般的电报来处理,旁边一位监督人员发现了电报的收报地址。

"等一等,这份电报交给我来处理吧。"她说完,将电报拿了过来,然后在档案夹里迅速地查找起来。

"喂,海军部专属传递处吗？这里有一份紧急电报需要传送,请立刻派人过来。"那位监督人员放下电话还不到 3 分钟,一位骑手骑着一辆越野摩托车,飞快地穿过普利茅斯的一条条街道,把这份电报带回了英国海军部传递处,然后直接交到了一位名叫卡彭特罗的先生手里。

"喂,卡彭特罗,从挪威传来的情报已经到达你那里的邮电局,及时接收,不能延误。"这是从伦敦情报处打来的电话,打电话的人叫柯尔克拉夫,是斯蒂芬妮在英国情报部门的直接上司。这个电话是通过一条秘线打进来的,即使这部电话被监听,这条线路也是安全的。

"是,长官,请您放心。"卡彭特罗大声而自信地回答着。

刚放下电话,卡彭特罗还没来得及转身,电话铃声又响了起来,通过铃声可以判断,这个电话同样是通过秘线打进来的。卡彭特罗赶紧接起电话,果然不出他所料,这个电话是电报局打来的,那个女监督人员也是英国情

报组织的一员。她只负责接收来自各地的电报，她不能读懂电报上的内容，也没有权力私自处理这些电报，她只能通过各处的电话，让人来取走这些情报。

挂断电话，卡彭特罗换上一套骑手服装，戴上头盔和手套，飞奔到邮电局，又从邮电局飞奔回海军部专属传递处——他的办公室。

此时的柯尔克拉夫正在伦敦执行其他的任务，已经忙得焦头烂额。虽然从伦敦乘火车到普利茅斯只有 3 小时的车程，可是这 3 个小时之内完全可能发生很多令人无法预料的事情，因此，他只能将这个任务交给他的直接下线卡彭特罗来处理。

这位年轻的摩托车骑手，不仅有驾驶各种摩托车的经验和技术，也拥有丰富的特工经验，他充满朝气、机智敏锐，具有特工所要求的所有自然条件和潜在素质，是柯尔克拉夫手下一名得力干将，如他的左膀右臂。

这个"海军部专属传递处"实际上就是英国设在普利茅斯的一个秘密情报处，这个情报处的直接负责人就是柯尔克拉夫，但是只要有其他的任务在身，柯尔克拉夫都会派卡彭特罗驻扎在普利茅斯，这让卡彭特罗在这里变得独挡一面。

回到办公室里，卡彭特罗换上工作服，立刻对照柯尔克拉夫给他的密码本，认真地翻译着电文：跟随"纳斯比尼"号的还有一艘叫"北冰神狼"号的战列舰，它们已在波罗的海经过系统的训练，现在装备齐全，备品充足，跟随它们的还有十艘战斗船，在松恩峡湾，准备向北行驶。

这份关于德国战列舰的军事情报，对于英国海军是非常重要的，是不能有半点疏忽和延误的。这些卡彭特罗心里自然很清楚，于是，他一刻也没有耽搁，便发挥了他的特长，在最短的时间内将这份情报交到了一位英国海军上将的手中。

斯蒂芬妮

　　墙上的大挂钟的时针指向上午8时30分。此时，海军上将在作战室里，面对着一张海图，一边对海军少将说一边用铅笔在海图上慢慢地从一点指向另一点。"这条蟒蛇终于要出洞了，它对我们的舰队可能会是不小的威胁。现在它应该到达了哪里？是这儿，还是这儿？我们的特工还没有传来它出海的具体航线，这让我们怎么防御呢？这上千英里宽的海域都需要警戒，可是能执行这项任务的舰艇实在太少，在宽阔的海域上就显得杯水车薪……"

　　"我们已经派出了最出色的谍报人员，很快就会有更准确的消息的，据说她是一名非常有能力的特工，她的情报绝对准确。'俾斯麦'号也很威风，可最终不是被我们踩到了大西洋底，再也无法翻身了吗？"海军少将激动地向上将表达自己的激动情绪。

　　"是啊，那是我们最出色的一次战役。我怎么会不相信我们的海军呢？只是北冰洋不同于大西洋，这里不仅自然环境恶劣，我们的储备也有限，我们的处境实在太艰苦了。我盼望战争早些开始，并且早点结束，我们就不用耗在冰天雪地里——但不管怎么样，还是要先让海岸防御司令部派出飞机，对挪威沿岸进行空中侦查。"海军上将说。

　　"是该让他们先干点活儿了，不光要侦查，还应该照相。"海军少将说。

　　"嗯，你马上去办这件事。"海军上将点点头说。

　　"是的，阁下，我马上去海岸防御司令部。"海军少将说完，转身离开了海军上将的办公室。

　　9时30分，一架侦察机轰鸣着起飞，飞往挪威的上空，瞪大了警觉的"眼睛"，搜索着犬牙交错的整个挪威海岸。很快，它锐利的"眼睛"就发现有两艘巡洋舰蛰伏在格里姆斯塔特峡湾，于是，侦察机在目标上空盘旋、辨认，然后拍下了照片。与此同时，"北冰神狼"号上的雷达也发现了侦察机，舰艇上的士兵各就各位准备迎战。他们刚做完这些，侦察机就已经消失在他们的射程之外。

侦察机回到地面上之后，立即将拍摄的照片拿去冲洗、放大，交到了专家的手中。午后，海军上将从专家那里得到了准确的答案，那两艘舰艇就是特工人员在电报中所说的"纳斯比尼"号和"北冰神狼"号。

"我们终于得到了目标的确切地点，可以让我们的海军战士活动一下筋骨了。"海军少将对正在观看海图的海军上将说。

"嗯，现在还不急，你不是说我们的特工很有能力吗？我要等看到他们具体的出海航线图，以及他们详细的作战计划部署，还有他们的具体装备，这样的战斗才更有把握。"海军上将继续看着海图，并用铅笔在海图上空勾画着。

"是的，阁下，的确应该再等等。"海军少将附和道。

在特罗姆瑟距离港口不太远的地方，有一间很普通的低矮的平房，表面看上去与其他居民的房屋没有什么不同。但里面的人却有着与众不同的身份。此时，她已经从邮电局回到房屋的隔层里，换掉了刚才那身男士商人打扮，将一头金棕色卷曲的长发披散下来，换上了一身正统的欧式服饰。她拿出了收发报机，戴上耳麦，"滴滴答答"的声音就从发报机里传送了出去。

这座小城的另一端，是德国的一所情报站，一名工作人员坐在收发报机前，认真地记录下一串密电文。然后迅速转身，走进了一间办公室。

这名工作人员将刚接到的这份密电文交到了一位德国海军情报部门在这个情报站的负责人手中。

"嗯，这份情报可真及时，斯蒂芬妮真是能干，难怪艾伯特那么欣赏并重用她。"弗朗科·艾尔斯特纳自言自语地说着，顺手拿起了桌上的电话，拨通了德国海军一名上将办公室里的电话。

斯蒂芬妮

"您好，我是弗朗科，请帮我找一下安德里亚斯上将——哦，阁下您好，我有个好消息要告诉您。哦，对，是好消息，寒冷的北冰洋有'暖气'了。对，是的，他们出动了，大概有十几只商船，当然是要去援助苏联，当然是通过那条北极航线。对，是该截住它，我想接下来的主角应该是您，我只能祝福您。哦，好的，再见，亲爱的阁下，祝您好运！"弗朗科·艾尔斯特纳慢慢放下了电话。

他从火柴盒里漫不经心地抽出一根火柴，随着火柴和火柴盒上磷的亲密接触，立刻发出"刺啦"一声，然后兴奋的火焰吐着红色的舌头，将他刚才记录翻译的电文纸，渐渐地吞进了肚子里，于是，它们一同化作了一小撮灰烬。

这次斯蒂芬妮要执行的任务可谓意义重大，因此她不得不进行周密的安排。她通过调查得知，德国海军上将安德里亚斯和一名叫萨比娜的舞女关系非同一般，这正是一个关键的突破口。

夜，悄悄地来临了，它张开硕大的双臂紧紧拥抱着特罗姆瑟这座小城。海的心情似乎很好，她轻轻地拍打着岸边的礁石，发出阵阵有节奏的声响。海岸不远处，有一处五彩斑斓的霓虹灯光，在海面上摇曳着身姿，正随着波涛自由地舞蹈。只要顺着这处灯光放眼望去，就会发现，那是一座小岛上的一家不夜酒吧。不难想象，此时酒吧里的人，也如海面上这处摇曳的霓虹般舞蹈着。

"您好，美丽的小姐！我们可是同性，您找我有什么事？"萨比娜手里拿着一杯红酒，摇晃着身体，阴阳怪气地说。

"你是这家酒吧里最有名气的舞女，听说海军上将安德里亚斯跟你走得很近？"坐在她对面的斯蒂芬妮双手交叉自然地放在桌子上，目不转睛地盯着萨比娜。

"何止是走得近啊，我们是非常特殊的关系——哦，您不会是他的夫人吧？来兴师问罪的？"萨比娜说到这里，瞪圆了那双本来就很大的眼睛。

"他很听你的吗？换句话说，如果今晚让他一直跟你在一起，你能做到吗？"斯蒂芬妮没有回答她的话，而是很平静地继续问道。

"这对于我根本算不上问题。难道您不是他夫人？小姐，您到底想要干什么，别跟我绕圈子了，我真是有些迷糊了，您就直接说吧，我还要去工作呢。"萨比娜环顾四周，显然有些不耐烦了，因为此时，酒吧里的音乐已经响起，客人们开始陆陆续续地走了进来。

"好，今天晚上，我就想让安德里亚斯上将一直跟你在一起。萨比娜，这是5000挪威克朗，事成之后，我还会给你更多的报酬。"斯蒂芬妮说着，将钱推到了萨比娜面前。

"这是真的吗？除此之外，您真的不需要我再做些什么吗？"萨比娜的眼睛瞪得更大了，长长的睫毛忽闪着，有些怀疑这是真的。

"萨比娜，你要相信你自己的眼睛和耳朵。除此之外，就是不要跟任何人说，是有人拿钱买了你这么做的。否则……"斯蒂芬妮拿出了随身携带的手枪，将黑洞洞的枪口偷偷地给萨比娜看了一眼，赶紧又收了回去。

"好，我……我明白，您放心吧，我一个舞女，除了浑浑噩噩地活着，没别的祈求。您放心吧，他今晚就交给我了。这些钱就已经足够了，您不必再给我钱了。"萨比娜好像是被吓到了，眼神立刻变得恍惚起来，拿着酒杯的手明显有些发抖。

"你不用害怕，我们只是交易，我给你所需要的，我得到我所要的，之后，就当这件事从来都没有发生过，它丝毫不会改变你的生活。"斯蒂芬妮跟萨比娜解释着。但萨比娜并没有明白斯蒂芬妮究竟想要什么，她也不敢再问，收了钱做事就行了，这件事对于她简直是易如反掌。

斯蒂芬妮

一条修长的影子，在夜幕中向前延伸。——斯蒂芬妮转身出了酒吧，向德国海军指挥部走去。萨比娜拿起酒吧内的电话，一边拨着安德里亚斯海军上将办公室的电话，一边酝酿着语言。

"嗨,宝贝儿,你怎么把电话打到这里来了？"安德里亚斯正在办公室里看着那张海图发呆，突然响起的电话铃声吓得他的手一抖,拿在手里的铅笔掉在办公桌上,滚落到地上。

"我想你了,你知道,今天是我的生日。"电话那头传来了萨比娜那娇滴滴的甜美的声音。

刚刚制定完阻截英国舰艇的战斗计划,海军少将和参谋长都各自离开了,只有他还在思考着这次海战的计划哪里还有漏洞,以便能及时修补。再过几天,这个计划就付诸行动了,这关乎到德国海军的名誉,也关乎很多人的生死存亡。因此,他的压力很大,心思很重。而这柔美的声音如行走在沙漠上干渴的旅人忽然发现了一股清泉般,兴奋、急切,甚至有点迫不及待,那个丰润绝美的女郎占据了他现在的所有大脑空间。

即便没有"生日"作为理由,他也想去轻松一下,再也不愿被这种严肃沉闷的空气所包裹。他放下电话,大踏步地走出门去,上了汽车,他的心已经飞到了海岛上的酒吧里。

海军上将的汽车刚驶出海军指挥部的大院,一条黑影便趁着两名卫兵向汽车敬礼的时候,溜进海军指挥部的大院,贴着墙根,径直溜到了海军上将办公楼下。

刚刚入夜,两名卫兵还很精神,正在小声地聊天。斯蒂芬妮躲到一个角落里,换下夜行衣,穿上长裙,戴上黑色的假发,并戴了一副墨镜遮住了眼睛,她如一名夜访者不慌不忙地走近上将办公楼的大门。

其实,这两天斯蒂芬妮虽然假借军事杂志记者的身份,以采访的名义,经常出入安德里亚斯的办公室,这位海军上将很自豪地将最新的舰艇图片展示给她看,但当斯蒂芬妮问起关于舰艇的构造时,他还是很警觉地说:"这是军事机密,不能刊登到杂志上的。"因此他没有给斯蒂芬妮看舰艇的构造图,斯蒂芬妮担心引起他的怀疑,也没有继续追问。她暗想,也只能故技重施,才能得到她想要的东西,于是她买通酒吧舞女,拖住安德里亚斯,她好借机盗走舰艇的结构图,还有他们商定的最后的作战计划。

一切都准备好之后,斯蒂芬妮将那两个士兵用迷药弄晕,便偷偷地潜入安德里亚斯的办公室。这种绝密文件当然不是那么好找的,她在找的过程中可谓费了九牛二虎之力。经过仔细地寻找,她终于在墙上发现了一个暗格,在里面找到一个档案袋。

"终于找到了,就是它。"当斯蒂芬妮打开档案袋,抽出里面的文件,她那颗悬着的心终于落下了一半。档案袋里有一张标有作战部署的海图,还有这次海战的作战计划书,另外一份惊喜,就是那艘让英国海军不知该从何入手来应对的战列舰的构造图。

"有了这些,英国海军就可以转败为胜了。"斯蒂芬妮心里想着。

前一段时间就在斯蒂芬妮刚把那艘舰艇蛰伏的位置传递给英国海军的时候,他们与德国的这艘战列舰发生了一次海战,就是因为对德国这艘新建造出来的战列舰知之甚少,又因为刚好赶上了一场大雾的天气,这次海战,英国舰队败得一塌糊涂。

主动出击的英国海军上将因此还受到了海防部的斥责。他们盼望斯蒂芬妮尽快传来更有利的情报,以反败为胜,让北极航线成为一条真正安全的航线。

时间一分一秒地过去,当墙上的大挂钟的时针指向午夜 12 时,斯蒂芬妮终于将所有的文件都收录到了那部微型照相机里,变成了胶卷。

斯蒂芬妮

将档案袋封好，整理好暗室里所有的文件，让它和原来一模一样，关上保险柜，按照原来的样子锁好，再关上暗门，同样锁好，拉下海图，抹去地上所有的脚印……

一切都做得天衣无缝，这晚，这里好像从来就没有人来过。换上了夜行衣，斯蒂芬妮偷偷溜出了安德里亚斯的办公室，溜出了德国海军部的大院，回到她那间不起眼的民房里，收拾好行囊。她是该离开特罗姆瑟这座小城的时候了。

凌晨 2 点，安德里亚斯才恋恋不舍地离开萨比娜的住所，他并没有回办公室，而是驱车直接回到了家里，一觉睡到了大天亮。与此同时，萨比娜收到了一张字条，上面写着：在海岛酒吧 10 号包间的床垫下面，有你的东西，速去取。

"哦，我的天，钱，这么多钱！5 万挪威克朗！我可以开一家小店.哦，我的梦，没想到在一夜之间实现！感谢你，美丽而神秘的小姐！"在萨比娜激动得几乎泪流满面的时候，她却没有想到，自己无意间做了一件最有意义的大事。此生，她也应该无憾了吧。

凌晨 4 点，海军指挥部门前的两名卫兵突然发现自己睡在了大门旁，大惊失色地站起身，互相对视后，心照不宣地吐吐舌头，立刻整装站好，怀着忐忑不安的心情挨过了一天。

就这样，斯蒂芬妮将这张重要的图纸和其他所有档案资料用微型照相机照了下来，安全地送回英国，将那个存储情报的微小的胶卷交到了她的上司柯尔克拉夫的手中。

在伦敦柯尔克拉夫的办公室里，斯蒂芬妮又接受了一项新的任务，而她在伦敦执行这一项任务的同时，也即将实施自己的复仇计划。在执行这次任务期间，她收到一封神秘来信。在信中她得知"章鱼"便是那个杀害她父亲的人。最开始，信中的内容让她感到十分惊异，但当她看到信上所罗列的种种证据时，她联想起"章鱼"的行事作风和手段，加上之前他命令自己谋杀凯菲尔的行动，便越来越觉得信中所说可能是确有其事。在这种心情的影响下，她内心当中对于"章鱼"的憎恨和除之后快的想法也越来越强烈。但是首先，她要把他从隐藏的阴影中挖出来才行，为此，她想到了一个计策。

"长官，这次任务只有我一个人单独行动吗？"斯蒂芬妮问加布里埃尔。

"当然。不过，你想多个帮手，不妨去找'章鱼'，你们之间很熟悉，不用引荐，你可以直接去找他。"加布里埃尔一边低头审阅着文件，一边对斯蒂芬妮说。

"可是，我不知道他现在在哪里？"斯蒂芬妮皱着眉头说。

"其实这项任务我觉得凭你的能力完全可以单独完成。怎么，难道你对自己缺乏自信了吗？"加布里埃尔抬起他那双细小的三角眼，脸上很严肃，眼睛却在笑，这双微笑着的眼睛盯了斯蒂芬妮足有5秒的时间。

"哦，我只是问问，我怎么会不自信？长官，您忙吧，我会给您带回好消息的。"斯蒂芬妮坚定地说。其实她心里很想知道"章鱼"的落脚点，或者是某种联系方式，这样就省去了她调查的时间。而她又不想让上司觉得她没有独立完成任务的能力，上司不告诉她，自然也有他的道理，如果斯蒂芬妮语气软弱一点，加布里埃尔会马上告诉她"章鱼"的线索，或者让"章鱼"联系她，可这样做显然很不明智，于是，斯蒂芬妮就此打住。她不想在这个办公室多待一分钟。

"哎，等等，如果真的需要就去找他，你放心，这完全不会使你的能力在我的印象中打折。"就在斯蒂芬妮刚一转身时，加布里埃尔叫住了她，并在纸上迅速地写了几个字，递给斯蒂芬妮。加布里埃尔不想得罪斯蒂芬妮，他

斯蒂芬妮

担心她会向他们的头儿打小报告。

一个好色之徒会抓住任何可以"行色"的机会,就像现在的加布里埃尔,他想趁着斯蒂芬妮接纸条的机会,去亲自感受一下斯蒂芬妮那双纤细、白皙、水嫩、漂亮的手,可是他的如意算盘还是打错了。

间谍都会演戏,但斯蒂芬妮此时不想和这个好色的老头儿演戏,看着加布里埃尔那双三角眼里的阴笑,就知道他不怀好意。斯蒂芬妮没有接他递过来的纸条,她瞟了一眼那张纸条,知道那上面记录着她最想要的东西,虽然那只是几个数字而已。

"不,长官,我想我自己完全可以完成任何任务。谢谢您!如果没什么事情,我该走了。"斯蒂芬妮很平静地说。虽然她很厌恶这个小老头儿,但毕竟这是她的上司,表面上她还是要装作很尊重、很服从他的样子。

"那好吧!这项任务很紧急,争取在最短的时间内完成。"加布里埃尔对于斯蒂芬妮的平静已经习以为常了。要不是碍于上司艾伯特对于斯蒂芬妮的袒护,加布里埃尔早就对斯蒂芬妮不这么客气了。他嫉妒斯蒂芬妮与艾伯特之间的关系,确切地说他嫉妒斯蒂芬妮与任何一个男人之间的关系,哪怕是她在执行任务时那种伪装的温柔,虽然这些他看不到,但他时常会想象一些场景,以至于想到气愤之时,摔碎了喝水的杯子。

此时,他倒有一种幸灾乐祸的心理,他想看着斯蒂芬妮因没有很好地完成任务而被艾伯特斥责的情景。他望着斯蒂芬妮离开办公室的情影,写着"章鱼"联系方式的那张纸,在他的手中被蹂躏得几乎已经成为碎片。

酒吧里强劲的音乐声几乎将人的心脏震裂,醇香的红酒渗透到身体的每根血管,使其渐渐失去知觉。斯蒂芬妮是傍晚时进入到这家酒吧的,她曾经在执行任务的时候来这里和"章鱼"接过头,她还记得"章鱼"说过,这里的"烈焰红唇"很对他的胃口,后来斯蒂芬妮知道,"章鱼"不仅迷上了这里的"烈焰红唇",也迷上了一位烈焰般的红唇歌女。

这个红唇歌女还在琉璃的聚光灯下扭动腰肢莺歌燕舞，而"章鱼"却始终没有出现，斯蒂芬妮知道她这种方式类似于"守株待兔"，但目前，这是捕捉到"章鱼"行踪的唯一途径。

"嗨，美丽的小姐，我来陪你喝一杯吧。"一个男人突然出现在斯蒂芬妮的面前。

"不，我不需要任何人陪。我该回去了。"斯蒂芬妮感觉头有点晕，她扶着桌子站起来，摇晃着要往外走。

"我送你回去吧。"男人扶住斯蒂芬妮说。

"不需要，谢谢，我自己可以。"斯蒂芬妮将胳膊从男人的手臂中抽出来，摇摇晃晃地走出了酒吧。

在夜风的吹拂下，斯蒂芬妮的醉意清醒了一半。她这才发现，她走的是一条与自己住所相反的路，眼前出现了一片茂密的丛林。斯蒂芬妮转身，刚要往回走，一双大手扶在了她的肩膀上。

"斯蒂芬妮，你不是很想知道'章鱼'的行踪吗？我可以帮你。"斯蒂芬妮还没来得及掏出枪，后面的人已经站在了她的面前，镇静地小声说道。

听到"章鱼"这个字眼，斯蒂芬妮的头脑几乎完全清醒了。她定睛看了看面前这个人，是一张熟悉的面孔，她仔细回想着。

"怎么会是你？'烟斗'先生。"斯蒂芬妮不禁有些惊讶。

自从与这位"烟斗"先生在监狱里分别后，她就再也没有见到过他，今天怎么会在这里遇到呢？原来这位"烟斗"先生是斯蒂芬妮在被英国情报机构关进监狱之后的一位狱友。他本来也是德国间谍，被英国抓到后也服从正义的感召，加入英国情报机构成为一名双面间谍。他在无意当中得知斯蒂芬妮的杀父仇人就是"章鱼"，便想帮助和自己一样同为英国服务的斯蒂

斯蒂芬妮

芬妮抓住杀父凶手,同时也除去一个心腹大患。于是,为了不引起不必要的麻烦,他便写了一封信偷偷寄给斯蒂芬妮。在信中他将"章鱼"是杀害本杰明中将的凶手这件事告诉了斯蒂芬妮,这样,她才知道自己苦苦找寻的人竟然是他。

"这并不是巧遇,斯蒂芬妮小姐,我知道你在这个酒吧里已经等了一个晚上了。'章鱼'不会来这个酒吧了,他有很重要的任务在身。""烟斗"不紧不慢地说着。

"你在跟踪我?从什么时候开始的?"斯蒂芬妮的眼睛盯着"烟斗",她的眼睛里充满着疑惑,她不明白"烟斗"为什么在跟踪她,她一直在尽心尽力地为英国服务,他们是没有理由对她持怀疑态度的。

"请听我说,你别误解,我没有恶意。我跟踪你,与我们的组织没有一点关系,我是在暗中帮助你。从你下飞机的那一刻,我一直在注视着你。""烟斗"很坦然,他坦然得几乎如一张白纸般铺展在斯蒂芬妮的面前。

"我知道你一定不会错过这次有利的机会。给,但愿这个对你会有所帮助。我该走了,时间久了对你不利。""烟斗"从怀中拿出一张蜡纸递给斯蒂芬妮之后,就消失在黎明前的黑夜里。

悄悄地目送着"烟斗"的背影,直到他消失在斯蒂芬妮的视线以外,斯蒂芬妮才拿出打火机,将蜡纸靠近火焰的外焰,蜡纸上的蜡很快就融化了,一串英文字母清晰地显现在斯蒂芬妮的眼前,斯蒂芬妮将它记录到大脑里。之后,斯蒂芬妮的双手稍微靠近了一点,火焰便吐着红色的舌头贪婪地亲吻着那张蜡纸,很快,蜡纸在火焰的激情中一边"流着泪"一边化为灰烬,最后尘埃落地。

"叮铃铃!"一阵急促的电话铃声把"章鱼"从美梦中惊醒。他以为是上司午夜的紧急指示,便匆匆下了床,拿起电话,礼貌地说了一句:"您好!"

"'章鱼'先生,明晚这个时候请你到威尔迪利路 1024 号,那里有你要的东西。"一个深沉的男人的声音传到"章鱼"的耳朵里。

　　"你是谁,怎么知道我家里的电话?""章鱼"顿时觉得毛骨悚然,脊背上凉风直冒。

　　"别问我是谁,去了你就知道了。你要敢不去,脑袋立刻搬家!"电话那头的环境听上去空荡荡的,那深沉的声音还带着回声,仿佛来自于地狱。放下电话,"章鱼"的手掌心里全都是汗。他看了一下时间,正好是午夜子时。

　　在休斯加克路上的一所民宅里,斯蒂芬妮正在擦拭着她那把左轮手枪,她小心而仔细地拆卸、擦拭、安装,然后看了看表,距离午夜子时还有40 分钟。斯蒂芬妮穿上夜行衣,带上暗器,准备向威尔迪利路出发。

　　此时有一个人,正在威尔迪利路上急匆匆地走着,目光不停地扫视着路的左右两侧, 可是他怎么也没有找到电话里那个深沉的声音所说的"1024"号。

　　他找到了"1023"号,这里已经是这条路的尽头,再往前就没有路了,而是一片废墟。一阵风吹过,一股发霉的以及各种腐烂的味道迎面扑来,灌进他的鼻孔里,令他作呕。

　　"那个'1024'号也许是那个人自己写上去的,可能就在废墟的某个地方。"他想到这里,就一手捂着鼻子,磕磕绊绊地向废墟里走去。果然,他在一堵半截的砖墙上面看到了用墨涂上去的"1024 号"。他俯下身,仔细寻找,在一块砖缝里发现了一张纸,他拿出纸,迫不及待地展开,"'章鱼',你的死期到了,这里就是你的地狱!"

　　突然他有一种不详的预感,于是拔出枪,瞪着警觉的眼睛,一边四处巡视,一边向路上跑。刚跑到一堵墙的拐角,一个硬邦邦的东西顶在了他的后脑上。他凭经验判断那是一支黑洞洞的枪口。平生他第一次感到生命终结

斯蒂芬妮

前的恐惧。是的,他再也没有机会感受恐惧了。

"如果你肯让我活着,你要什么我都给你。""章鱼"故作镇静地说。

"你已经没有交换的机会了,对方只要你的命。"一个男人低沉的声音。"章鱼"能分辨得出,这声音不是那个午夜电话里的声音。

"你是谁?英国的间谍吗?既然我已经要死了,就让我明白地死。""章鱼"很不甘心就这样不明不白地死了,虽然他心里清楚,从他踏上间谍这条路的那一天,死于非命是迟早的事,而且每一天都有可能是生命的终点,但是到了真正要离开这个世界的时刻,终究还是恋恋不舍。

"能告诉我为什么吗?"问完这句话,"章鱼"自己都觉得好笑,如果对方是敌人,还用问为什么吗?但是,他不明白的是,既然已经知道了他家里的电话,杀他简直易如反掌,为什么还要把他骗到这荒郊野外呢?

"因为你欠了一条人命,你必须还。"那个低沉的声音说。

"他是谁?""章鱼"急切地问道。

"很抱歉,你去地府里也许能见到他,他会亲自告诉你答案。"随着话音落下,"章鱼"感到脖子上好像被针扎了一下,接着就失去了知觉。

"你怎么会在这里?为什么不让我亲手杀了他?'烟斗'先生,既然你能帮我,你就是懂我的那个人,可是我不明白……"

"从你下了飞机,我就开始帮你打听'章鱼'的下落,我怎么会亲手杀他呢?你怎么一看到他就忘记了'冷静和镇静'?""烟斗"说着,向后退了一步,让匆忙刚过来的斯蒂芬妮走到了倚靠在墙上的"章鱼"面前。

仇人近在咫尺。斯蒂芬妮发现,他不像是死了,倒像是睡着了,她在"章鱼"的脖子上发现了一个针孔,原来他是被"烟斗"给注射了麻醉剂。斯蒂芬妮试图想弄醒他,被"烟斗"拦住。"烟斗"告诉斯蒂芬妮,他之所以赶在斯蒂芬妮之前来到这里麻醉"章鱼",就是要让斯蒂芬妮脱离嫌疑。他是怕"章鱼"在死的时候还留有什么暗示，给调查他死因的人留下线索。如果斯蒂芬妮直接杀了他，通过他的暗示，比如表情、手势，人死了这种姿势僵硬后是很难改变的，调查他死因的人很快就会知道是斯蒂芬妮干的，到那时，斯蒂芬妮就会众口难辨。

望着这个半死的"章鱼"，斯蒂芬妮掏出手枪，刚要开枪，又被"烟斗"拦住了。

"给，用我的。""烟斗"拿过斯蒂芬妮手里的枪，把自己的手枪塞到斯蒂芬妮的手中。

"啪！啪！"苍茫的旷野中两声清脆的枪响，从此世界上再没有"章鱼"这个人。深邃的苍穹里，只有寥寥无几的几颗星星在偷偷地窥视着这个黑夜里的一切，她看不懂，眨着好奇的眼睛，钻到了云层里。

在那间普通的民房里，斯蒂芬妮坐在椅子上，她的眉头有时紧皱，有时舒展。自从杀死了"章鱼"，压在她心底里的那块大石头终于沉入海底。她现在唯一担心的就是她获取的那些情报，是否能够顺利地传递到海军上将的手中，那可是一次决定英国海军生死存亡的海上战役。然而她这种担心似乎显得有点多余，因为那份情报正在安全地传递着。

一辆摩托车疾驰在特罗姆瑟的一条大道上，很快便拐进了一条小巷。骑摩托车的年轻人就是"海军部专属传递处"的卡彭特罗。他下了车，提着一个邮包走进了自己那间隐蔽的办公室。这是他刚从邮电局取回来的，这个邮包的发件地址是普利茅斯。他打开邮包，里面是一个精致的瓷瓶。他取来一大张纸，铺在瓷瓶下面，又找来一把小锤子，毫不犹豫地将瓷瓶打碎。

他小心翼翼地用一把小钳子，将稍大一点的瓷瓶碎片夹到纸的一端，随着瓷瓶碎片的逐渐减少，他越来越仔细地查找着，他连那些细小的碎屑都不放过。终于，他在所剩无几的一小撮瓷瓶的碎屑中，发现了一个很小的

斯蒂芬妮

黑色的塑料卷,他极其小心地夹起塑料卷,吹落上面粘着的瓷片碎屑,冲着阳光照了照,他发现塑料卷外面还有一层油纸包裹着,塑料卷丝毫没有被瓷瓶的碎片所损坏。

"塑料卷里的胶卷应该是完好的。"他想到这里,这才放心地将这个黑色的塑料卷放入已经准备好了的小木盒子里,然后迅速处理掉了那堆瓷瓶碎片。

几个小时后,这个黑色塑料卷里的胶卷被英国海军军部的专家们经过技术处理后,变成了一张张清晰可见的图片。这其中有最让英国海军不知如何对付的那艘"纳斯比尼"号的构造图,还有德国海军最新的作战计划图和作战计划部署,这些情报关乎到英国海军这次海战的生死存亡。

此时在英国海军指挥部的办公室里,海军上将正背着双手焦急地踱来踱去。他一会儿看看墙上的大挂钟,一会儿又看看桌子上的日历。这时,海军少将敲门走进了他的办公室。

"阁下,您要的全部情报都在这里。我们的美女特工真是能干!"海军少将把那些刚变成图片的情报交给了海军上将,并很自豪地夸奖着斯蒂芬妮。这些具体的情况斯蒂芬妮自然不知道。

"好,我们今天夜间就行动,为上次海战雪耻!"海军上将看着"纳斯比尼"号的构造图和德国海军的那份计划图,一个完善的战斗计划已经在他的脑海中酝酿成型,于是,他信心十足地说。

两个星期后的一天,在北冰洋上,随着一声惊天动地的巨响,德国那艘"纳斯比尼"号上的沉重炮塔被掀到了半空,那些被炸飞的碎钢片还在空中飞舞着,舰艇上的一些水兵们便调头向甲板下的舱室奔去,他们还寄希望于那厚实的主装甲板,认为它能保护他们的性命。但这些重磅的炸弹简直是无坚不摧,一颗炸弹钻到了锅炉舱的装甲板上,立刻炸开了一个大洞,主机舱已经进水,舰体迅速倾斜。

接连不断的重磅炸弹在"纳斯比尼"号舰艇上的薄弱部位炸响,舰体继续向下倾斜,继而渐渐下沉。几分钟后,这艘曾令英国海军绞尽脑汁的海上"巨蟒"底朝天趴到了北冰洋的水域里。

几天后,斯蒂芬妮从报纸上看到了这艘"纳斯比尼"号底朝天趴在北冰洋水域里的照片,她的脸上露出了会心的微笑。

父亲的仇终于报了,杀掉"章鱼"的那一瞬间,她仿佛看见了父亲慈祥的脸,然而没能让他回到故土,没能让父母重聚,这是她一生的遗憾。

执行完挪威的任务,斯蒂芬妮准备好好休息一下,她去见了好久没有见面的约翰逊,毕竟他也算是他的情人之一。自从她到了柯尔克拉夫的组织里,她就再也没有和约翰逊见过面,第一是没有时间,第二是没有理由,逢场作戏、过眼云烟,她对约翰逊并没有太多的感情,尽管约翰逊对她有情有义。

而约翰逊越是有情,她就越是不能走进他的生活中。或许是她受到了正义力量的感召,她不想对一些善良的人下手,而这些念头是她与生俱来的,它们不过是被正义唤醒了而已。

当斯蒂芬妮出现在约翰逊的面前,一向风度偏偏的报纸巨头竟然留下了两行泪水。约翰逊越是这样,斯蒂芬妮就越是觉得愧疚。斯蒂芬妮说:"先生,抱歉,我不是值得你珍爱的人,我们以后各走各的路,我不想再给您的生活带来不必要的困扰。"

斯蒂芬妮

"斯蒂芬妮。"约翰逊叫她的名字,斯蒂芬妮抬头,眼神中带着几分不经意。

"这次见你,觉得你改变了很多,是什么?"

"也许是我不再年轻了,我的心态变得淡然了。"斯蒂芬妮微笑着说。

"怎么会呢？你由内而外散发出来的气质更让人着迷了。"约翰逊说着，将自己的身子贴近了斯蒂芬妮。

"以后可能不会常见面了，我有了一份新的工作，总是需要出差。"斯蒂芬妮下意识地躲了躲。

想环抱斯蒂芬妮的约翰逊的手僵在那里，约翰逊摊了摊手，他深深地知道，这个女人如果想走，没有谁可以将她留下，她不是以前的斯蒂芬妮了，在她的内心深处已经有了很大的转变，她不再那么冷酷，反而觉得在她的内心中有一股力量，一种踏实、一种理想，或者是一股热忱。他再也不能用儿女私情将她绊住，再也不能了，那么就放她飞，飞向她想要的生活。

斯蒂芬妮的假期没有那么安稳，她是一个双重间谍，结束了英国给她的任务，在几天之后便收到了一封电报，德国方面又有重要的任务派给她，这次需要她返回到英国。

斯蒂芬妮仍然要继续她那奔波的生活，飞机在天空中腾云驾雾，斯蒂芬妮坐在头等舱里面。头等舱的人不多，他们稀稀疏疏地坐着，斯蒂芬妮的旁边没有人，她总是选择一个清静的位置，这个时候她会让自己放空，这样她就可以什么都不去想，让自己得到彻底的放松。

而在斯蒂芬妮的心里，人在高处，更能体会到人间冷暖。此时的世界正处在水深火热之中，这就是战争的残酷性。所以她希望自己是一个神，站在高处，随便一挥手，就可以让战争平息。这个想法此时不应该出现在她的脑海中，她是理智的人，不应该有这种不切实际的幻想。虽然她历尽波折，磨练出极其坚韧的意志，但是她毕竟还是一个人，而不是万能的神。实际上她也有很多无法办到的事情。她会有那样的想法也是因为在某些时候自己面对一些事情无能为力造成的，只是自己脆弱的内心深处的一种愿望或者说一种寄托罢了。

然而,她的脆弱只允许出现在这一刻,等飞机着了陆,她依然是那个必须无懈可击才能生存下来的女间谍。

　　斯蒂芬妮带着一封加布里埃尔的介绍信来到了一家报社报道。在那里,尽管她想低调,但她实在是太优秀了,以至于她不凡的气质总会在不经意间表露出来,想不给人留下深刻印象都难。

　　她接到了一个新任务,即追踪一名混入德国军队中的英国间谍,代号"和平"。这个任务对于她来说简直轻松得很,她怎么可能真正地去查出"和平"是谁,到时候随便找个人将伪造的一些证据强加在他身上就可以了,除了英国方面,谁会知道"和平"是谁? 和平,和平,这个名字的蕴含意义显而易见,是想马上结束战争,换来和平与安定。只要还能为世界上的人们想一想,有谁不会被这种力量感召呢?

　　就在她抵达德国的第二天,她给柯尔克拉夫发了电报,说加布里埃尔要对付的人是"和平"。柯尔克拉夫回了电报,意思是,希望斯蒂芬妮在德国接受新任务,捣毁托马斯·劳特的军队。而"和平"的事可以任意发挥。斯蒂芬妮懂他的意思,在英国的时候,柯尔克拉夫没少与她磨合,他们之间培养了深深的默契,做起事来犹如百炼的利剑一样无坚不摧。

　　这一天,斯蒂芬妮在休息时喝咖啡,她听到社长在对主管说要派一个人对托马斯·劳特上校进行采访。斯蒂芬妮一想,这个托马斯·劳特不就是柯尔克拉夫让她执行的任务中的主要人物吗? 也说不上是巧合,托马斯·劳特所指挥的军队的胜利,让他出尽了风头,使他由原来默默无闻的小军官一下子展露了头角。他能取得这样的战果,与他出生在军官世家有很大的关系,他的父亲一直把战略战术作为重要的内容让他学习。所以他做了指挥官,也正好让自己的所学有用武之地,终于满足了他的荣誉之心。托马斯·劳特的风光无限,让很多媒体趋之若鹜地想对他进行采访。

斯蒂芬妮

斯蒂芬妮怎么会放过这个机会，她来到社长的办公室，对社长说："我希望我能采访托马斯·劳特，请您给我一个机会。"

"理由？"社长忙着整理他手中的新闻稿。

思考了一下，斯蒂芬妮说道："因为我想证明自己的实力给您看，我刚刚到这里来，难道您不想考验一下我吗？"

社长整理的动作停止了，抬头看看斯蒂芬妮，眼中有种东西在闪烁，"噢，原来是斯蒂芬妮，坐下说。"

斯蒂芬妮没有坐，见社长面露难色，说道："既然有些困难，我也就不为难社长了。"

社长见斯蒂芬妮转身要走，急忙上前阻止道"斯蒂芬妮小姐，我早就看出来你的智慧与能力，除你之外还会有谁更适合呢？"斯蒂芬妮微笑了。

她与人打交道尤其是与男人打交道的能力是一流的，在见托马斯·劳特的第一面的时候，她就让自己的形象在他的脑海里留下了深刻的印象。如斯蒂芬妮计划的一样，在不久之后，托马斯·劳特就向她提出了一同去参加舞会的请求。德国的中上层军官有一个专门供他们消遣的娱乐场所，在那里，有美女，有美酒，有艳舞。托马斯·劳特是一名上校，但是却常常表现出一种斯文的气质，他在认识斯蒂芬妮之前，很少来夜总会这种地方。

斯蒂芬妮给托马斯·劳特的感觉是那种属于上流社会的交际花，他觉得她天生就应该生活在众星捧月之中，所以他试着迎合这个冷艳的女人的所有喜好，希望能够获得她的芳心。事情的发展都在斯蒂芬妮的掌握之中，而托马斯·劳特则是有些失控，渐渐陷入了斯蒂芬妮的温柔陷阱中。斯蒂芬妮看得出这位年轻的军官这次是乱了阵脚，她没想到这个久经沙场的人物竟然会败在一个女人的手里。斯蒂芬妮的态度越是不冷不热，就越是让托马斯·劳特感到手足无措。托马斯·劳特就这样让斯蒂芬妮牵着鼻子走。

斯蒂芬妮将加布里埃尔交给他的任务放置在了一边。因为这次的任务是在德国，为了避免节外生枝，加布里埃尔没有派给她后方援助，也就是说，她是孤军作战。她这次的行动代号叫作"鱼饵"，然而她也是英国方面派去德国的头号杀伤武器"香水"。面对双重身份，斯蒂芬妮有着双重的压力。

与托马斯·劳特的关系正在逐步升温。斯蒂芬妮感觉到是时候了，于是她逐渐改变了对托马斯·劳特的态度，将自己带有着女性温柔的一面表现了出来。没过多久，斯蒂芬妮就住进了托马斯·劳特的办公室。两个人几乎每天都要见上一面，这也让斯蒂芬妮能够更好地了解到他在做什么。但是这个不争气的军官自从认识了斯蒂芬妮，就把军队的事情给搁置到了一边，这让斯蒂芬妮的心里十分着急，她觉得这样不是办法，必须让他做些事情，否则自己无从下手。

面对这样的情况，斯蒂芬妮的解决办法很简单。在一些舞会上，斯蒂芬妮开始结交一些有权势的军官，而这些举动在托马斯·劳特在场的时候毫不避讳，甚至更加肆无忌惮。托马斯·劳特压抑着心中的熊熊烈火，不敢上前阻止，生怕两个人因为这件事吵架，那样不仅会导致两个人分手，还有可能给自己的前途造成障碍，斯蒂芬妮就是吃定了他这一点才和那些比他级别更高的军官打交道。他不知道这个女人的心里到底在想什么。

终于，斯蒂芬妮和陆军上将布莱克的种种行为让托马斯·劳特再也看不过去了，等到舞会结束，他怒不可遏，硬生生地就把斯蒂芬妮拉到了车上，想听她的理由。斯蒂芬妮对托马斯·劳特说，她不喜欢一个男人没有自己的事业，只有在事业上取得成功的人才能让她放心地嫁给他。

听斯蒂芬妮这样讲，托马斯·劳特心花怒放，他从没有想过斯蒂芬妮会愿意嫁给他，原来这个女人虽然表面上不冷不热，可内心比男人们考虑得还要多，但同时也深深地觉得自己在这段时间里的确是荒废了军队的事

斯
蒂
芬
妮

情,虽然战斗还在进行着,自己却把所有的军权都交给了心腹,然后拥得美人在身边。他还因为斯蒂芬妮这样真挚的感情深深地被感动了,以为斯蒂芬妮对他爱之深、责之切,全然不知斯蒂芬妮竟然要在他晋升的道路上动一动手脚,致使他跌入深谷之中。

托马斯·劳特有一个好朋友,这个人就是尼古拉斯。他是德国间谍小组"神之队"的领导人物,见到托马斯·劳特因为一个女人弄得神不守舍,失去了作为一个军队指挥原有的冷静,他有些担心。因此,尼古拉斯想见一见这个女人。

三个人的聚会就安排在托马斯·劳特的办公室里,那里很大,托马斯·劳特叫了饭店里的菜,加上鸡尾酒,足够三个人美美用上一餐。但是这三个人当中,也只有托马斯·劳特是最高兴的,一边是自己的朋友,而另一边就是自己最爱的女人。可是斯蒂芬妮和尼古拉斯两个人确是笑里藏刀,彼此看对方不太顺眼。斯蒂芬妮早就知道了尼古拉斯的身份,是她真正意义上的敌人;而尼古拉斯并不了解斯蒂芬妮,因为她所服务的组织不在尼古拉斯的管辖内。尽管看惯了那些间谍们的狡猾眼神,但是尼古拉斯的那双眼睛尤其让她感到不舒服。而尼古拉斯亦然,看着自己的朋友亲手为斯蒂芬妮切牛排,他就觉得这下完了。但是表面上尼古拉斯和斯蒂芬妮还是没有什么明显敌对的表现,沉默之中有一股硝烟在蔓延,呛得人快要窒息。

尼古拉斯的眼神明显是在告诉斯蒂芬妮,无论你是谁,千万不要惹我们;而斯蒂芬妮的行为也在告诉尼古拉斯,是他这个多管闲事的老头实在太碍事了。

后来,尼古拉斯不止一次提醒托马斯·劳特,要对斯蒂芬妮这个女人小心。他表示自己正在查她,并怀疑她是一个间谍。托马斯·劳特对此则是不以为然,还说军官和间谍在一起很正常,一个在明处为国家战斗,一个在暗处进行支援,目标一致又很合拍。尼古拉斯当时就头痛了,觉得这个人真是无药可救了,就更加对斯蒂芬妮紧紧提防了。

终于,托马斯·劳特有了立功的机会,他被委托运送一批军用物品,一开始他并不知道是军火,而斯蒂芬妮则是在这时观察着他的动向。几天没见的托马斯·劳特回来了,斯蒂芬妮则是心如明镜,知道他是去完成什么任务去了。

斯蒂芬妮没有轻举妄动,只是关切地问托马斯·劳特,为什么一走就是几天,连声招呼也没有打?托马斯·劳特说他是给军队办点事情,因为情况有些紧急,那天必须马上动身,所以没有告诉任何人。斯蒂芬妮自然知道这不是因为情况紧急,而是这件事情必须密不透风。

"好累,我好几天没有洗澡,身上很脏,我去洗个澡。"

斯蒂芬妮点头。托马斯·劳特将军装一件一件脱下,放在了衣架上,然后走进了浴室,浴室的门被关上,里面响起了"哗啦哗啦"的水声。

军衣上满是灰尘,斯蒂芬妮看了看,将手伸进了托马斯·劳特的衣服。翻了一会儿之后,她发现上衣里面什么都没有,她把裤子也翻了个遍,依旧没有找到什么有用的东西。斯蒂芬妮想了想,猛然间看见他的帽子挂在衣架之上,斯蒂芬妮拿起了帽子,果然,这个帽子的帽里子有着夹层,斯蒂芬妮将夹层扯开,从里面取出一张纸,打开一看是一张地图。地图的起点是托马斯·劳特的军部,终点是柏林郊区的边境地带。经过计算,如果抄近路从这幅图上的起点走到终点,往返最多不超过两天。而他们选择的路线是最远的,这是为什么呢?斯蒂芬妮只想到一个原因,那就是他们所要运输的货物是极为隐秘的。这样事情就有意思了,斯蒂芬妮决定查下去。

她凭借自己超强记忆力,将图纸上的路线记了下来,然后把图纸放回原处,将帽子挂了起来。

斯蒂芬妮

　　5分钟过后,托马斯·劳特从浴室中走了出来,看见斯蒂芬妮正在房间的写字桌上画着什么,看起来十分认真。托马斯·劳特十分享受这个画面,他觉得像斯蒂芬妮这样既有美貌又有智慧还很善良的女人简直是稀世珍宝,于是她没有打扰斯蒂芬妮,而是静悄悄地走到她的后面,注视着她。斯蒂芬妮猛一回头,发现托马斯·劳特正站在自己的身后,而自己的手中正是画了一半的图纸。"在画什么?"托马斯·劳特微笑着问。

　　斯蒂芬妮努力平定一下内心,意识到刚刚应该是自己的长发掩盖住了图纸,所以托马斯·劳特应该是什么都没有看到。她马上站了起来,用自己的后背挡住了图纸,然后用温柔的眼睛看着托马斯·劳特,一瞬间,托马斯·劳特只感到嘴唇传来触电般的酥麻感觉,整个人就不受控制了,他忘情地抱住了斯蒂芬妮,两个人热吻了起来。斯蒂芬妮趁机用右手将图纸揉作一团,扔进了纸篓。

　　激情过后,斯蒂芬妮凭靠着自己的印象,画了一幅地图。

　　随后斯蒂芬妮就向社长提出了出差的要求,她说她想尝试一下以"战争中德国郊区人生活状况"为题写一篇报道,社长很赏识她的想法,便同意给她这次机会。

　　斯蒂芬妮一身便装,带了照相机、望远镜、手枪、炸药,还有水和食物等必备的生活物品。她已经请示过柯尔克拉夫,决定孤身一人完成这项任务。在出发的前一天,她对比着托马斯·劳特的图纸,在按照柏林地图上找到了一条到达目的地的捷径,因此她用不上两天的时间就到达了那里。

　　斯蒂芬妮看到了城郊人们的房屋,她想象不到托马斯·劳特所隐藏的物品是什么,因此她只能毫无目的地走着,希望能发现什么有用的线索。就这样,她不停地走着,直到太阳落山,她发现了一排整整齐齐的房子。这些房子虽然大小不一,但是却十分整齐,在正中央的一个大房子里偶尔会有几个人走出来,因为距离不是很近,所以看不清他们穿着什么样的衣服,而房子上面一排的字也看不清楚。

斯蒂芬妮恰好想起自己的身上带了微型望远镜,于是通过望远镜观察。她发现,那些出出入入的人有的穿着西装,但大多数还是穿着工人的衣服。最中央的房子上面有几个烫金的大字,斯蒂芬妮定睛一看,原来是一家玻璃厂。接着他细数了一下房屋的数量,整个工厂一共有 26 间。前面的几排房子有 10 多间,大小相差无几,但后面的 10 多间明显比前面的一排要大得多,几乎是前面的两倍。而有一些工人正在向那 10 多个房屋里面运输东西。观察了三四个小时,斯蒂芬妮发现,工人们分别将成品送往各个仓库。斯蒂芬妮注意到,直到傍晚,6 号仓库的门也没有被人打开过,这让她十分怀疑。

时间转眼间就到了晚上,当月光照射在远郊的工厂,斯蒂芬妮感到一阵饥饿,她啃了几片面包就开始了她的行动。此时,斯蒂芬妮没有半点紧张,反而有一丝兴奋,这次任务像是一次探险,充满着神秘与刺激。在英国间谍组织里,斯蒂芬妮受到了很大的尊重,她有很多自主权,这不仅仅因为她和柯尔克拉夫的关系,还因为组织在本质上的不同,他们的共同目的是和平,是让人更好地生活,多了那么一丝人情味,尽管不是很多,但仍然让特工们感到了被尊重的人性化感觉。所以,尽管忍受着郊外的风吹和饥寒,斯蒂芬妮仍然全身充满力量,那是一种正义的力量,从而让她毫无畏惧。

当斯蒂芬妮闯进了工厂,绕过仓库,她却发现事情远没有她想象的那么轻松,尽管晚上真正的工人们都下班了,但是他们有强大的军队在把守着。表面上,那些正坐在生产车间聊天的人们穿着工人的衣服,但实际上,从他们的气质、走路的动作就可以看得出,他们是军人,这就更让斯蒂芬妮没有疑问了。只是自己要加倍小心,一定不要命丧于此。

斯蒂芬妮

这时有人出来了,走到墙角方便,斯蒂芬妮悄悄走到他的后面,举起了无声手枪,将那个人射杀。然后,斯蒂芬妮换上那个人的衣服,潜入到6号仓库的附近。

由于6号仓库是密封着的,斯蒂芬妮并没有办法确认里面装的到底是什么,还在犹豫的时候,只听有两个德国军人出来了。斯蒂芬妮立即躲到了临近的5号仓库的后面。

其中一人开口了:"他是不是到这边来了?"

"没问题的,等会儿,先让我抽支烟,忍了好久了。"斯蒂芬妮隐约看见那人开始拿起打火机,准备点燃口中的香烟。

这时只见另一个人马上冲了上来,夺过了打火机就将火给灭了。

他一边看着6号仓库一边严肃地说:"你忘记了吗?上校吩咐我们千万不要在这里使用明火,万一真的爆炸了,这个责任你能担得起吗?"

不用想也知道了,他们口中的上校先生正是托马斯·劳特,而这6号仓库里面的东西,就是极有可能引起爆炸的军火库,否则一个小小的工厂,为什么要有这么多重兵把守着,就连夜里也不能休息,足见这货物的重要性。

两个人没有找到他们想要找的人,待了一会儿就回去了,机会来了。斯蒂芬妮打开自己的背包,从里面拿出了用导火线连着的炸弹,成串的炸弹被斯蒂芬妮围着6号仓库放了一圈。

午夜12点左右,夜静得像一潭死水,军士们都快忍不住困意险些昏昏睡去的时候,只听"轰"的一声巨响,所有人困意全消,顿时乱作一团。领头的军官头上直流汗,指挥大家来到6号仓库的前面,查明爆炸的原因。

刚刚出现在6号仓库前的两个人顿时腿都打了哆嗦,就差一点没有尿裤子。想吸烟的那个说:"我确定我还没有把烟点着。"另一个说:"我要你别抽吧,这下事情麻烦了。"

等到那群人冲到军火库的前面,6号仓库正被浓浓的烟雾缭绕着,那些枪支被坍塌的瓦砾压着,像是在可怜兮兮地向众军哭诉,领头发现了墙边炸药的残骸,怒不可遏。这个时候反倒是那两个紧张得快尿裤子的人松了一口气,心想还好,并不是我们的责任。

趁着夜色,斯蒂芬妮用力地跑着,尽快逃离了那个工厂,她从工厂的后门跑了出去,直奔居民区。但天色这么晚了,她不能投宿到别人家,只能在一家人的柴草堆里过夜。

躺在厚厚的柴草上,才注意到原来这一天并不是阴天,天上的星星一眨一眨的,是那么美,皎洁的月亮终于展示出她圆圆的脸庞,光洁得没有一丝杂质。斯蒂芬妮好久没有享受这般静谧了,她闭上眼睛,感受温柔的月光在她的脸颊上轻拂,像父母的双手一同呵护着自己的女儿。睡吧,睡吧!希望在梦里有一个温暖的家,见到母亲,也见到父亲。

一觉醒来,斯蒂芬妮发现自己在柴草堆里,但这一觉睡得十分香甜,醒来之后十分清爽,她低下头发现自己还穿着军士的衣服,才猛然想起自己的衣服还在被炸工厂的一个角落里,而这个时候如果回去分明就是自寻死路,不过好在那件衣服她只有在执行任务的时候才穿,被认出来的可能性很小。由于当时情况很紧急,她的手稿也跟着衣服落在了那里。想到这儿她不由得有些焦虑。她转念一想,负责这件事情的人是托马斯·劳特,心里的紧张也就减少了几分,因为她太了解他了,知道应该怎么对付他。

两天后,斯蒂芬妮做完采访从郊区回到托马斯·劳特的住处,可他却不在。问了一下守卫,才知道,这次托马斯·劳特的上级给了他很大的惩罚,把他关进了监狱。这样,斯蒂芬妮的目的达到了。

可令斯蒂芬妮没想到的是,尼古拉斯巧妙地将托马斯·劳特救了出来,两个人开始调查爆炸事件。明知道已经被尼古拉斯怀疑了,斯蒂芬妮还是

斯蒂芬妮

回到了托马斯·劳特的身边。斯蒂芬妮原以为托马斯·劳特就此被击垮了，不会再翻身了，可没想到，他竟然凭靠着朋友出来了，而且毫无损伤，这样，斯蒂芬妮的任务还将要继续下去，所以，她冒着风险回来了，最危险的地方就是最安全的地方。

看见斯蒂芬妮出现在托马斯·劳特的办公室，让正在商讨如何抓住爆炸事件主犯的尼古拉斯和托马斯·劳特两个人目瞪口呆。斯蒂芬妮不顾两个人吃惊的表情，上前与久别的托马斯·劳特亲热起来。而托马斯·劳特也因为斯蒂芬妮的突然回来感到高兴，尼古拉斯则是在一旁无奈地摇着头，但在斯蒂芬妮面前他也没说什么。

几天没有见面，托马斯·劳特和斯蒂芬妮的关系反倒关系更亲密了，这让尼古拉斯看在眼里、急在心上。为了规劝好友，他趁着和托马斯·劳特独处的机会悄悄对托马斯·劳特说："这个女人突然消失，又突然出现，难道你不觉得可疑吗？"但是此时托马斯·劳特的心思已经完全飞到斯蒂芬妮那里去了，仍旧执迷不悟，斩钉截铁地对尼古拉斯说："不，绝对不是她。"

尼古拉斯眯缝了一下双眼："你就这么不相信我？"

托马斯·劳特一听到这个字眼就有些激动，说道："你们都是我最重要的人，我不想失去任何一个。"

"那你就该相信我，她炸掉你的军火库的时候有想到你吗？你被关进了监狱她有看过你吗？"尼古拉斯怒斥道。

"不可能是她，总之我是不会相信的！"托马斯·劳特没有反驳，他拿出了出身军人世家固有的骄傲，甚至在内心嘲笑这位只会在背后算计别人的朋友，他不想再和尼古拉斯讨论这个话题了。

为了查明导致爆炸发生的元凶，也是为了还斯蒂芬妮一个清白，托马斯·劳特坚持要和尼古拉斯一起到郊外查案。见到了 6 号仓库被炸得惨不忍睹,托马斯·劳特胸腔的怒火燃烧了起来。但是,他意想不到的是,在查现场的时候,他发现了一件衣服和一具尸体。翻开衣服,他发现了斯蒂芬妮遗落的手稿。面对摆在眼前的事实,他的心脏被猛烈地撞击了。这笔迹他见过,他把手稿悄悄地塞进了自己的口袋,和尼古拉斯说他没有发现任何线索。他之所以这么做,是因为如果真的是斯蒂芬妮干的,他会亲自抓住她,让她讲清楚这到底是怎么回事。

回到了自己的工作地点,斯蒂芬妮刚好在休息,见他回来了,上前接过他的拎包,微笑着问去了哪里。托马斯·劳特看了她半天没有做声,斯蒂芬妮觉得托马斯·劳特有些不对劲,这个时候她通常不会再问,而是等着他把事情说出来。她了解,他是不知道如何开口,想找一个能让两个人都接受的理由。但是,他还是没有办法拐弯抹角,正如他对斯蒂芬妮的感情,是那样的直截了当。"爆炸的那天你在干什么?"

没有惊讶,斯蒂芬妮早已为这一天做好了准备。"发现我的东西了?我是爆炸的第二天去的那里。"

"那么手稿是你的,衣服也是你的了?"

"是呀,本来我是想查看一下那里的状况,但没想到这件事情十分复杂,所以更不能报道出去。但是,作为德国特工组织的一员,还是有责任将整件事情查清楚。"

"那么也就是说,你是特工?所以手稿是你偷的,人是你杀的?"

"手稿是组织里的人给我的,我不知道他们是从哪里搞的,我们知道这次行动跟'神之队'有关,我也知道你和尼古拉斯的关系,我们的组织和尼古拉斯是对立的,现在你明白了吗?但爆炸绝对不是我做的,如果你怀疑我,也可以把我抓起来审问。"斯蒂芬妮心平气和,把事情说得似乎跟自己毫无关系。

斯蒂芬妮

"你以为我真的会抓你吗？你就是吃定了我不会那样做。那么，请给我一个理由，你为什么会出现在那儿，让自己处于危险当中？"

"我去采访，结果听见了爆炸，我作为一名记者兼德国特工，一定要知道究竟发生了什么，所以我在爆炸的第二天去了现场，当时是傍晚，我没有注意脚下，被一个东西绊倒了，整个人倒在了死者身上，我觉得很恶心，就把那件衣服扔掉了。"

"那么你为什么做特工？"托马斯·劳特看了看斯蒂芬妮。

盯着托马斯·劳特看了半天，斯蒂芬妮微笑了一下："接近你？你以为我接近你是有目的的？好吧，既然你这么认为，我现在就离开你，你现在安全了。"说着斯蒂芬妮就向外走。托马斯·劳特一把拽住了斯蒂芬妮："我相信你，我不会和尼古拉斯说，我不想失去你们两个中任何一个。"

"真的？"斯蒂芬妮的眼中含着泪水，与托马斯·劳特深情对望。

"再给我点时间，我一定会做出最辉煌的成绩，将盟军的人全部杀光，等我们占领了这个世界，那个时候你再也不用冒险了，我会让你过上最幸福、最安逸的生活。"

对爱人的眷顾，最终还是战胜了理智。托马斯没能认清楚斯蒂芬妮的真面目，也最终让他走上了绝路。而斯蒂芬妮也并不是完全没有被他的信任所感动，她觉得托马斯·劳特本来是一个善良的人，可惜从小受到德国军人那一套思想的影响，以至于以战斗胜利作为一个人成功与否的标准，洗脑根深蒂固，自己如果放过他，就等于杀掉了盟军千千万万个生命。

斯蒂芬妮并没有掩饰自己间谍的身份，她在托马斯·劳特的面前毫无防备，托马斯·劳特也没有多想，只当她完成了任务之后便可以和他双宿双飞，以为他们之间的关系亲密到彼此之间没有秘密，殊不知在斯蒂芬妮的内心潜藏着更大的秘密。

托马斯·劳特和尼古拉斯怎么会想到,她居然是双重间谍。尼古拉斯也曾在斯蒂芬妮居住的地方安插进了自己的人,是一名女仆,但那个女仆查到的也就只有斯蒂芬妮和艾伯特的情人关系,同样是一名德国间谍,在没有确认斯蒂芬妮对"神之队"做出什么不利的事情之前,尼古拉斯还不想对斯蒂芬妮动手,她对女仆下令,说时刻注意斯蒂芬妮的动向,万一出现什么异常,一定要向他汇报。但是,那个女仆的身份早就被斯蒂芬妮识破了,所以,斯蒂芬妮和艾伯特之间的联系几乎可以被女仆掌握,就在那个女仆为了获得所谓有利情报而感到沾沾自喜的时候,斯蒂芬妮却在和英国方面保持着联系。这些是女仆和尼古拉斯无论如何都没有想到的,艾伯特只是一个幌子。

但是那段时间,托马斯·劳特总是做着关于斯蒂芬妮的梦,在梦中她变成各种形象、各种身份,对他表现出各种态度,忽冷忽热。梦醒之后,托马斯·劳特想,原来叱咤风云的一代武将竟然也会英雄难过美人关,他自嘲着,觉得应该是自己太担心她做那样的工作而太害怕失去她了。

托马斯·劳特频频带斯蒂芬妮到夜总会那样的场合讨好她,斯蒂芬妮也没有让托马斯·劳特失望,她身着一袭淡紫色长裙,用各种首饰把自己打扮得金光灿灿,像女神一样在舞台上舞蹈着,让在场的所有男人为之倾倒。在旁人艳羡的目光中,托马斯获得了些许安慰。而更让他感到高兴的是,没过多久,自己就有了戴罪立功的机会,他奉命制定正面战场的"B计划"并组织实施。但是他想象不到的是,这个任务却成为了把他彻底送入绝望的最终旅程。

任务制定完成的当天晚上,斯蒂芬妮精心筹备了烛光晚餐,做了很多菜,和托马斯·劳特喝了好多酒,但谁知他不胜酒力,竟然睡了过去。这一切都是斯蒂芬妮事先计划好的,她借助酒力药剂的帮助,用催眠的方式问"B

斯蒂芬妮

计划"到底是怎样的一个计划,斯蒂芬妮想通过催眠术从托马斯·劳特的口中得到关于"B计划"的情报,还没等开始,出现了一个小插曲,这个小插曲差点扰乱了她的计划。沉睡中的托马斯·劳特竟然叫了斯蒂芬妮的名字好几次,斯蒂芬妮差一点就心软了,她犹豫了。经过了一番挣扎之后,斯蒂芬妮终于想清楚,为了和平,她不得不将他击溃,因为他指挥德军杀死盟军数万名士兵的时候,从来也没有同情。

有了这样的事情,"B计划"焉有不败之理。等到托马斯上校迎来战败消息之后,斯蒂芬妮也真的走了,托马斯·劳特这一次彻底变得一无所有,他崩溃了。为朋友的遭遇痛心不已的尼古拉斯去了斯蒂芬妮所在的报社想要揪她回来,但是发现根本就找不到她,报社里斯蒂芬妮登记的员工资料也模糊不清,她已经从他们的视野里彻底蒸发了。

经过两次重创之后,托马斯·劳特终于明白了,自己的遭遇都与过去身边的那个女人有关,他把从认识斯蒂芬妮以来所发生的一切,尤其是爆炸那次斯蒂芬妮向他坦白的事情,全部告诉给了尼古拉斯。经过仔细的分析,尼古拉斯可以确认,斯蒂芬妮是他的死对头艾伯特那边的人,但是从她的目的上看,她所做的事情最终得益的只有盟国,她要对付的不光是"神之队",而是整个德国。也就是说,她真正服务的是盟军,她是个双重间谍。

尼古拉斯调动了大量人手对斯蒂芬妮进行搜捕,发誓一定要把这个女人抓回来,狠狠地折磨,为他的朋友报仇。但是她就像人间蒸发了一样,无法找到一点踪迹。唯一可以确认的是,她的真正代号是"香水"。

两个月了,战争几乎接近了尾声,德军的大势已去。德国有先见的军官预测到如果战争失败,很多武装一定会被瓦解,于是他们开始秘密蓄积力量。托马斯·劳特虽然自己领导的一部分军队已经战败,但是他投靠了布拉德利,布拉德利一向很赏识他,也很同情他的处境,托马斯·劳特经历了几

次不幸,但是也算是幸运的,因为总是有贵人相助,例如尼古拉斯,例如布拉德利。布拉德利接到上级的指示,准备将战争中受伤的兵将集中到一起,蓄积力量。同时,在托马斯·劳特的帮助下,他们秘密进行征兵,万一失败,他们将进行最有力的反击。

毁掉了托马斯·劳特的"B计划"之后,斯蒂芬妮辞掉了报社的工作。她给托马斯·劳特留了一封信,她在信中说自己去了国外,但实际上她是回了英国一次,和柯尔克拉夫见了面。柯尔克拉夫夸奖她这次任务完成得很好。与此同时,柯尔克拉夫交给了她另外一个任务,并告知她这有可能是她的最后一个任务。斯蒂芬妮听了之后十分兴奋,眼睛闪闪发光,并问柯尔克拉夫,战争是不是马上就要结束了?柯尔克拉夫并没有从正面回答这个问题,只告诉她这个任务一定要好好地完成,斯蒂芬妮信誓旦旦地向柯尔克拉夫下了保证。

尼古拉斯仍然没有查到"斯蒂芬妮"的下落。本以为她不会再出现了,没想到事情忽然就有了眉目,他们的一份秘密文件意外失窃了,伴随着文件的失窃,他们的将军布拉德利也意外失踪。

经过搜查,尼古拉斯在地下的文件库找到了布拉德利,此时的他已经身亡,在布拉德利的后脑勺处只有一处如针孔那么大的细小伤口,看得出是行家手法的近距离杀人,而再进一步的检查中,尼古拉斯在布拉德利的指甲缝里发现了一颗衣服上装饰用的亮片。尼古拉斯总觉得这亮片很熟悉,但是觉得也没有什么稀奇。

尼古拉斯调查当时在场的守卫,守卫们异口同声地说,他们没有任何人看到来的人是谁,只感觉到一阵浓浓的香气,而醒来的时候发现保险柜被打开了,而布拉德利则躺在了地上。又是"香水"!尼古拉斯肯定,这个拿走文件又杀死布拉德利的人,就是神秘的"香水"。那块亮片成为了最为有

斯蒂芬妮

利的证据,他回去将整件事情告诉给托马斯·劳特,他才终于可以确认,斯蒂芬妮就是"香水",因为这亮片是斯蒂芬妮的衣服上的。托马斯·劳特想,看来她还没有走,她的出现是为了给我们最后一击!

事情到了这个地步,尼古拉斯在想要不要将斯蒂芬妮的真实身份告知他的对头艾伯特,他想了想,区区一个女人,如果还要依靠对手来抓,岂不是失了面子,灭了自己的威风? 更何况就算是他好心告诉艾伯特说斯蒂芬妮其实就是英国特工"香水",他会信吗? 他会认为"神之队"是在诬蔑他们的良将,挑起他们内部的斗争。所以在艾伯特那里,斯蒂芬妮仍然是他们的优秀特工。

伪造了布拉德利的文件,斯蒂芬妮向艾伯特交代,他其实就是"和平",与此同时,斯蒂芬妮将关于布拉德利的秘密军事基地的文件交给了英国,后来,这批军队也被盟军的特种部队秘密解决了。斯蒂芬妮可以说是双丰收,因此她得到了英国和德国的大笔酬金,从此退隐,销声匿迹了。英、德两方面都在寻找她的踪迹,但最终都以全无收获而不了了之。

多年之后的一个下午,在奥地利境内多瑙河畔,和煦的阳光柔柔地轻抚着河水,空气充满着滋润,清新而自然。从远处跑来了一群孩子,他们嬉戏着,享受着自然的气息,感受着生活的美妙。这群孩子的旁边,伫立着一个老妇,要不是近看,几乎看不出她已经年过六旬,她身材高挑,鼻子泛着光亮,神态淡然,有着一种独特的气质。看见孩子们跑了过来,她的眼神中迸射出逼人的神采。她闭上眼睛,思绪一下子回到了1945年。

那一年,"香水"——斯蒂芬妮完成了任务,领到了一大笔酬金,得到了柯尔克拉夫的允许,退出了组织。因为听到德国投降后很可能会使维也纳受到盟军的控制,于是她想,该回家了。化妆后的斯蒂芬妮回到了维也纳,见到了她的母亲,母亲因为对女儿斯蒂芬妮的思念老了很多,母女相见,自然是喜泪交加。她将在英国见到了父亲的事情以及父亲的死讯告诉了母亲，母亲的牵念终于放下了，只是她隐去了父亲和间谍组织有牵扯的那一部分。死者已矣，只是遗憾没有让父母再见上一面。

她带着母亲离开了维也纳，去了美国，在那里，她和一名新闻记者结了婚，过着平凡而幸福的生活。

25 年后，得了绝症的斯蒂芬妮再次回到了维也纳，那个时候，维也纳早已在 1955 年宣布了独立，她想在那里度过最后的岁月，她在多瑙河畔附近生活，陪伴她的是她的孙女。她常常站在多瑙河畔，或许是即将走到生命的尽头，她总是想起以前的事情。

她的一生出现了几个男人，但是她真正爱过的就只有蒙茨和后来的丈夫。然而蒙茨是一个恶魔，不值得她爱。而约翰逊、托马斯·劳特都不过是在自己执行任务中出现的人，他们无辜地被利用，对自己献出真爱，然而作为特工，如果在任务中动了情，不但会导致任务的失败，还会葬送了自己的性命。所以她对他们抱着愧疚，又不得不矛盾地将他们作为自己手中的棋子，甚至对他们进行伤害。所以，她渴望一份安静，在美国，她选择了最平常的生活，她选择了并不出众的丈夫，与他度过一生。丈夫比她先离开了这个世界，她没有哭泣，仿佛已经知道了，在不久，她也将随他而去。

人对自己的未来是难以预测的，斯蒂芬妮患了癌症，她没有怨恨上天的不公，如果她比别人短命，那是注定的，是她的血债得以偿还的时候了，而她为了和平所做的一切，都将作为她人生中最有价值的东西陪着她一起埋葬在多瑙河岸……

斯蒂芬妮

欧陆长空情仇记

——为爱而生而死的奥古斯丁

　　历史的镜头推回到 1941 年 9 月 18 日，一架英国皇家空军的飓风战斗机在演习时脱离了队伍，电台中随即传来了呼救的声音，但当人们赶往飞机所在处，却什么都没有找到，这架飞机就此别认为是坠毁在海中。然而，半个多世纪过去以后，它却出现在了一张 1941 年拍摄的德国空军老照片上，涂着德军的徽章，周边和它一起等待起飞的也是德国飞机。这件事，引起了人们的广泛猜测，一切谜团，都集中在了它的捷克籍驾驶员奥古斯丁·普热乌奇尔的身上。

　　真相像一座漂浮在史海之中的冰山，然而人们只看到了冰山顶端的一角，隐藏在水面之下的远远不是人们所能想象的。

　　童年本该是一个人最美好的记忆，然而，对于生活在捷克的奥古斯丁·普热乌奇尔来说，童年并不美妙。他的家世背景尚算显赫，但是他的家庭成员中没有父亲这个角色，专横跋扈的外祖父，唯唯诺诺的母亲，让他的生活始终处于一种被严厉支配的状态之下。无论在哪一方面，他都没有太多的自由可言。不过，在这种备受压抑的环境下，他也有着自己的情感天地。

　　在一同长大的孩童伙伴当中，有一位名叫伊万娜的姑娘，和奥古斯丁自小开始就一直非常要好。调皮而略带叛逆的奥古斯丁和比较文静的伊万娜之间似乎有一种天然的默契，尽管有着男孩、女孩之间性格差异的存在，然而他们却总能很自然地玩耍到一起去。这让奥古斯丁从小就对这个姑娘抱有一种特别的情感。不过到了上中学的年纪之后，奥古斯丁在家人的安排下被送入了城市里面的一所初中就读。在这里，他认识了另一位名叫艾茵卡的小姑娘。

与在乡下长大的单纯朴实的伊万娜不同，艾茵卡很有主见，做事态度认真端正，两个人相处了三年的时间，在情窦初开的年代彼此产生了好感，终于，在毕业前，两个孩子向对方坦承了内心的喜爱。然而无奈的是，刚刚确认这份关系之后，等待着他们的又是另一次的别离。初中毕业后，奥古斯丁被家人送往了一处飞行学校。临近分别，奥古斯丁和艾茵卡彼此许下愿望，在将来一定要彼此再次见面。然而，就在他完成空军学院的学习并在学校里开始担任教员之后，一次外出时，与这位许久未曾见面的爱人的偶遇却让他听闻了一个无论如何也没有想到的消息：艾茵卡已经与一位名叫莱因哈特的人结婚了。

难过之极的奥古斯丁告别了艾茵卡，但也许是因为旧情难了，两人之间私下一直保持着联系。恰在此时，纳粹德国开始了对东欧地区的征服行动。捷克全境很快落入敌手。奥古斯丁被迫来到了波兰参加了那里的空军而在波兰沦陷之后，因为不愿意为德国人卖命，也不愿意束手待毙，在艾茵卡的建议下，奥古斯丁赶在德军占领自己所在的机场前，偷偷驾驶着自己在波兰空军使用的一架飞机投奔了英国。

在当时，为了防止纳粹间谍混进己方境内，英国对他们这种外国飞行员有着森严的等级制度和内部调查手段，奥古斯丁的飞机被没收，人也受到了监视。不过，这种情况并没有持续非常久的时间。一位在捷克认识他、现在在英国政府部门工作的朋友为他在军队面前出面说情，很快就被以外籍飞行团一员的身份编入了英国空军担任飞行员，经过整编和短期培训，

奥古斯丁

驾驶英国的飞机开始准备与德国人交战。

在加入英国空军不久，英法联军就迎来了大败，数年前发生在波兰和捷克的一幕再度重演，法国终于也变成了德国人的囊中之物。因为在敦刻尔克空战中过于劳累，奥古斯丁得了病，不得不请假回家休息。在此期间，上次和乔布斯一同送信给自己的一位名叫罗伯特的人突然上门拜访了自己。他告诉奥古斯丁，自己和乔布斯一样，都是为奥古斯丁的父亲工作的。他们虽然都是德国人，但是并不赞同希特勒的政治主张，因此希望能够以帮助英、法打击希特勒疯狂侵略的方式来逼迫他下台，让德国走上另一条执政轨迹。奥古斯丁一时难以置信，但罗伯特非常健谈，说服了他跟随他们一起行动。临走时，罗伯特交给了他一个十字架信物，告诉他，务必要将这个代为转交到一位在法国的瑟堡郊区红顶大教堂的神甫手中，并从他那里收回几封重要的信件。因为法国已经被德国占领，罗伯特特别叮嘱奥古斯丁，如有万一，这些信件宁可销毁也绝不能落到德国人手里。

按照罗伯特所说的，奥古斯丁将十字架送到了神甫那里。但是神甫将信交给他的时候，表情很奇怪，这引起了奥古斯丁的怀疑，他偷偷打开，才发现这竟然是一封从首相官邸发往美国白宫的特殊的秘密公函，英国首相丘吉尔在信中向美国总统罗斯福透露，目前因为连续作战，英国的财政资源已经支撑不了多久，他希望美国能绕开法案的约束，以租赁赊贷武器和物资的形式提供帮助，这是一封标准的求救信。而在第二封信中，则是考文垂遭受轰炸后，丘吉尔向罗斯福讲述英国困境的信件。

当时，在德国空军夜袭后，建筑物严重毁坏，一夜之间数万人无家可归。炮弹产生的大火无法得到控制，无奈伦敦市民只能自己站在屋顶上充当消防队员，不间断地瞭望无法控制的大火，防止人员伤亡。德国漫无目的地投放炸弹，军方无法预测炸弹落点，就连医院也受到敌人的轰炸。考文垂基本已经被夷为平地,在短时期内,一切活动都无法继续。这些骇人的战果似乎是德国空军在发泄不列颠之战中屡次受挫而积压的情绪。为了给英国人民造成恐慌,柏林的宣传员甚至吹嘘说,德国在接下来的几个月要继续对英国全岛"考文垂化",这也是丘吉尔的来信中所提到的前所未有、难以估量的压力。

第三封信的内容,是罗斯福发给英国国王乔治六世的电报抄件。原来,还没等罗斯福从丘吉尔的长信中抽出思绪,3天后,国务卿赫尔又发来一封令他极为震惊的十分痛惜的电报——英国驻美大使洛西恩勋爵去世了。罗斯福在沉痛之余,立刻起草了一份电报,并通过国务院转给了英国国王乔治六世。

在电报中,罗斯福不仅仅是象征性地表达了例行哀悼,而且还对洛西恩勋爵表达了高度的认可和赞赏。

洛西恩勋爵对于罗斯福有着非比寻常的意义,对于罗斯福和丘吉尔之间的交涉起着重要的作用。他不仅能深切地体会到罗斯福的语言,并且能够完美地将罗斯福的意图转述给丘吉尔。此外,他还充分认识到罗斯福政途中遇到的种种障碍和阻绊,在提要求时,可以小心谨慎地避开罗斯福的"敏感地带"。在罗斯福看来,几乎没有人能够取代洛西恩的地位和作用。因此,在这个异常的时刻,洛西恩的逝世让罗斯福真切地感受到这是一个巨大的损失。

接下来发生的事情是有目共睹的。12月17日,罗斯福回到华盛顿的第二天,他举行了一次别开生面的记者招待会。在记者招待会上,罗斯福否定了给英国贷款, 让英国购买美国物资和赠送物资给英国这两种想法,然后提出了自己构思的中间路线——对英国需要的物资和装备实行出租和出借。

奥
古
斯
丁

　　罗斯福讲了一个故事，故事的内容说邻宅起火后，有一个人免费把他的浇园水管借给了邻居，帮助他灭火以避免火焰烧到自家的房屋上面。虽然故事的内容很简单，但是却耐人寻味、发人深省，其中暗含了自己的一些想法和将来的打算。浅显易懂的故事引出不同的反应：支持罗斯福的人拍手称赞，声称是个高招；反对罗斯福的孤立派则满腹狐疑、目瞪口呆。美国多次表示对英国必须要支持。

　　从一段时间以前，德国人就知道美国人在这场战争中对英国的暧昧态度，但是不知道英国人的困境。这是这些信件背后的价值。

　　罗斯福意识到了英国局势的险恶，然而，丘吉尔没有考虑到罗斯福的困难。那就是：如何才能取得国会和人民的支持，针对这个问题丘吉尔也没有提出任何意见和建议。毕竟此时的英国，确实陷入了水深火热的境地。

　　后来的历史发展让奥古斯丁的担心成为了现实——面对国内掀起的浪潮，罗斯福认为应该当机立断。1941年1月6日，出席国会两院联席会议的罗斯福发表了一年一度的国情咨文。罗斯福指出，向盟国提供援助并不是战争行动。一旦英国沦陷，美国就会成为被攻击的对象。当美国的国家安全受到威胁时，应该调整国策，充分表达公众意志，而抛弃党派的偏见。他提出了人类的四大自由，自由代表了文明社会的希望。

　　不仅如此，罗斯福还在国情咨文中请求本届国会授权给予充分的款项，用于制造军火和军用物资，交给正在进行反侵略战争的国家。

　　随着拥护的呼声越来越高，罗斯福也采取了越来越强硬的态度。1月10日，罗斯福提交给国会一份实行代号为"H·R·1776"的租借法案，并将标题定为《进一步促进美国国防及其他目标的法案》。

　　国会的成员非常慎重，因为一旦这项法案被批准，那么美国的立场就发生了质的变化，就会从一个慎之又慎的中立国变成一个活跃的非交战国。尽管国会的孤立派进行了各方面的阻挠,但是,罗斯福的讲话唤醒了许多美国人,使美国人的情绪和舆论发生了变化,美国人民不再是孤立主义者了。民意测验表明,有百分之七十二的人支持《租借法》。1941 年 3 月 11日,罗斯福签署了《租借法》。

《租借法》的签署,不仅意味着对英国对抗德国的战争的支持,而且还意味着对苏联的反法西斯战争的支持。据统计,从《租借法》的签订到第二次世界大战的结束,美国一共向盟国提供了价值 500 亿美元左右的货物和劳务。为了保证《租借法》的实施,也是为了确保物资能够安全抵达反法西斯侵略的人们手中,罗斯福针对希特勒的"海狮作战"计划提出了海军护航措施,许多美军舰艇受命加入到了对物资运输船的护送当中。

英国军民在罗斯福的支援下坚持抵御德国的侵略,经过不断努力,他们迎来了曙光。自从 1940 年 4 月 9 日在挪威海面遭受败绩以来,德国海军已不能为陆军入侵大不列颠提供足够的支持。在之后的不列颠空战中,英国空军越战越勇,德国空军则实力受损,对伦敦等城市的轰炸又没有取得任何有意义的战果。德国陆军已经没有希望渡过英吉利海峡了。更为重要的是,此时希特勒的兴趣已不在这里,他的眼睛紧盯着东方。"海狮作战"计划被闲置起来。

在完成任务之后,罗伯特再次来到了这里。但是这一次,他的脸色非常糟糕。从罗伯特的口中,奥古斯丁知道了他的身份。和乔布斯一样,他和莱因哈特、艾茵卡都为他的父亲卡勒斯堡上校做事。乔布斯是父亲在阴影中的武器。而罗伯特则是联络人,同时也是莱因哈特的监视人。而毕竟卡勒斯堡将国外的产业交由莱因哈特掌管,是需要监督的。而作为土生土长的德国贵族,罗伯特从小对金融就不陌生,加入特务机构后,他的这一特长也有了用武之地。而在监视莱因哈特的过程中,他也喜欢上了艾茵卡。

　　早在捷克和波兰时,奥古斯丁就觉得艾茵卡建议自己前往英国的话有些蹊跷,也想象过艾茵卡的身份,如今从罗伯特的口中得到证实。但是当罗伯特神色凝重地告诉他艾茵卡已经过世了的时候,奥古斯丁的心里轰隆了一声。他向罗伯特追问艾茵卡的死因,罗伯特告诉他:原本他并不知道,但是后来打听得知,正是乔布斯因为妒忌莱因哈特掌握着大量的金钱而构陷了他,让卡勒斯堡上校误认为他对自己有出卖之心,愤而对夫妻二人下了格杀的指令。正是乔布斯亲手杀害了身在波兰的他们。而迟到一步的自己因为情况掌握不足,没能挽救这两个人的性命,看到的只有两人横尸的悲惨场面。然而上校方面告诉他的却是说莱因哈特因为为德国人工作的身份暴露而遭到苏联方面派人攻击而死,但是罗伯特并不愿意相信这一点。

　　自此,乔布斯几乎成了所有人的敌人。但是奥古斯丁找不到他,自从罗伯特有了新任务、新身份后,他也很少能再看到罗伯特。卡勒斯堡上校似乎特意将他和乔布斯的行动错开布置,避免他和乔布斯发生接触。

　　和此时的奥古斯丁差不多, 英国也无暇抽出身来对付自己最大的敌人。因为意大利已经接替了德国, 成为了横在英国面前的新对手。早在1940 年 6 月,当英国的最后一名士兵从敦刻尔克登上船后,在英国和德国军队之间达成协议就不再有什么意义了。这让意大利元首墨索里尼自以为英国也已经距离步法国后尘不远了,半个月后,墨索里尼先后同法国和英国开战。墨索里尼狂妄自大,自认为是恺撒的后裔,每天都做着重建罗马的美梦。很早他就窥视英国在北非的利益,想将其据为己有,可又害怕英国强大的武力。

　　法兰西战役之后,这个疯子认为时机已经成熟,因为这时他找到德国这样一个强大的盟友。接着,他下令发动了入侵埃及的战争,由伦道夫·格拉齐亚尼挂帅,趁着德国 9 月轰炸英伦三岛最猛烈之际,带领 50 万意军出发了。但是，这次行动并没有通知希特勒，这令心高气傲的德国元首气愤了好一阵子，以至于他在召见隆美尔时生气地说："绝不给非洲提供一个人或一个铜板。"

而丘吉尔截然不同，他认为，如果地中海航道被掐断，那么英国所必需的补给就要绕道好望角，这等于被意大利扼住了咽喉。丘吉尔断然决定向埃及派出援兵，皇家陆军第2坦克团和第7坦克团，以及第3轻骑兵团，这给驻非英军司令独目将军韦维尔以很大支持。此时，不列颠上空激战正酣，抽调精锐兵力，看似不合理，实则丘吉尔早已通过"超级机密"了解到德国人在空战胜利之前是不会渡海登陆的。果然，没有德军支援的拖拉散漫的意大利军队被以韦维尔为司令的当地英国驻军打得节节败退，不断给饱受轰炸的英国后方传来振奋人心的好消息。

德国人在不列颠上空的轰炸渐渐偃旗息鼓了，而英国则在缓慢而坚定地复苏着。随着军备和征兵的顺利展开，到了1941年，英国人终于为出手做好了准备。现在，有了一个良好的出兵时机。丘吉尔再次将目光放在了北非，这里空间广阔，适合周旋。

德军最高统帅部看到自己的盟友在北非战场节节败退，决定伸出援助之手，以保住法西斯在这里的势力，打击英联邦军队。

1941年初，隆美尔被任命为德国派往利比亚军队的司令。2月12日，他率领他的部队抵达的黎波里。隆美尔刚到北非不久，就摆脱了意军总司令对他的种种限制，取得了完全的行动自由权。

奥古斯丁

3月31日，隆美尔进攻阿盖拉，英国的装甲旅在德国装甲部队面前几乎不堪一击。4月2日，德军攻占阿杰达比亚。英军决定退出班加西。4月6日晚，在撤退的途中，英军前线指挥官尼姆中将和他的顾问奥康纳中将被德军俘虏。

4月7日,丘吉尔下令坚守住土布鲁克,他在给北非英军统帅韦维尔将军的电报里指示说:"土布鲁克似乎是应死守而决不作撤退之想的一个地方。"

12日,德意联军攻占了巴迪亚。隆美尔的重型坦克和摩托化部队很快就推进到土布鲁克的附近。英军坚决执行了首相的命令,击退了隆美尔的进攻。

接着,战事出现了转机。16日凌晨,英国的4艘驱逐舰与一支在3艘驱逐舰护卫下运载军火和机动车辆的5艘运输船组成的德意船队发生遭遇战。英国人再次展现了他们在海面上的作战优势,击沉了所有敌舰,而己方只损失了1艘驱逐舰。

德意联军的进攻势头遇到了挫折,局势稍显平稳。

4月下旬,一支拥有400辆坦克的德国装甲师抵达利比亚,英军受到严重威胁。丘吉尔顾不得海军的强烈反对,冒险将307辆坦克直接通过地中海运抵北非。因为按照原计划绕道好望角,尽管安全,但需要太长时间,到那时,也许战局将更加危险。

5月间,英军发动了一系列的反击战,但都被隆美尔强大的装甲部队击退了。韦维尔将军刚刚从格拉齐亚尼元帅头上抢过来的桂冠,转瞬间便被隆美尔摘走了。隆美尔凭借自己在北非的杰出表现,得到了"沙漠之狐"的称号。

到了北非的第15个星期,他就推进了1600公里,帮助了意大利盟友,将利齿镶在了英国人的胸口上。现在,只剩下埃及了。

英国人增兵了,选择在德国人紧锣密鼓准备进攻苏联的时候。北非由1940年9月份的5万驻军变成了1941年7月份的13万人——4个师、3个旅、700多辆坦克。

然而，这些人力和物质的运输却出了问题，像 4 月份的冒险运送坦克的行为给德国人提了醒。英国的海运船常常遭到德国潜艇和远程轰炸机的阻挠，特别是在克里特岛战役期间，这引起了英国方面的重视。

　　克里特岛位于地中海，岛上的天然良港苏达湾，拥有地中海地区最好的燃料基地，同时逐步发展的飞机场使得空军的作战半径覆盖到了罗马尼亚。更重要的是，守住这里，对北非的埃及有莫大的帮助。而克里特岛如落入意大利手中，将大大增加地中海的困难。因此，丘吉尔命令守军在德国军队还没有出现在那里的时候，将克里特建设成必须具有永久性的作战要塞。

　　1941 年 3 月 27 日，南斯拉夫发生政变，组成了反德的新政府。在这位新盟友提供的便利之下，英国人停放在克里特岛空军基地的飞机，可以很轻松地炸掉罗马尼亚油田。这是希特勒所不能接受的。

　　很快，德国李斯特元帅的第 12 集团军开进巴尔干。

　　南斯拉夫新政府很快就投降了。在意大利人面前英勇善战的希腊人，被德国人打得一败涂地。英国见状，急忙从利比亚调集 4 个师共 53 万人开赴希腊。这些刚刚在对意作战中取得大胜的英国军队，很快就感受到了德国人与意大利人的不同，他们同希腊人一样被打得大败。英军和希腊国王及政府带领残余部队一起退往克里特岛。

　　德国人将目标放在了克里特岛。克里特岛的防守形势不容乐观，参加守卫此岛的来自各方面的军队，总共只有 2.8 万人，岛上还有 6000 名意大利战俘需要看守。

　　而德国方面，则是占尽优势，参战飞机有 1280 架，绝非克里特岛守军可以相比的。

　　战斗在 5 月 20 日打响了，这是战争史上第一次大规模使用空降部队

奥古斯丁

进攻,大约有 1.6 万名德国伞兵自天而降,还有 7000 人从海上登陆。德国的潜艇和轰炸机参与了这次作战,守岛部队虽奋力激战,但终因实力不济而于 7 天后撤离克里特岛,希腊国王和政府亦随同撤出。

在这几次战斗当中,海军的护航能力不足,特别是舰载机的能力不足被充分暴露了出来。现役的格罗斯特"角斗士"舰载战斗机是 1937 年进入部队服役的,它的翼展为 9.85 米,机身长度 8.38 米,最大起飞重量 2449 公斤,航速为每小时 392 千米,最大航程 680 千米,属于老式的双翼战斗机。在与德国空军的对抗中完全处于下风。此时空军部接到命令,提供一个方案:找到一种现役飞机,进行适当改造,以适应舰上起降。思路是定下了,什么飞机合适呢? 怎么改造呢?

这时,一种以往的空军备选方案、叫作"管鼻藿"的舰载战斗机进入了决策者的视野。这种战斗机原来是为皇家空军设计的,由于落选而进行了后续的改进,以适应海军舰载机需求。改进后,在火力和重量上可与"飓风"和"喷火"战斗机相匹敌,虽然它的速度较之"飓风"和"喷火"稍稍慢了些,每小时只有 440 千米,但时间紧迫,还是可以用来替代"海斗士"舰载机的。

命令下达后,包括第 19 飞行中队在内的一些中队接受指示,抽调一些飞行员进驻飞机厂进行改装与试飞实验——原有的试飞流程已经不适应紧急的战争需求了。抽调的飞行员包括"飓风"战机和"喷火"战机驾驶员,这些身经百战的飞行员比没有参与过战斗的试飞员更清楚改进的方向。飞行员和试飞员两者配合,效果会更好。奥古斯丁也被抽调到了霍克公司,霍克公司生产的"飓风"战斗机正是奥古斯丁的座驾。这种战斗机的翼展12.2米,机身长度 9.8 米,净重 2259 公斤,最大载重 764 公斤,最大速度每小时 543 千米,正适合改造舰载机的需求。参与改进工作的还有海军部的 756、779、801 等舰队航空兵中队。

被抽调参与试飞工作，不仅要求经验丰富，还要求技术精湛，这是因为舰载机的起落和陆地上截然不同，对起飞长度、最高起飞速度、着落角度等有着严格的要求。这是一件高风险的工作。

试验失事的飞行员不会有正面的英雄报道，为了保密，反而会用演习等字样一语带过。奥古斯丁能参与试飞，还有一个重要的原因，那就是他的主动请缨。他向上级讲述了他的一大优势——空军学校助教的身份，这让他毫无疑问地进入了试飞员的行列。

他必须成为试飞员，因为在他的心中，已经有了一个计划：去德国，追查艾茵卡的死因！他不能确定究竟是苏联人干的，还是乔布斯所为。在英国，他已经尽力了，但是毫无头绪。自从乔布斯上次失踪后，就一直没再出现，这也是奥古斯丁需要了解的。这一切也许只有德国能够给出答案。而以他战斗机飞行员的身份去德国简直是千难万难。试飞员正是一个好机会，在他的心中已经有了一个大概的思路。

面对要离去的、曾经给他庇护的、他曾经为之战斗过的这个国家，这个民族，他的心中充满了敬意。那些他所经历的、他所接触的有血有肉的灵魂，给了他面对纳粹的勇气和力量。决定离开，不是背叛，也似背叛，他不想留下遗憾，而想尽力弥补，于是，奥古斯丁花费了很大的心力投入到试飞和改制当中。飞机的改装在紧张而有序地进行着，战舰实验的问题不大，但是在商船的实验上就问题重重了。一般商船的甲板长度和平整度都不够，最后是加了弹射装置解决了问题。但是，降落的问题一直无法解决，最后高层终于痛下决心，战斗机迫降海面，飞行员由其他船只设法救起！

实验终于接近尾声，是时候了。

9月18日，这天已经是实验的第35天了。天气阴沉沉的，只要没有进一步变恶劣，实验仍可以按照原计划展开。这正是一个好时候，依旧实验的

奥古斯丁

飞行水域位于北海,自从德国驻在挪威和丹麦由施通普夫将军所指挥的第五航空队 100 多架水平轰炸机在不列颠空战中被皇家空军打得落花流水后,这里就一直很安全。

通过他的确认,附近的雷达站很少,雷达还处在初期阶段,不够精密,覆盖范围有限,只有在飞机临近上空的时候才可以发出警报。所以,只要在无线电的范围内,距离海岸稍远超出雷达的范围,就可以制造出飞机失事的假象。他要"死"了,然后以另一个身份重新来过,为了这一刻,他已经期盼了很久。他的飞机从商船上起飞,消失在队友的视野里,消失在茫茫的深蓝海洋。

在瑟堡郊外,他选择把飞机降落在自己上次曾经来过的那所教堂附近。对于奥古斯丁来说,到这里算是轻车熟路了。负责迎接奥古斯丁的是德国方面在巴黎的负责人戈郎诺上尉。经过两天舟车劳顿之后,他来到了柏林,而那架"飓风"战斗机暂时还留在法国,德国人正在"检查"。幸而奥古斯丁料到了这一点,事先已经动过了手脚,研究人员能够得到一些数据,但却只会被误导。而德国人一旦发现问题或者有所怀疑,回答已很简单,"我正在改装测试飞机,飞机身上做改动很正常"。

德国人很难相信,奥古斯丁,一个叛逃者的飞机已经交了出去,而自身则处于半羁押状态。按照事先计划好的剧本,他应该是以贪财作为性格特征而指导行动的。作为佐证的事实也已经事先伪造完全。而自己来德国的事情,罗伯特没有理由不对卡勒斯堡说起,以卡勒斯堡的地位,可以很巧妙地证明自己的真实性。当然,卡勒斯堡是不会承认两人之间的关系的。为了保证他的清白,这是决然没有可能的事情。首先是自己不能同意,而且卡勒斯堡的对手都在等着他犯错,他现在的位置和身份,自然不能允许有这样一个"叛逃"过来的儿子。

因此，除了寄希望于卡勒斯堡的安排，奥古斯丁还需要作出表示，以示他与盟军的决裂，而证据要握在德国人的手中，相当于被德国人握住了把柄，被认为可以控制，从而得到信任。换句话说，要递"投名状"。

奥古斯丁本以为飞机就可以作为他的"投名状"，但是德国人对此显然并不满足。在卡勒斯堡巧妙地安排人员讲述了奥古斯丁在战争期间为德国人通风报信的所作所为后，奥古斯丁得到了自由。但是在这个过程当中，卡勒斯堡身边最亲密的心腹乔布斯并没有出面，显然，卡勒斯堡对于乔布斯和他、罗伯特之间的关系心知肚明。

作为飞行员，德国人希望奥古斯丁能为他们效力。但是，奥古斯丁更希望能以自由人的状态待在这里，这让他可以做自己喜欢的事。如果什么时候，需要利用德国人的力量时，再纳"投名状"也不迟。不过，事先要做好铺垫工作，即获得一个合适的信息交流渠道，从而得到菲尔斯或者丹尼斯的帮助。当然，如果时间、地点合适，罗伯特是最好的选择。如果有合适的联系方法，用罗伯特作为中间人无疑是十分安全的。

且不提奥古斯丁心中的如此打算，他的父亲卡勒斯堡上校现在正处在焦头烂额之中。一方面在情报部门的工作虽然已经顺畅，但成绩十分有限；另一方面，他的竞争对手海德里希半年来不断迫近的脚步，不仅让他不舒服，也让他的上司卡纳里斯忧心忡忡，最近做事更加低调而且小心翼翼起来。这两个星期，他见了两次希姆莱，后者对他难辨喜恶的态度使卡勒斯堡有一种被一条更大的毒蛇盯上了的感觉，种种的阴霾叠加起来，将儿子终于来到德国的喜悦冲淡了不少。

奥古斯丁

这两天，身边几乎所有实力派的人员都被他积极地调动起来，乔布斯、罗伯特等人都得到了他的接见，一项项指令安排像流水一样被他细密地发布出去，就像春天播的种子，只有他自己才知道会有怎样的结果成长出来。

在详细询问了乔布斯后，卡勒斯堡基本可以得出奥古斯丁对他的感情与态度。一切都在他意料之中，思来想去，卡勒斯堡决定在办公室见奥古斯丁，时间安排在他手下人员见他之际，从而让监视的盖世太保误以为奥古斯丁是为他所用的。这样进可攻、退可守，还能为以后的会晤打下伏笔。

所以，父子间的第一次会面就在这样一种下属见上司的场合中进行了，气氛玄妙而压抑。当奥古斯丁进来的时候，正是上午10点钟，玻璃窗大而明亮，正好可以看见方才进来时外面戒卫森严的院中广场。卡勒斯堡此时就站立在办公桌后的窗前，办公桌大而凌乱，恰如此时卡勒斯堡的内心……

奥古斯丁从办公室中出来之时，一份新的身份档案已经握在手中。

经过筹划，奥古斯丁寄出了自己的"投名状"——一份刺杀计划，目标是英国决策的最高层、战时内阁的领导者，他就在法国。奥古斯丁想，以此名义去法国正是时候。同时，奥古斯丁还想听听他那著名的演讲——那10个月的战争岁月，他同英国人一样，习惯了从这个人的广播中汲取力量。这个目标人物，就是丘吉尔。

法国维希政府在前一段时间，没有因为非洲热闹的炮火而对昔日的盟友宣战，而只是用北非的空军轰炸直布罗陀作为报复的一种方式。后来，达喀尔之战结束了，英国舰队向南驶去不到两个星期，就攻下了杜阿拉和喀麦隆，戴高乐将军在那里建立了一个"自由法国"基地。这样虽然不能收回北非的法属殖民地，而一旦有效地控制了这一地区，英国的航空运输线就得到了保障。据阿伯维尔的消息，丘吉尔打算到那里去见戴高乐。

奥古斯丁到了法国之后，接待他的还是阿伯维尔在巴黎的负责人戈郎诺上尉。

听了丘吉尔的演说之后，几个戈朗诺交给奥古斯丁用来帮忙的士兵安静地坐在收音机旁，他们面无表情，大家都知道计划失败了，因为丘吉尔根本没有来这里，而是在伦敦斯多利门附近、遥对圣詹姆斯公园政府办公大楼地下室做的演讲。显然，这是一个假的消息。此时，这则假消息的始作俑者——奥古斯丁在夜色中坐上通往布达佩斯的火车。

时间流转，到了 11 月，美国，《纽约人》杂志上的一条广告引起了当局的注意。这则广告的刊登时间是在珍珠港事件发生前的 16 天，是为新的掷骰子游戏做宣传，这个游戏被命名为"死亡双星"。很多敏感的市民，将此事报告给联邦调查局。

这则广告透漏的信息十分隐晦，但其中的蛛丝马迹表明，很可能跟珍珠港事件有关。

大多数人认为，"死亡双星"很明显就是指的德日两国，双头鹰是希特勒第三帝国象征。

FBI 的特工经过仔细追查，发现该广告是一家经营贸易的公司出资刊登的，最后查出这是一家假公司。一名白人男子自己走进《纽约人》杂志社，用现金缴付广告费，什么个人信息也没留就走了。几周后，这个人离奇地"死了"。

事实上，这个人并没有死亡，他就是奥古斯丁，他现在已经站在伦敦的土地上，从挪威取道加拿大，再从加拿大到美国，如今再回来，耗费了他太多的精力，但是也只能如此，因为此刻他有新的任务，要赶去见一个人——弗雷茨。

早在半个月前的 10 日凌晨，英国南部的赫特福德郡正处在一片和谐安宁的时刻，一架德国军机从夜空中飞过，德国间谍弗雷茨携带着电台以跳伞的方式进到了英国本土。根据奥古斯丁提供的情报，他将要炸毁位于附近的哈维雷德飞机场。

奥古斯丁

在以后的几天中,弗雷茨向上级戈郎诺汇报说,奥古斯丁提供的信息属实,踩点过程顺利,请求将所需炸药尽快运过来。在两周后的一天,弗雷茨电告戈郎诺:"我准备于今晚6点行动。"就在天黑前,他接到弗雷茨另一份任务结果报告:"成功完成任务,飞机场已经被炸掉。"

这种进度实在太过惊人,戈郎诺对此并不完全相信,仅凭他一个人,怎么可能在这么短的时间内做到能完美破坏掉防守如此严密的机场?出于谨慎,他赶紧派人进行核实。查明结果后,戈郎诺彻底放心了。因为两次潜入其中的德国军机提供的航拍信息显示,爆炸效果比预想的要大得多,机场毁伤程度十分严重。

于是,戈郎诺上报德国授予弗雷茨勇敢勋章,而德国人对奥古斯丁的追查也马上偃旗息鼓了,大家显然接受了他失踪的理由:执行特别任务。这个理由是奥古斯丁和他的新上司——同时也是卡勒斯堡的忠实部下阿伯维尔都强调过的,到了现在,盖世太保终于接受了这种说法。不过此时,弗雷茨却去不了巴黎接受德国情报机构给他的荣誉,他说因为英国情报机构盯上了他日常通讯的电台。"情人节"过后,他在发出的电文上表示:"情况太危险了,我需要关掉电台。"

戈郎诺所不知道的是,奥古斯丁利用那条在美国发布的广告通知英国方面将有德国间谍来英国的消息。弗雷茨当晚刚一落地,还没等到卷收好降落伞,就被事先埋伏好的英国特工抓住。他只有两种选择,要么被当场绞死,要么成为一个双重间谍,受英国双十委员会的领导。双十委员会向来就是为了安置双重间谍而设立的。弗雷茨先前给戈郎诺提供的情报就是由双十委员会一手打造的。

弗雷茨以前的身份是英格兰一个技术高超的窃贼,后来加入了恶名昭彰的"同舟共济会",但在1939年被该会抛弃了。1940年初,苏格兰场派出各路侦探,着手查证他的各种犯罪情况,他听到这个消息之后,便前往法国周围的一个海岛上藏身。他在那又犯了罪,难逃牢狱之灾。直到后来,该岛落入德国人手中,他才得以脱身。

据弗雷茨自己交代,为了感谢德国人,他自愿成为一个为德国服务的间谍,他的请求被德国的阿伯维尔批准了,并招入麾下进行训练。刚在间谍学校待了不久,弗雷茨就接到了这次炸毁哈维雷德飞机厂的任务,然而没想到一落地就遇到了这样的结果。

在弗雷茨被擒后,英国方面知道德国将会验证弗雷茨所说的哈维雷德飞机厂爆炸的成果,于是,他们确实在飞机厂不远处上演了一次大的爆炸。同时,马凯少校带人伪造爆炸现场,引诱德机进行航拍。

弗雷茨发誓他一直忠于英国,他执行这次炸毁机场的任务是为了能回英国。顺便,他还可以报告德国在法国的军事行动。于是,英国方面安排了弗雷茨"逃离"英国的行动。这个行动是英国方面和作为英、德联系人的罗伯特共同完成的。在罗伯特的安排下,他化装成乘务员,登上了从里斯本出发的游轮。

10天后,弗雷茨来到了阿伯维尔在巴黎的总部,在那儿,他受到了英雄般的接待。当晚,在为他举行的盛大欢迎会上,他向德国人详细描述了自己如何英勇炸毁敌人机场的故事。之后,德国付给他应得的赏金。自此,奥古斯丁在德国内部已经无人再会怀疑,而他也终于可以着手展开自己的追查行动了。

清晨,奥古斯丁正沿着伏尔塔瓦河慢慢地走着,整个城市一片安谧,来自各地的旅者还没将整座城市唤醒,但是奥古斯丁却可以感受到布拉格已经醒了,一种自然的野生的力量在苏醒。鲜花儿在草丛里抬起头,向朝阳闪亮着花瓣上的露珠,并将臂膀在和风中尽情地舒展。他站在路边的一处墙

奥古斯丁

角,用余光盯着不远处正在出租车旁和司机手舞足蹈地解释着什么的乔布斯,肯定不是打架,多半是他的钱包被偷了,这被一直跟着他的奥古斯丁看得清清楚楚。

现在,他想要脱身,应该通过什么办法呢?此时路边的摊贩还没登场,游客还没上街,街头艺人也还没上阵,只有晨起出门溜狗的当地人。

乔布斯并没有在波兰停留,跟随着他,奥古斯丁一路来到了布拉格。波兰投降之后,德国和苏联便开始了瓜分行动。1939年9月下旬,苏联也将军队开进波兰境内。苏联进入波兰后不久,莫洛托夫就曾暗示德国,苏联想和德国一起瓜分波兰。苏联政府和斯大林想以皮萨河—纳雷夫河—维斯瓦河—桑河为界分割波兰。德国和苏联商讨的结果就是确定新的瓜分线,新的瓜分线的最南面一段和8月23日苏、德所划定的瓜分线是一样的。这样一来,苏联政府可以得到丰富的资源和生产资料。不过他们所没想到的是,没过多久,自己也变成了德国人的目标。

这里是奥古斯丁的故乡,如今,在故乡的同伴们没有了消息,伊万娜也久未联系。似乎战争将奥古斯丁身边的所有朋友都带走了。此时,从华沙来到布拉格的奥古斯丁,忽然想起了自己青梅竹马的伊万娜。他记得,在以往的某次同乡聚会时,人们所提到的伊万娜的男朋友是一个高个子的匈牙利人。那一天,自己第一次来到父亲卡勒斯堡的办公室时,曾经见过一个带着匈牙利军队徽章的人,但当时没有留意。不过他的样子自己记住了七八分,眼下,正好有一个和印象中那个"匈牙利"有几分相似的家伙,正在朝乔布斯走去。

这个人神色有些惭愧,似乎他来晚了些,不过乔布斯都没有将这些放在心上,能在不引起任何人注意的情况下平息掉乘坐"霸王车"事件,他感到很高兴。事实上,奥古斯丁不知道的是,乔布斯早就发现了有人在跟踪自己,毕竟连续 6 个月的跟踪,想不被身为杀手的他发现显然是不可能的,以至于到了最后,两个人好像在逛街,互相都不避讳了。刚开始他有些犹豫不定,不知所措,因为这个人是奥古斯丁,这让他十分为难,按照他一贯的行事方式,清除掉是最好的选择,但上司卡勒斯堡不会饶了他的,而不甩掉这个影子,自己又不舒服——难道自己和他有仇吗?谁知道自己做过的事呢?

渐渐地,乔布斯自己认为不变的忠心开始动摇了:如果奥古斯丁知道我杀了他的恋人,一定会和我过不去。作为父亲,他只会帮儿子,而不会帮我,我只是个被人利用的棋子,我要怎么办?投向海德里希,他凭什么相信我,我曾经杀过他的两个得力助手。罢了,与其同时有两个敌人,不如维持目前这种局面。还是按照上校的命令,先解决掉这次任务指定的目标吧。

负责接应乔布斯的人在布拉格已经住了 3 年了,而在捷克从事买卖则有足 10 年时间。这次上校让他到柏林述职,让他激动不已。当年,卡勒斯堡上校曾经部署过一项炸铁路的任务给他,结果失败了,但现在上校仍然愿意启用他,这不能不说是一种很大的信任。

实际上,这一次卡勒斯堡之所以会让他们在这里见面,是为了将上司希姆莱的海德里希拉下马。海德里希此时可谓风头正劲,他除了自己的本职工作之外,还当着两个地区的"代理保护长官"。前任"保护长官"牛赖特被希特勒找了个借口赶走了,海德里希成功上位。这对一直以来与他不合的卡勒斯堡和希姆莱就造成了威胁。经过两个星期的碰面,让两个人有了一个共同谈话的基础,那就是对付野心与权力日益滋长的海德里希,可是两个奸狡如狐的家伙,谁也不会托底。但是少了阻力的卡勒斯堡终于可放心大胆地完成自己的计划,而不会招致内部的报复。而布拉格这个地方,可谓是天高皇帝远,无疑是除去海德里希的最佳地点。而乔布斯这次的主要目标,就是海德里希的专用司机——汉斯。

奥古斯丁

一个晴空万里的早晨,海德里希乘坐敞篷的梅赛德斯牌竞赛用汽车从乡村别墅驶往布拉格的古堡时,有3个人顺着路20米左右间距排开,向汽车扫射,羑着一颗英制炸弹向汽车里投来,把他的汽车几乎完全炸毁,他的脊椎骨也给炸断了。6月4日,海德里希伤势过重最终死去。

汽车在路上本来是可以逃脱的,但是新司机是个生手,这是他第一次给海德里希开车。上车前,海德里希问随从,以前一直给他开车的汉斯哪里去了?得到的回答是"不知道"。车技高超、熟悉海德里希的司机不见了,这非常可疑,但是海德里希居然没有早发现这个问题。在医院里,弥留之中海德里希说,如果是汉斯开车,一定会很好地处置现场情况,而这个新司机似乎被吓傻了一样毫无反应,他恐怕有问题。可惜的是这个司机当场就被射死了,有再大的嫌疑也没有办法核实了。

德国人没有得到的东西,奥古斯丁却得到了。

在乔布斯和"匈牙利"分头行动之后,奥古斯丁找了个机会抓住了他,并从他的口中逼问出了乔布斯的任务。而问到伊万娜的时候,"匈牙利"承认自己曾经和她相恋过,但是并没有能够成婚。德国人的到来,让身为犹太裔的伊万娜一家成为了集中营里的囚犯,自那儿之后,他就再也没有听到过伊万娜的消息了。

奥古斯丁有些着急,乔布斯去杀的人是海德里希的汽车司机,这里面有什么阴谋一想就知道。如果海德里希有什么三长两短,遭殃的一定是捷克人。从朋友们以前的联系中,他就已经知道了很多事情,奥古斯丁不知道,他已经没有能力阻止这一切了。在他审问"匈牙利"的时候,海德里希的司机汉斯早就已经被乔布斯杀死。为了能够顺利完成,乔布斯请"匈牙利"特意引开奥古斯丁,免得他阻止自己的行动。等到奥古斯丁醒悟过来,海德里希已经一命呜呼了。

德国人果然因为海德里希的死开始了野蛮的报复，一场毁灭性的大屠杀开始了。根据秘密警察的报告，隐藏在一个教堂里100多名捷克抵抗暴行人员和周围的许多无辜平民被全部杀害。

得知噩耗，愤怒的奥古斯丁对这一切无能为力，他只有把一切都算到卡勒斯堡和乔布斯的头上，而此时，狡猾的乔布斯已经回到了卡勒斯堡身边，他想当面问一下上校自己该如何与奥古斯丁相处。他明白，对于上校来说，自己还是非常有用的卒子。果然，回到柏林后，奥古斯丁向卡勒斯堡要求与乔布斯单独会面的请求没有得到同意，奥古斯丁苦思几日后，终于冷静下来。他决定，不再经过这个讳莫如深的父亲，要用自己的手把乔布斯收拾掉。

经过一段时间的探听，他得知卡纳里斯和卡勒斯堡为工作事务要去访问克鲁格的司令部，将会飞往斯摩棱斯克。奥古斯丁为他的计划做了"完美"的安排：把一枚炸弹藏到军事情报局的飞机里，待他们从斯摩棱斯克回来时，想办法将卡纳里斯和卡勒斯堡分开，然后用引爆炸弹的方式威胁卡勒斯堡说出以前的事，解决自己心头的困惑。

奥古斯丁亲自制造炸弹，作为必修课，他在大学时不仅是学生，还是老师。他把炸药包弄成两瓶克瓦特酒的样子，这种酒是一种以方形容器出售的酒。精巧之处在于，包裹内部的设计，使得炸药轻而易举就能被触发；想让炸弹爆炸，可以按一个按钮，包装内的一个小瓶子就会碎掉，里面腐蚀酸就会将拴住撞针的金属线弄断。

与此同时，夺取飞机的一切工作已准备就绪。奥古斯丁一到克鲁格的司令部，就用自己的德国新身份将文件交给飞行员，让他替"卡勒斯堡"先行保管，一旦有了二人相处的时间，就能动手制服他，然后换上他的衣服，自己开飞机。在飞机上，利用无线电将卡纳里斯留在机场，让他和卡勒斯堡

奥古斯丁

先行离开。到了空中，就是奥古斯丁的世界了。

这天中午，卡纳里斯和卡勒斯堡的飞机穿过克鲁格司令部简易机场上空的云层之后徐徐降落。而奥古斯丁已经在此等候多时了。当天晚上，计划进行得很顺利，飞行员昏倒在行李舱，戴上飞行帽的奥古斯丁静静地等候着最后时刻的来临。

飞机上送来了晚餐，和以往一样，是这里的厨师特别准备的。奥古斯丁尝了一口，撇撇嘴，真让人难以忍受的味道。菜盘里主要是杂七杂八的蔬菜组成的食物。还有一些酒精的饮料。最妙的是，还有两盒古巴产的雪茄。奥古斯丁判断，这个司令部还应该有不少这样的奢侈品。

卡勒斯堡先回到了飞机上，随行的居然还有乔布斯。但是不见卡纳里斯的身影。奥古斯丁觉得有些过于巧合了，心想难道是自己的幸运日？一上飞机，卡勒斯堡就不停地训斥乔布斯，"我都告诉你多少次，不要自作主张，你的身份是什么？一个卫兵！现在，那个老头肯定会对你有所怀疑。"奥古斯丁觉得自己没有猜错，那个老头应该就是卡纳里斯，没想到他和卡勒斯堡居然已经有了摩擦。

飞机缓缓地起飞，30分钟后，飞机到达明斯克附近的时候，奥古斯丁将控制舵固定，从前舱走了出来。卡勒斯堡和乔布斯果然都目瞪口呆，带着大眼镜的奥古斯丁向两个人摆了摆右手中的枪："刚才无线电通知我，我们的飞机要飞往英国，否则飞机上的炸弹就会响。而控制器就在我的手上！"奥古斯丁将左手上的控制器挥舞了一下。

"有话好好说！"卡勒斯堡不愧是盖世太保，他不慌不忙地将桌上的酒打开，倒进前面的杯子里。此时乔布斯已经按捺不住猛然要动了，上校在给他创造令对方分神的机会。在机会的把握上，杀手仿佛拥有先天的直觉。

乔布斯的手上有一个刀片，挥向的是奥古斯丁的左手腕，一旦命中，乔布斯有十足的把握让对手的手筋断掉。

奥古斯丁表面上是在看卡勒斯堡，但他始终用余光观察乔布斯。这个人做过什么已经不用说了，只有让他马上死掉，才能打击卡勒斯堡的信心，同时也必须迅速让他死掉，否则卡勒斯堡就有拔枪的时机。唯一能迅速制敌的方法只有一个：用手枪把敲碎对方的手骨。

在速度上，乔布斯还没有碰到过对手，但是今天，他眼前一晃，就感到揪心的疼痛从右手骨上传来。接着右胳膊被反扭到背部，接着是到左臂附近，随着嘎巴几声，肩肘全部脱臼。

奥古斯丁此时的控制器上滴着血，这是他左臂上流出的血。刚才他用左腕做饵，控制方位，右手枪把挥向左臂，而哪里疼了，打向哪里就对了。

而乔布斯的一刀，也让他放开了控制器。乔布斯疯狂地向舱门挣扎，这里离卡勒斯堡远一些，方便上校动手。奥古斯丁也不说话，继续他的毁坏工作，很快，左臂、左腿……

卡勒斯堡没有动，他已经知道这个人是谁，而眼前乔布斯的利用价值也已不大，此时这个人反而是横亘在父子关系间的最大障碍。

乔布斯挥舞着断臂，向前爬，此时奥古斯丁将他的另一条胳膊也打折了。乔布斯忽然眼前一亮，将最后的一丝力量摁到被奥古斯丁丢在一边的控制器上，然后他紧紧地闭上眼睛，躺在了地上……

奇怪的是，什么都没有发生。奥古斯丁也有些纳闷，他没有多想，打开舱门一脚将乔布斯踹了出去。茫茫云海，乔布斯的人影伴随着野兽般的嚎叫马上消失了。

机舱内，卡勒斯堡倒上一杯酒，缓缓说道："你要杀我？杀你的老子，为什么？"奥古斯丁已经将装着炸弹的包裹拿了回来。此时，他正把包裹拆开，这才发现出了什么毛病。由于腐蚀酸被冻住了，所以没有发挥作用。

奥
古
斯
丁

刚才飞机碰上了云层和涡流，为了不让后面的人和自己有过早的交流，奥古斯丁驾着飞机飞到较高的高度。装着行李的机舱气温急速下降，腐蚀酸凝固了。

听到卡勒斯堡这样说，奥古斯丁摘下了掩盖着脸孔的大眼镜。

"你怎么知道是我？"

"你的身手。否则你以为你跟踪乔布斯我能不担心吗？"

"哦，是这样吗？不是你想借我的手，除掉这个人的吗？"奥古斯丁冷笑。

"我所做的一切，都是为了你。"卡勒斯堡辩解道，"或许，你怨我使用了计谋，可是我们所处的时代和国家由不得我们。"

没有得到回应，卡勒斯堡继续说道："自从人追捕人的时代以来，一切计谋和策略，不过都是人们用过的几种简单诡计的变种和发展。这些计策可以分为四类，伪情报或伪装、以退为进、鼓励叛卖和削弱敌人的士气。每一位坐到我这个位置的决策者应当经常考虑如何使他人按照自己的意图走向某个方向。"

飞机的舱门已经坏掉，乔布斯的一截衣裳还挂在上面，随风飘扬。卡勒斯堡粗粗地喘了口气，缓解一下由于气压变化而带来的缺氧。

"很多人都会做一些欺骗的事，你是我的儿子，不过之前一直没有告诉你而已。"

"那斯拉维克是怎么回事？他的儿子真的是英雄？"奥古斯丁问。

"要让你上军校，需要借助这个人的力量，这是我计划好了的，而且他不是你外祖父，而是一个用金钱就可以收买的人，虽然在他儿子的问题上困难了一点，但是为了你，值得。"

"让我上军校？我就不能自己考吗？"奥古斯丁语调高了起来。

"你能？哼！"卡勒斯堡的脸一沉，"艾茵卡去哪里，你就会去哪里，不是吗？"奥古斯丁的脸上仿佛滴出血来："我早感觉到，是你！是你拆散了我和艾茵卡，没想到，就是因为这么一个简单的理由。都怪我，是我毁了艾茵卡的一生！"

猛扯自己头发的奥古斯丁突然大声喊道："不，是你！你，你就这么玩弄、操控人的一生吗？妈妈也是！艾茵卡也是！我也是！"

"不要用你外祖父的话教训我！"卡勒斯堡的脸狰狞着，"要不是他，我早就和你母亲过着幸福的生活了；要不是他，我又怎会见不到你母亲的最后一面？啊——"他吼叫着，抢起桌子上的酒瓶四处狠砸，鲜血从手心滚滚而下。

"你口口声声说爱我母亲，那你为什么要骗她？爱她为什么不娶她？知道她还在为什么不找她？"奥古斯丁的眼泪从眼窝里迸出，这一刻的眼泪替母亲而流。

"我……我骗他，是因为我自认为配不上她；我是爱她的，但我想要给她更好的生活，当时我不能；我想找她，但是阴差阳错都让我错过了，记得我第一次见你时，我要找她，可我突然接到了任务。记得我陪你回家，可惜路上碰到了你外祖父。每一次都有原因的，真的，我好恨……"

"借口，你知道什么是爱吗？你只知道占有！知道吗？你能在母亲身边，就是她最好的生活。而你只知道自己，任务让你放弃，阻碍让你放弃！知道吗？死亡都没有让母亲放弃！放弃停止对你的思念！外祖父一直都后悔，当初撒的那个谎——说你死了，如果让母亲临终时见到你，也许就会怀着不能原谅自己父亲的心情离开这个世界，让她安静地走，是外祖父唯一能做到的！你总是责怪这个、责怪那个，为什么不问问自己！"

看着张口结舌的卡勒斯堡无力地瘫坐在椅子上，酒瓶叮叮咣咣地在桌面摇摆，映着机翼上的火光，奥古斯丁将一捋鬓角，紧了紧风衣扣，拉了拉

奥古斯丁

衣襟,灰色的捷克空军校服在夕阳的余晖中透着暖意,他温柔地说:"为什么?为什么你不能问问别人的感受?为什么替别人选择他的人生?那些最爱我、我最应该去爱的人都死了,今天,我要为他们报仇。放心,我不会杀你的,你是我的父亲,我就杀死你最后的寄托——我!后半生,您自己慢慢享受吧!"奥古斯丁看着地毯上拆开的炸药,还有一部分是可以利用的。

起身按住仿佛麻木的卡勒斯堡,戴上降落伞包。卡勒斯堡茫然不知所措,已被推到舱门口,他忽然意识到什么,待要张口,绳扣已被拉开,随即一脚被踢出舱外。不久,一朵白花盛开在空中。

机舱内,奥古斯丁拿起和着血水的半截酒瓶,倒进高脚杯里,轻轻地品味着,不久,一团火光在空中炸开,断掉的飞机呼啸着向附近的海中滑翔而去……